AF304519

Astrid Pfister wurde am 23. Juni 1980 in Westerholt geboren, lebt zurzeit in Herne und arbeitet als Lektorin. Bislang wurden über siebzig ihrer Kurzgeschichten in Anthologien und Heftromanen veröffentlicht, u.a bei Bastei. Des Weiteren erschienen fünfzehn Romane, fünf Kurzgeschichtenbände und ein Gedichtband bei diversen Verlagen, wie Bastei Lübbe, Midnight by Ullstein und dem BLITZ Verlag.

ASTRID PFISTER

Das Leuchten der Wellen

ROMAN

Erstausgabe November 2023

Copyright © 2023 dp Verlag, ein Imprint der
dp DIGITAL PUBLISHERS GmbH
Made in Stuttgart with ♥
Alle Rechte vorbehalten

Das Leuchten der Wellen

ISBN 978-3-98778-430-9
E-Book-ISBN 978-3-98778-415-6

Covergestaltung: Larissa Siepmann
Umschlaggestaltung: ARTC.ore Design
Unter Verwendung von Abbildungen von
stock.adobe.com: © 1xpert
shutterstock.com: © iofoto, © Alexander Varbenov, © Sara Kendall,
© David Louis Econopouly
depositphotos.com: © PJ1960
Lektorat: The Write Spirit
Satz: dp DIGITAL PUBLISHERS GmbH
Druck und Bindung: Books on Demand GmbH, Norderstedt

Das Werk darf – auch teilweise – nur mit
Genehmigung des Verlages wiedergegeben werden.

Sämtliche Personen und Ereignisse dieses Werks sind frei erfunden. Etwaige Ähnlichkeiten mit real existierenden Personen, ob lebend oder tot, wären rein zufällig.

Kapitel 1

Alana wollte sich gerade die Haare föhnen, als es an der Tür klingelte.

Das war mal wieder so typisch. Sie schlang ein Handtuch um ihre tropfenden braunen Haare und lief zur Haustür. In diesem Moment klingelte es zum zweiten Mal.

„Ich komme ja schon", murrte sie.

Als sie den Drücker betätigte, ging unten die Haustür auf und ein lang gezogenes „Pooossst" erscholl aus dem Hausflur.

Na toll, und dafür rannte sie extra zur Tür. Den Postboten hätte auch einer ihrer Nachbarn hereinlassen können.

Dennoch beschloss sie, direkt nach unten zu gehen und ihre Post zu holen. Sie wickelte sich ihren Handtuchturban fester ums Haar und ging die Treppe hinab zu den Briefkästen. Sie nahm das Bündel heraus und eilte hastig nach oben, denn im Flur war es eisig kalt.

Sie warf die Briefe und die Werbung auf den Wohnzimmertisch und ging dann ins Badezimmer, um sich ihre Haare zu föhnen. Angeblich war es ja besser, lange Haare an der Luft trocknen zu lassen, aber dann sah sie aus irgendeinem Grunde so aus, als hätte sie diese seit Wochen nicht gewaschen.

Nach dem Föhnen legte sie sich ihre Kellnerinnen-Uniform heraus und beschloss, noch ein bisschen in dem neuen Liebesroman zu lesen, den sie gestern begonnen hatte.

Es war idiotisch, denn sie wusste natürlich, dass all diese Romane nur Fantasieprodukte eines Autors waren, aber sie fühlte sich sofort besser, wenn sie in eine der romantischen Welten eintauchte. Unwillkürlich träumte sie davon, sich ebenfalls an einem so wunderschönen Ort wiederzufinden, wie zum Beispiel in den *Nikolas-Sparks*-Romanen, die fast immer in North Carolina spielten. Wenn man dort in dieser wunderschönen Gegend lebte, nur einen Steinwurf entfernt zum Strand und wunderschöne Sonnenaufgänge betrachten konnte, würde das Leben doch automatisch viel rosiger sein, oder? Selbst wenn man allein war und einen furchtbaren Job hatte, so wie sie, würde man sich allein dadurch aber schon viel besser fühlen.

Und dann natürlich die Liebesgeschichten in den Romanen! Sie wünschte sich so sehr, dass sie so etwas auch einmal erlebte. Einmal würde ihr schon reichen. Aber wenn sie realistisch war, musste sie sich doch eingestehen, dass es so eine Liebe wohl nicht gab. Man musste heutzutage wahrscheinlich schon zufrieden sein, wenn man jemanden fand, der kein totales Arschloch war. Ihr letzter Freund hatte ihr im Streit gesagt, dass es genau diese Liebesromane wären, die unweigerlich jede ihrer Beziehungen zum Scheitern brachten, weil sie absolut überzogene und unrealistische Vorstellungen von der Liebe hatte.

Ja, sie war vielleicht anspruchsvoll, was das anging, aber es war schließlich ihr Leben. Sie hatte nur eins. Sollte sie das etwa in einer unglücklichen lieblosen Beziehung verschwenden? Die Trennung mit Sebastian war jetzt schon ein Jahr her und sie hatte ihm nicht einen Tag lang hinterhergetrauert. Das war doch wohl der beste Beweis dafür, dass er nicht der Richtige für sie gewesen war.

Es war ja nicht so, dass sie auf einen Ritter auf einem weißen Pferd wartete, schließlich war sie schon vierunddreißig und nicht naiv, aber sie wünschte sich einen Mann, der ihr Herz höherschlagen ließ und der sie genauso sehr liebte, wie sie ihn. Jemand, mit dem sie sich vorstellen konnte, alt zu werden, und mit dem die Jahre dazwischen keine Last, sondern ein Abenteuer sein würden. Und nach mehreren oberflächlichen Beziehungen hatte sie beschlossen, mit Liebesromanen vorliebzunehmen, bis ihr ein Mann über den Weg lief, der etwas Besonderes war.

Als sie anderthalb Stunden später ihr Buch zuschlug und ins Schlafzimmer ging, um ihre Uniform anzuziehen, fragte sie sich, warum sie in der Liebe so rigoros war, aber nicht in ihrem restlichen Leben. Denn wenn sie es wäre, hätte sie diesen furchtbaren Job schon längst gekündigt. Die Arbeitszeiten waren furchtbar, das Trinkgeld lausig und das Kostüm ein absoluter Witz. Sie hatte ein Faible für alles Amerikanische und als sie gesehen hatte, dass das American Diner in ihrer Stadt Kellnerinnen suchte, hatte sie sich spontan beworben. Jetzt, drei Jahre später, hasste sie diese alberne sexistische Uniform und konnte den Geruch von Fast Food nicht mehr ertragen. Ursprünglich hatte sie Literaturwissenschaft studiert und etwas in diesem Bereich machen wollen, vielleicht in einem Verlag arbeiten. Aber in Herne und der näheren Umgebung gab es keine Verlagshäuser, und irgendwann hatte sie angefangen, Jobs anzunehmen, um die Rechnungen bezahlen zu können, und ihr Traum war in Vergessenheit geraten.

Sie warf einen Blick in den Spiegel. Das Kleid war bonbonrosa, viel zu kurz und noch dazu viel zu körperbetont. An den Ärmeln und am Kragen befand sich ein weißer Spitzenbesatz, der zu der kleinen Schürze passte, die zu dem Outfit gehörte. Standardmäßig musste sie dazu weiße Söckchen und weiße altmodische Schuhe tragen. Was nicht nur absolut bescheuert aussah, sondern im Winter für Beinahe-Erfrierungen sorgte. Aber das absolute Highlight war das kleine weiße Spitzen-Häubchen, was das Outfit angeblich abrundete. Dieses setzte sie aber immer erst im Restaurant auf, denn sie wollte sich in der U-Bahn nicht noch mehr blamieren als sowieso schon. Im Winter verdeckte zum Glück ihr Mantel den größten Teil der Uniform, aber jetzt kam der Sommer, was bedeutete, dass jeder ihr Outfit in voller Pracht bewundern konnte.

Wer im Ruhrgebiet lebte, war an freche Sprüche und blöde Anmachen gewöhnt und entsprechend abgehärtet, aber diese Uniform war die reinste Einladung für unqualifizierte Bemerkungen.

Noch war es zum Glück kühl genug für den Mantel und sie zog ihn hastig über, um sich auf den Weg zur Arbeit zu machen.

Als sie um Mitternacht nach Hause kam, schälte sie sich aus ihrer klebrigen Uniform – ein kleines Kind war so nett gewesen, eine Ketchupflasche als Pistole auf sie zu richten – und ließ sie einfach auf dem Boden liegen, denn sie wollte nur noch ins Bett. Wer noch nie als Kellnerin gearbeitet hatte, konnte sich nicht vorstellen, wie sehr einem die Füße, die Beine und der Rücken am Ende einer Schicht wehtaten. Sie hasste diesen Job so abgrundtief und nachts nahm sie sich immer vor, nach etwas Neuem Ausschau zu halten, das ihr mehr Freude machte. Aber am nächsten Tag dachte sie wieder an die Miete und an all die anderen Rechnungen und sie machte sich bewusst, dass die meisten Leute ihren Job nicht liebten und ihn nur ausübten, um ihr Leben finanzieren zu können.

Was für ein Leben?, dachte sie bitter, bevor sie vollkommen erschöpft einschlief.

***

Die Sonne schien in ihr Gesicht und weckte sie. Im Halbschlaf blinzelte sie gegen das Licht an und ihr fiel ein, dass sie gestern vergessen hatte, die Rollladen herunterzulassen.

Perfekt.

Sie überlegte kurz, rüberzugehen, sie runterzulassen und zu versuchen, noch ein bisschen weiterzuschlafen, aber sie wusste, wenn sie erst mal aufstand, würde sie nicht wieder einschlafen können.

Also stand sie auf, zog sich ihren gemütlichen himmelblauen Bademantel über und tapste in die Küche. Sie steckte eine Kapsel des extra starken Kaffees in die Maschine und während dieser durchlief, eilte sie zurück ins Schlafzimmer, um sich ein paar ihrer Flauschsocken überzustreifen, da die Kacheln in der Küche eiskalt waren. Danach holte sie ihre Tasse, gab ordentlich

Zucker hinzu und ging damit ins Wohnzimmer. Sie kuschelte sich auf die Couch und schnappte sich die Decke, in der sie sich immer zum Fernsehgucken oder Lesen einmummelte und nahm einen großen Schluck des heißen Gebräus. Normalerweise war sie eher der *Latte-macchiato*-Typ mit viel Aroma und Zucker darin, aber als erste Tasse am Morgen bevorzugte sie die starken *Morning-Breakfast*-Kapseln. Als sie die Tasse halb ausgetrunken hatte, fiel ihr Blick auf die Briefe von gestern, die sie komplett vergessen hatte, aber mehr als Rechnungen erwartete sie eh nicht.

Doch neben Briefen der Stadtwerke, GEZ und Werbung war auch ein Brief einer Anwaltskanzlei aus Essen dabei. *Schneider, Köhler und Berninghaus, Anwaltskanzlei* stand auf dem Briefkopf.

Warum bekam sie Post von einem Anwalt? Hatte sie etwa vergessen, etwas zu bezahlen? Aber das konnte nicht sein, bis sich ein Anwalt bei so etwas einschaltete, dauerte es. Sie hätte vorher unzählige Mahnungen und Briefe von einem Inkassobüro erhalten müssen. Sie schaute auf den Adressaufkleber, weil sie kurzzeitig dachte, der Brief wäre vielleicht für einen ihrer Nachbarn bestimmt, aber nein, ihr Name stand darauf.

Ihr Herz fing an, schneller zu klopfen, und sie stellte die Kaffeetasse beiseite. Sie konnte sich nicht erklären, warum, aber bei Anwälten dachte sie sofort an etwas Negatives.

Mit zittrigen Fingern riss sie den Umschlag auf und nestelte den Brief heraus.

Sie überflog ihn angespannt, verstand jedoch kein Wort, also las sie ihn noch einmal und schließlich ein drittes Mal.

Es ging um eine Testamentseröffnung, zu der sie eingeladen war. Die Verstorbene hieß Abigail Houlahan. Irgendetwas klingelte bei diesem Namen bei ihr, doch sie konnte ihn nicht wirklich einordnen. Es kam ihr so vor, als hätte sie ihn schon einmal gehört. Aber wo? An so einen außergewöhnlichen Namen müsste sie sich doch eigentlich sofort erinnern können. Je länger sie darüber nachgrübelte, umso mehr kam es ihr so vor, als hätte ihre Mutter ihn ihr gegenüber erwähnt. Aber vielleicht täuschte sie sich auch.

Sie warf einen Blick auf die Uhr und stellte fest, dass es erst acht Uhr war. Eigentlich zu früh, um bei jemandem anzurufen, aber sie wusste, dass ihre Mutter schon seit Stunden wach war. Sie stand meistens schon um fünf Uhr auf. Sie war früher Krankenschwester gewesen und die ganzen Nacht- und Frühschichten hatten ihren Schlafrhythmus für immer zerstört, sodass sie selbst jetzt als Rentnerin zu nachtschlafender Zeit aufstand. Sie erhob sich also, holte das Telefon und tippte die Nummer ihrer Mutter ein.

„Brunswick. Hallo?", meldete sich ihre Mutter tatsächlich putzmunter.

Alana musste unwillkürlich schmunzeln. Ihre Mutter war wahrlich ein Relikt aus der Vergangenheit. Es kam ihr nie in den Sinn, vorher auf das Display zu schauen, wer anrief, um zu entscheiden, ob sie den Anruf annehmen wollte. Sie stammte aus einer Zeit, als es diese Technik noch nicht gegeben hatte und man einfach ans Telefon ging, wenn es klingelte. Genauso, wie sie immer die Tür öffnete, wenn es schellte.

Wenn sie selbst gerade beschäftigt war, oder auch nur in ein spannendes Buch vertieft, ließ sie es einfach klingeln ... etwas, was für ihre Mutter komplett unverständlich war.

Aber du warst doch zu Hause, hatte sie erst letztens verwirrt gesagt, als sie Alana den ganzen Nachmittag über nicht erreicht hatte.

Ja, aber ich hatte keine Lust ans Telefon zu gehen, mein Buch war so spannend, hatte sie erwidert.

Eine Diskussion, die sie schon öfter geführt hatten. Alana hatte ihr versichert, dass sie nicht die Einzige war, viele Leute ihrer Generation machten es genauso.

Aber in diesem Moment war sie froh, dass ihre Mutter so gut wie immer erreichbar war, denn sie hoffte inständig, dass ihre Mutter ein wenig Licht ins Dunkel bringen würde.

Nachdem sie ein bisschen Small Talk gemacht, und dabei alles über den schrecklichen Hund der Nachbarin erfahren hatte, konnte sie endlich zum Grund ihres Anrufes kommen.

„Mama, kennst du eine Abigail Houlahan? Mir kommt der Name irgendwie bekannt vor, aber ich kann ihn nicht wirklich einordnen."

Am anderen Ende der Leitung herrschte Schweigen, was absolut untypisch für ihre Mutter war.

„Mama?", fragte Alana und schaute kurz auf das Display, um sich zu vergewissern, dass die Verbindung noch intakt war.

Jetzt hörte sie ein leises Seufzen und dann ein Räuspern. „Houlahan ist der Name deiner Großmutter ... meiner Mutter. Warum fragst du?", erkundigte sie sich fast argwöhnisch.

Ihrer Großmutter? Alana grübelte nach. Sie hatte ihre Großmutter niemals kennengelernt, da ihre Mutter keinen Kontakt mit ihr gehabt hatte und diese weggezogen war, als sie noch ein kleines Kind gewesen war. Aber warum war ihr der Name trotzdem nicht bekannt vorgekommen? Klar, ihre Mutter hatte nicht oft über sie geredet, aber … jetzt fiel es ihr wieder ein. „Oma Abby hast du sie immer genannt", rief sie jetzt triumphierend. „Deswegen hat mir Abigail nichts gesagt. Aber war dein Mädchenname nicht Konrad?"

Ihre Mutter seufzte wieder. „Ja, mein Vater hieß Konrad, das stimmt, aber nachdem mein Vater gestorben ist, hat meine Mutter wieder ihren Mädchennamen Houlahan angenommen. Sie sagte, damit fühle sie sich ihren amerikanischen Wurzeln näher." Alana kannte ihre Mutter gut genug, um ihre Stimmungen einschätzen zu können, ohne sie zu sehen und in ihrer Stimme lag eindeutig Unverständnis und Bitterkeit. Sie hatte natürlich gewusst, dass ihre Mutter und ihre Großmutter keinen Kontakt miteinander gehabt hatten, aber irgendwie hatte sie das Ganze nie hinterfragt und sich nie nach den genauen Gründen erkundigt. Sie hatte sehr liebe Großeltern väterlicherseits, mit denen sie ein sehr enges Verhältnis pflegte. Und da ihr Großvater mütterlicherseits schon vor ihrer Geburt verstorben und ihre Großmutter nie präsent gewesen war, war dies irgendwie der Normalzustand gewesen. Der Name *Oma Abby* war nur äußerst selten mal gefallen, wenn ihre Mutter etwas aus ihrer Kindheit erzählt hatte. In Alanas Kindheit hatte sie nie eine Rolle gespielt und da ihre anderen Großeltern immer für sie da gewesen waren, hatte sie diese Lücke auch nie wirklich bemerkt, und auch niemals versucht, mehr über ihre andere Großmutter zu erfahren oder Kontakt zu ihr zu suchen.

„Wie kommst du darauf?", fragte ihre Mutter und riss sie aus ihren Gedanken.

Alana dachte an den Brief und ihr wurde bewusst, dass ihre Mutter offenbar gar nicht wusste, dass Abigail gestorben war, was seltsam war, denn als Tochter war sie doch bestimmt ebenfalls zur Testamentseröffnung eingeladen worden.

„Hast du gestern nach der Post geschaut?", fragte Alana unverbindlich.

„Was ist denn das für eine komische Frage, ja habe ich ... Moment mal ...", erwiderte ihre Mutter und verstummte kurz, bevor sie leise sagte: „Sie hat dir geschrieben, oder? Du hast einen Brief von meiner Mutter bekommen."

Alana konnte deutlich die Verletztheit aus der Stimme ihrer Mutter heraushören.

„Nein, sie hat mir nicht geschrieben", sagte sie hastig, aber dann verstummte sie, denn sie wusste nicht, wie sie fortfahren sollte. Sie wollte ihr nicht am Telefon sagen, dass ihre Mutter tot war ... so etwas konnte man doch nicht am Telefon mitteilen.

„Warum fragst du dann, ob ich Post hatte, und erkundigst dich nach dem Namen deiner Oma?"

„Mama, was hältst du davon, wenn ich nachher mal vorbeischaue? Ich muss erst heute Abend arbeiten und wir können doch einen Kaffee zusammen trinken", schlug sie vor.

Sie wollte es ihrer Mutter gar nicht sagen, aber persönlich war immer noch besser als am Telefon und danach könnte sie ihr dann den Brief zeigen.

Aber sie hatte die Rechnung ohne ihre Mutter gemacht. „Wenn du mir irgendetwas Unangenehmes sagen willst, und es hört sich ganz danach an, dann will ich es sofort wissen. Du kannst jederzeit gern zum Kaffee kommen, das weißt du, aber sag mir jetzt, was das alles soll. Das Thema meine Mutter ist ... schwierig", erklärte sie und wartete dann auf Alanas Antwort.

„Ich habe einen Brief von einer Anwaltskanzlei bekommen", berichtete Alana wahrheitsgemäß. „Es geht dabei um Abigail Houlahan ... und um eine Testamentseröffnung, zu der ich eingeladen bin", stieß sie schließlich hervor.

Sie strich sich eine Strähne ihres langen Haares hinters Ohr und zog die Beine an den Oberkörper. Wenn sie gewusst hätte, dass Abigail ihre Großmutter war, hätte sie dieses Gespräch niemals am Telefon geführt.

„Sie ist also tot", sagte ihre Mutter, klang aber sehr gefasst. „Wann ist sie gestorben und woran?"

„Das weiß ich leider nicht. Das steht nicht in dem Brief. Es ist nur ein informelles Schreiben." Sie zögerte kurz, bevor sie sagte: „Es tut mir leid wegen deines Verlustes."

Ihre Mutter stieß ein trauriges Lachen hervor. „Das braucht dir nicht leidzutun. Meine Mutter ist seit Jahrzehnten abwesend, wir hatten das letzte Mal Kontakt, da warst du noch ein Kind. Mir kam es daher so vor, als wäre sie schon vor langer Zeit gestorben. Es klingt hart, ich weiß, aber die Nachricht löst in mir ein Gefühl aus, als wäre eine entfernte Bekannte gestorben, nicht meine Mutter, verstehst du?"

Alana versuchte, es sich vorzustellen, aber das war schwierig, denn sie hatte stets einen guten Kontakt zu ihren Eltern und zu ihren anderen Großeltern gehabt. Was musste passieren, dass man den Kontakt abbrach und Jahrzehnte lang nie wieder miteinander sprach? Sie fand das unglaublich traurig. Sie glaubte nicht, dass es etwas gab, was dazu führen könnte, dass sie und ihre Mutter für immer den Kontakt abbrachen. Ja, natürlich entstanden mal Streits oder Meinungsverschiedenheiten und es konnte bestimmt auch vorkommen, dass man eine Weile nicht miteinander sprach, aber dann würde doch normalerweise einer der Beteiligten seinen Stolz hinunterschlucken und einen Schritt auf den anderen zu machen.

„Du kriegst bestimmt auch noch einen Brief von der Anwaltskanzlei mit den Informationen. Ruf doch am besten mal an und frag nach, dann erfährst du vielleicht auch noch mehr Infos und kannst sie Genaueres fragen." Sie nahm den Brief zur Hand und gab ihrer Mutter langsam die Telefonnummer und den Namen der Kanzlei durch.

„Ich rufe nachher noch mal an, und dann kannst du mir erzählen, was sie gesagt haben", meinte sie und beendete das Telefonat. Denn sie merkte, dass ihre Mutter nicht mehr bei der Sache war, was ja auch absolut verständlich war. Auch wenn sie es nicht zugab, aber die Nachricht vom Tod ihrer Mutter hatte sie bestimmt doch berührt, selbst wenn sie so lange keinen Kontakt miteinander gehabt hatten, oder vielleicht auch gerade deshalb.

Kapitel 2

Es war schon eine Weile her, dass sie in Essen gewesen war, obwohl man mit dem Zug innerhalb einer dreiviertel Stunde dorthin kam. Aber die Corona Pandemie steckte einem irgendwie immer noch in den Knochen. Man hatte so lange eingebläut bekommen, dass Reisen, selbst in die Nachbarstädte gefährlich waren, bis man irgendwann nur noch zu Hause geblieben war. Jetzt war sogar die Maskenpflicht in NRW komplett gefallen, aber man verbrachte irgendwie immer noch so viel Zeit in seinen eigenen vier Wänden. Die ganze Anfangszeit über war man sich eingesperrt vorgekommen, und hatte davon geträumt, endlich wieder alles machen zu können ... jetzt war es seit einer Weile wieder so weit, aber man schien irgendwie im alten Trott festzustecken. Vielleicht ging es aber auch nur ihr so. Außer zur Arbeit ging sie so gut wie nirgendwo hin und während der Pandemie war auch der Kontakt zu ihren wenigen Freundinnen abgebrochen. Vielleicht wäre es anders, wenn sie einen Freund hätte, dann würde es ihr bestimmt mehr Spaß machen ins Kino oder in Restaurants zu gehen. Es war albern, das wusste sie selbst. Millionen Singles gingen allein essen, ins Kino oder zu Veranstaltungen, aber sie war schon immer sehr introvertiert gewesen und fühlte sich so allein einfach unwohl. Außerdem machte es sie traurig, denn wenn sie Pärchen sah, während sie allein irgendwo saß, stellte sie sich unweigerlich vor, wie viel schöner das alles mit einem Partner wäre.

Normalerweise war sie eher der legere Jeans und übergroße Pullover Typ, aber nachdem sie die teure Anwaltskanzlei gegoogelt hatte, und all das edle Mahagoniholz und die Kunstwerke gesehen hatte, hatte sie sich für die Testamentseröffnung ein wenig in Schale geworfen. Sie hatte ein knielanges weinrotes Kleid an, das ihre Kurven betonte, aber dennoch nicht sexy im eigentlichen Sinne war, trug Stiefel mit Absatz und sie hatte sich mit einem passenden weinroten Lippenstift geschminkt, obwohl sie sonst eigentlich eher Nude-Töne bevorzugte.

Wahrscheinlich war das vollkommen albern, denn den Anwälten war es bestimmt komplett egal, ob sie dort in Jeans oder topgestylt auftauchte, besonders, da es sich ja auch um einen traurigen Anlass handelte. Aber sie selbst fühlte sich so wohler. Es war, als hätte sie eine Rüstung angelegt, mit der sie in der Lage war, mit der luxuriösen Umgebung zu verschmelzen.

Weil sie zu früh in Essen ankam, trank sie im Starbucks, das sich direkt im Bahnhof befand, noch einen Caramel Latte und fuhr dann mit dem Bus zur angegebenen Adresse.

Selbst die Umgebung sieht schon äußerst wohlhabend aus, dachte Alana, als sie sich der Haltestelle näherten, an der sie aussteigen musste. Es war die Gegend am Baldeneysee und Alana wusste, dass die Villen hier Millionen kosteten. War ihre Großmutter so wohlhabend gewesen, dass sie sich eine Anwaltskanzlei in dieser Gegend hatte leisten können, oder war das nur Zufall?

Sie drückte den Halteknopf und wartete, bis der Bus anhielt. Als sie ausstieg, blickte sie sich bewundernd um. Warum war sie schon so lange nicht mehr hier gewesen? Die Gegend am Wasser war wunderschön zum Spazieren gehen. Während sie zu der angegebenen Adresse lief, nahm sie sich fest vor, wieder öfter hierherzukommen, wenn es richtig warm war. Sie hatte sich schon zu lange eingeigelt.

Als sie das Gebäude erreichte, nahm sie den Fahrstuhl in den zweiten Stock, in der sich die Kanzlei befand. Sie stieg aus und bemühte sich, nicht allzu eingeschüchtert zu wirken, denn der Boden bestand aus teurem Marmor und die Wände waren mit hochpreisigen Tapeten geschmückt. Direkt über der Rezeption befand sich in großen goldenen Lettern das Logo der Kanzlei.

Sie nannte ihren Namen und sagte, dass sie einen Termin hatte, und die Empfangsdame bat sie, kurz Platz zu nehmen.

Sie fragte sich, warum sie eingeladen worden war, wo sie ihre Großmutter doch gar nicht gekannt hatte ... aber was noch viel wichtiger war: Warum ihre Mutter keine Einladung bekommen hatte. Diese hatte sie an jenem Abend nämlich angerufen und ihr erzählt, dass sie mit der Kanzlei Kontakt aufgenommen hatte und dass bei der Testamentseröffnung definitiv nur Alana eingeladen war.

Das hatte ihre Mutter natürlich verletzt, was sie absolut nachvollziehen konnte. Sie hatte kurz überlegt, auch nicht herzukommen, aber dann hatte letzten Endes doch ihre Neugier obsiegt. Was würde sie bei diesem Termin erfahren? Hatte eine Frau, an die sie keinerlei Erinnerung mehr hatte, ihr vielleicht sogar etwas hinterlassen?

Bevor sie noch weiter nachgrübeln konnte, kam ein designierter älterer Mann in einem offensichtlich maßgeschneiderten Anzug auf sie zu.

„Frau Brunswick, es freut mich, Sie kennenzulernen. Bitte folgen Sie mir in mein Büro.“

Sein Büro strahlte männliche Eleganz und Reichtum aus. Dunkles Holz dominierte den Raum und schwacher Zigarrenrauch lag in Luft. Grüne Glasschirme, wie man sie aus alten Filmen kannte, spendeten ein warmes Licht. Es war ein Raum, in dem man sich sofort wohlfühlte.

„Bitte nehmen Sie Platz“, sagte der Mann und wies auf einen breiten Sessel aus cognacfarbenem Leder, das wunderbar weich war.

„Mein Name ist Artur Köhler, und ich habe Sie zu dieser Testamentseröffnung eingeladen. Es hat mir sehr leidgetan, vom Tod Ihrer Großmutter zu hören, sie war ein wunderbarer Mensch.“

„Sie kannten meine Großmutter?“, fragte Alana überrascht.

„Ja, wir sind alte Freunde gewesen, wir kannten uns schon seit der Schulzeit. Als sie hörte, dass ich Anwalt bin, hat sie alles, was es zu regeln gab, mir übertragen. Eigentlich bin ich bereits in Rente und einer meiner Söhne hat meinen Platz übernommen, aber in diesem Fall, wollte ich das Ganze gern persönlich mit Ihnen besprechen, weil ich Abby sehr gern hatte.“

Alana musterte den Mann, der um die achtzig zu sein schien. Es war ein komisches Gefühl, dass dieser

Fremde so viel mehr über ihre Großmutter zu wissen schien als sie selbst.

„Ich habe hier zum einen das offizielle Dokument und zum anderen noch einen persönlichen Brief Ihrer Großmutter an Sie", sagte der Mann und überreichte ihr einen zugeklebten Umschlag mit ihrem Namen darauf.

Dann setzte er sich hinter seinen ausladenden Schreibtisch und begann zu lesen.

Alanas Herz klopfte plötzlich vor Aufregung so stark, dass sie feuchte Hände und Rauschen in den Ohren bekam.

Ihre Augen weiteten sich und sie bat den Anwalt die letzte Passage zu wiederholen, da sie sich sicher war, sich verhört zu haben.

Der Anwalt schenkte ihr ein Lächeln und sagte: „Ich weiß, das muss ein ziemlicher Schock für Sie sein, aber Ihre Großmutter hat Ihnen tatsächlich ihr Haus inklusive der gesamten Einrichtung darin vermacht. Ich war persönlich vor Ort und habe es mir angesehen und ich kann Ihnen sagen, es ist wunderschön. Es wurde ein bisschen vernachlässigt in den letzten Jahren, aufgrund des Alters Ihrer Großmutter und weil sie das letzte Jahr vor ihrem Tod in einem Pflegeheim verbracht hat, aber es ist ein Schmuckstück und der Strand ist nur einen Steinwurf entfernt. North Carolina ist aber auch eine traumhafte Gegend."

Alana wusste gar nicht, worauf sie zuerst reagieren sollte. „Sie hat mir ein Haus vererbt? Warum gerade mir? Und habe ich richtig gehört? In NORTH CAROLINA?", stieß sie fassungslos hervor.

„Ihre Großmutter stammt gebürtig aus den USA, sie ist als Teenager hierhergekommen, und im Alter hat sie sich nach ihrer alten Heimat zurückgesehnt. Sie stammte ursprünglich aus einer kleinen Stadt in der Nähe von Raleigh. Haben Sie das nicht gewusst?", fragte Artur Köhler sie.

Alana schüttelte nur stumm den Kopf. Sie war immer noch dabei, das alles zu verdauen, als der Anwalt vorlas: „Des Weiteren vermache ich meiner Enkelin Alana Brunswick 100.000 Dollar, damit sie die Mittel hat, das Haus zu renovieren und es nach ihren Wünschen umzugestalten."

Artur Köhler las auch noch den Rest des Testaments vor, aber Alana kam sich wie in einem Traum vor, aus dem sie gleich aufwachen würde. Ein Haus ... in Amerika ... 100.000 Dollar? Das konnte nicht stimmen. Doch der Anwalt, der ihr gegenübersaß, war mehr als real.

Als er Alanas fassungsloses Gesicht sah, lächelte er sanft und verständnisvoll. „Ich weiß, das ist alles sehr viel auf einmal und Sie fühlen sich bestimmt überwältigt, aber es sind ja wunderbare Neuigkeiten. Sie müssen Ihrer Großmutter viel bedeutet haben, denn Sie sind neben ihrem Lebensgefährten, die einzige Begünstigte."

„Sie hatte einen Lebensgefährten?"

„Ja, ein sehr netter Mann, der aus dem gleichen Ort stammt, in dem ihre Großmutter zuletzt gelebt hat. Er war so nett, mich ins Haus zu lassen. Er hat die persönlichen Gegenstände ihrer Großmutter geerbt. Dinge von emotionalem Wert, verstehen Sie?"

Sie wusste nichts, rein gar nichts von dieser Frau, die ihr ein Haus und so eine Geldsumme vererbt hatte.

„Ich kann nicht in dieses Haus ziehen. Es befindet sich in North Carolina. Ich kann doch nicht einfach so auswandern! Darf ich das Haus auch verkaufen? Kann ich das über Sie laufen lassen ... würden Sie sich darum kümmern?"

Der Anwalt blickte sie ernst an. „Es gibt keine Klausel in diesem Vertrag, in der steht, dass Sie das Haus nicht veräußern dürften, und ich könnte mich selbstverständlich um den Verkauf kümmern und einen Makler dort beauftragen. Aber ich würde Ihnen dringend empfehlen, erst einmal eine Nacht darüber zu schlafen und sich ein paar Tage Zeit zu lassen. Momentan ist das Haus sehr renovierungsbedürftig und es würde nur einen Bruchteil des Preises bringen, den Sie für ein Haus in solcher Lage, in Strandnähe bekommen könnten. Außerdem hat Ihre Großmutter Ihnen das Haus wahrscheinlich aus einem guten Grund vermacht. Sie wollte, dass Sie es bekommen und kein anderer. Deshalb würde ich nichts überstürzen."

Als Alana nichts erwiderte, sagte er: „Fahren Sie erst einmal nach Hause und überdenken Sie das Ganze in Ruhe. Sie haben ja meine Nummer und können mich jederzeit anrufen und mir mitteilen, wozu sie sich entschieden haben."

Er stand auf, überreichte ihr eine Kopie des Testaments und schüttelte ihr die Hand.

Mit wackeligen Knien stand Alana ebenfalls auf und verabschiedete sich von dem Anwalt. Wie betäubt verließ sie die Kanzlei.

Während sie mit dem Zug zurückfuhr, gingen ihr unwillkürlich die Worte des Anwalts durch den Kopf: *Ihre*

Großmutter wird einen guten Grund gehabt haben, Ihnen alles zu vermachen.

Sie schüttelte den Kopf. Außer, dass ihre Großmutter am Ende ihres Lebens vielleicht geistig nicht mehr ganz zurechnungsfähig gewesen war, fiel ihr kein Grund ein. Egal, wie sehr sie darüber nachgrübelte, sie verstand es nicht. Das Ganze war absolut verrückt. Als wenn sie einfach nach Amerika auswandern würde!

In diesem Moment klingelte ihr Handy. Sie warf einen Blick auf das Display und sah, dass es ihre Mutter war. Klar, diese war neugierig, was bei dem Termin herausgekommen war, und wollte alles wissen, aber sie fühlte sich momentan einfach nicht in der Lage, mit irgendjemandem darüber zu reden, und ganz besonders nicht mit ihrer Mutter. Wie sollte sie dieser denn bitte schön erklären, dass sie neben dem Lebensgefährten, die einzige Erbin von Abigail Houlahan war? *Und* dass ihre Mutter nicht mit einem einzigen Wort erwähnt worden war! Selbst wenn sie Jahrzehnte keinen Kontakt gehabt hatten, war sie doch immer noch ihre Tochter gewesen und es würde sie verletzen. Alana musste das alles selbst erst einmal ein wenig verarbeiten und begreifen, bevor sie ihr davon erzählte. Vielleicht würde der Brief ihrer Großmutter ja ein wenig Klarheit bringen. Aber so neugierig und nervös sie auch war, sie wollte ihn nicht hier in diesem überfüllten Zug voller lautstarker Jugendlicher lesen. Das kam ihr einfach nicht richtig vor.

Also wartete sie nervös, bis der Zug in den Herner Bahnhof einfuhr und sprang dann auf. Danach ging sie hinunter zum Busbahnhof. Als sie sah, dass ihr Bus erst in fünfzehn Minuten kam, beschloss sie, sich einen Big

Mac bei McDonalds zu holen, denn das Letzte, was sie heute gegessen hatte, war zum Frühstück eine Schüssel Müsli gewesen und das war schon Ewigkeiten her. Jetzt, wo die akute Aufregung abgeflacht war, fing auch ihr Magen immer mehr an zu knurren.

Als sie auf ihren Big Mac wartete, wurde ihr bewusst, dass sie gerade in einem Fast-Food-Restaurant stand, obwohl sie in Kürze 100.000 Dollar besitzen würde und ein Haus, das wahrscheinlich um ein Vielfaches wertvoller war ... zumindest nach der Renovierung. *Eigentlich hätte sie sich Champagner kaufen sollen*, dachte sie grinsend.

Andererseits war sie ja noch nicht reich, noch war sie die gleiche arme Kellnerin wie immer, die froh war, wenn sie ihre Miete und die restlichen Rechnungen zusammenbekam.

Während sie mit Hunger ihren Burger verspeiste und anschließend zur Bushaltestelle ging, träumte sie ein wenig vor sich hin, was sie mit so viel Geld alles anstellen könnte. Und wenn sie das Haus verkauft hatte, würde es noch wesentlich mehr sein. Vielleicht könnte sie eine Weile ihren Job kündigen und etwas tun, was sie schon immer gewollt hatte. Reisen und etwas von der Welt sehen oder einen eigenen Roman schreiben. Sie wusste nicht, ob sie Talent dazu hatte, aber sie liebte Bücher und sobald auch nur etwas Geld am Ende des Monats übrig blieb, eilte sie in die nächste Buchhandlung.

Außerdem könnte sie ihre Wohnung endlich neu einrichten, denn diese war absolut trostlos, das war ihr besonders während der Lockdowns in der Pandemie bewusst geworden.

Sie stieg in den Bus und innerhalb von zwanzig Minuten war sie zu Hause. Als sie die Tür aufschloss, war das wie eine Bestätigung ihrer Gedanken. Eigentlich sollte das eigene Zuhause ein Rückzugs- und Wohlfühlort sein, aber ihre Wohnung war eher deprimierend. Das lag natürlich zum einen an den fehlenden finanziellen Mitteln, aber irgendwie auch an ihrer allgemeinen Einstellung in letzter Zeit. Nach der Trennung von ihrem letzten Freund hatte sie irgendwie die Vorstellung aufgegeben, dass es den EINEN tatsächlich gab. Sie liebte es weiterhin, in ihren Romanen von wunderschönen, herzzerreißenden Liebesgeschichten zu lesen, aber sie glaubte nicht mehr, dass es einen Mann, wie in den Büchern wirklich gab.

Dazu war noch die Pandemie gekommen, die den Kontakt zu den wenigen Freundinnen hatte abbrechen lassen ... man konnte sagen, das letzte Jahr war hart für sie gewesen.

Aber vielleicht war dieses Erbe ja der Lichtblick, auf den sie gewartet hatte.

Als sie gerade ihre Jacke auszog, klingelte ihr Handy schon wieder. Das Display bestätigte ihr, dass es erneut ihre Mutter war. Als es aufhörte zu klingeln, sah sie, dass sie außerdem schon mehrere WhatsApp-Nachrichten von ihr hatte.

Sie kniff sich mit Zeigefinger und Daumen in die Nasenwurzel und seufzte leise.

Sie verstand ja, dass ihre Mutter neugierig war, aber sie konnte und wollte jetzt noch nicht mit ihr telefonieren.

Bin noch unterwegs, melde mich später, schrieb sie kurzerhand und hoffte, dass ihr das wenigstens ein bisschen Zeit verschaffen würde. Denn sie wollte den Brief ihrer Großmutter – wie seltsam sich das anhörte – zuerst lesen, damit sie auch wirklich alle Informationen kannte.

Melde dich, sobald du kannst, ich will alles wissen. Das Warten macht mich wahnsinnig.

Sie würde ihre Mutter später anrufen, aber sie konnte sich nicht vorstellen, dass es dieser besser ging, wenn sie erfuhr, dass ihre Mutter ihr nichts hinterlassen hatte. Ihrer Enkelin, die sie gar nicht kannte, dafür aber ein ganzes Haus und nicht unerheblich wenig Geld.

Sie fragte sich, was damals zwischen den beiden vorgefallen war. War es etwas wirklich Dramatisches gewesen, oder etwas, das eigentlich kaum der Rede wert war, sich die Fronten aber irgendwann so verhärtet hatten, dass irgendwie keiner der Erste sein wollte, der zuerst nachgab? Sie hatte mal irgendwo gelesen, dass die Welt voller Menschen war, die darauf warteten, dass der andere den ersten Schritt machte, und so traurig es war, aber es entsprach der Wahrheit. Wie viel Einsamkeit könnte verhindert werden, wenn man einfach zum Hörer griff und seinen Stolz herunterschluckte.

Sie machte sich einen schwarzen Tee mit Zitrone und holte ihre Lieblingspralinen aus dem Schrank. Wenn heute kein Tag zum Sündigen war, wann dann? Außerdem brauchte sie beim Lesen dieses Briefes dringend Nervennahrung.

Sie steckte sich eine der Pralinen in den Mund und schloss kurz genießerisch die Augen, dann trug sie Tee und Pralinen zum Wohnzimmertisch, wo sie auch schon den Brief deponiert hatte.

Danach huschte sie noch schnell ins Schlafzimmer, um sich eine bequeme Yogahose und ein weites T-Shirt anzuziehen, denn sie wollte sich absolut wohlfühlen.

Kurz darauf setzte sie sich auf die Couch, zog die Beine an und breitete die Decke über sich aus. Nun war sie bereit.

Sie trank vorsichtig einen Schluck Tee und griff dann nach dem Umschlag. Als sie ihn öffnete und den Brief herauszog, fielen zwei Fotos heraus, aber sie schaute bewusst nicht darauf, sondern legte sie umgedreht auf den Wohnzimmertisch. Sie wollte zuerst den Brief lesen.

Plötzlich verspürte sie wieder Herzklopfen und war aufgeregt.

Die Schrift auf dem Papier war wunderschön, äußerst filigran und weiblich.

Liebe Alana,

ich kann mir vorstellen, dass heute ein sehr aufregender Tag für dich gewesen ist, und dir wahrscheinlich Unmengen an Fragen im Kopf umherschwirren. Ich hoffe, dir mit diesem Brief wenigstens einige beantworten zu können.
Mein Name ist Abigail Houlahan und ich bin deine Großmutter. Als ich dich das letzte Mal gesehen habe, warst du noch ein kleines Baby, und jetzt bist du eine wunderschöne erwachsene Frau. Ich wünschte, ich hätte dich aufwachsen sehen und dir die Großmutter sein können, die du verdienst, aber das war leider unmöglich.

Ich weiß nicht, wie viel dir deine Mutter erzählt hat, aber sie hat es mir nie verziehen, dass ich wieder zurück nach Amerika gegangen bin. Ich wollte, dass ihr mich dort besucht, und wäre auch zwischendurch zu euch gekommen, aber leider war deine Mutter nicht damit einverstanden. Anfangs habe ich versucht, Kontakt zu halten. Ich habe euch Briefe und Geburtstags- und Weihnachtskarten geschrieben und dir zu den Feiertagen Geschenke geschickt, aber alles kam ungeöffnet wieder zurück.

Sei nicht böse auf deine Mutter, denn das bin ich auch nicht. Beziehungen zwischen Müttern und Töchtern sind manchmal schwierig und sie hat meine Entscheidung leider nie verstehen können. Ich wünschte dennoch, es wäre alles anders gewesen.

Ich habe immer mit mir gehadert, Kontakt mit Dir aufzunehmen, als Du älter warst, aber ich wollte auf keinen Fall einen Keil zwischen Dich und Deine Mutter treiben. Ich wollte nicht, dass Du Dich meinetwegen mit ihr streitet, und sie Dich zwingt, Dich zwischen ihr und mir zu entscheiden.

Doch auch, wenn ich über deine Mutter nichts über dich erfahren konnte, habe ich versucht, aus der Ferne an deinem Leben teilzuhaben. Ich habe Verwandte und Freunde gebeten, mir Fotos von dir zu schicken – während ich dies schreibe, sehe ich mir die Bilder von dir an, bei deiner Einschulung, deinem Schulabschluss, mit Freunden oder auf Familienfeiern. Ich habe dich groß werden sehen und gehört, was für ein toller Mensch du geworden bist. Und von dem, was ich gehört habe, scheinst du mir sehr ähnlich zu sein. Deine Mutter kam immer mehr nach meinem Mann als nach *mir, die beiden waren vernünftig, stets rational und mehr der Logik zugewandt. Ich hingegen war eher wild, freiheitsliebend und an allem Kreativen interessiert. Außerdem liebe ich Bücher. Immer wenn ich stundenlang in einem Buch versunken war, hat mich dein Großvater stirnrunzelnd angesehen und gesagt, ich solle doch lieber etwas Vernünftiges machen, anstatt meine Zeit mit so etwas zu vergeuden.*

Alana musste unwillkürlich grinsen, denn ganz genau das sagte ihre Mutter auch immer, wenn sie hörte, dass Alana ganze Wochenenden nur mit Lesen verbracht hatte.

Ihre Großmutter hatte Bücher ebenfalls geliebt! Hatte sie diese Liebe an sie weitervererbt? War so etwas möglich?

Sie nahm sich noch eine Praline und las weiter.

Ich weiß, es hat dich bestimmt überrascht, dass ich dir etwas vermacht habe, obwohl ich dich gar nicht kenne, aber ich wollte dir etwas schenken, das wertvoller ist als alles andere auf der Welt: Glück!

Der Umzug nach North Carolina war das Verrückteste, was ich jemals getan habe, aber es war auch das, was mir die glücklichste Zeit meines Lebens beschert hat. Das Einzige, was ich mir für dich wünsche, ist, dass du glücklich wirst, und es würde mir die Welt bedeuten, wenn ich dabei helfen könnte, dass du es wirst.

Ich liebe mein Haus und ich hoffe, es wird dir genauso ergehen. Es ist keine prunkvolle Villa, aber in jedem Zimmer steckt meine Liebe und man fühlt sich darin sofort zu Hause und geborgen, und wenn man am

Strand entlangwandert, hat man das Gefühl, dass seine Seele endlich frei ist und dass man hier der Mensch sein kann, der man schon immer sein wollte. Ich weiß, es hört sich kitschig an, aber wenn du hier bist, wirst du verstehen, wovon ich schreibe. Es ist ein Gefühl, als wenn man hier nicht traurig sein könnte, als wenn jeder neue Tag ein Abenteuer wäre und bei mir ist es auch genauso gewesen.

Das Geld habe ich dir hinterlassen, damit du dir nach dem Umzug erst mal keine Gedanken um die Finanzen machen musst und alles nach deinen Wünschen einrichten, einkaufen und dich erst einmal einleben kannst.

Nach Amerika kann man nicht einfach so ziehen, da ich aber gebürtige Amerikanerin bin und dir das Haus offiziell vererbt habe, besitzt du jetzt quasi schon einen festen Wohnsitz. Und ein Arbeitsvisum würdest du auch bekommen, denn ich habe in der Bücherei im Ort, in der ich, seit ich hier wohne, ehrenamtlich arbeite, einen Job für dich besorgt. Ich weiß wie gesagt nicht, ob du Bücher magst, aber für mich war es immer ein Traumjob.

Wenn du dich dafür entscheidest, was ich von Herzen hoffe, wird dir Artur Köhler einen Umschlag mit allen nötigen Informationen aushändigen.

Das klang so, als wenn ihre Großmutter ein ganzes Leben für sie vorbereitet hatte … ein Haus, Geld und auch noch einen Job. Und jedes einzelne Detail klang, als wenn es ihren Wunschträumen entspräche.

Bis auf die kleine Tatsache, dass dieses Leben in einem anderen Land auf sie warten würde. Ja, sie war nicht der spontanste Mensch, das gab sie zu, aber zwischen, man fuhr spontan in die Stadt und ließ sich einen neuen Haarschnitt verpassen oder man riss alle Brücken hinter sich ab und fing ein komplett neues Leben an, lag ein himmelweiter Unterschied. Außerdem bezweifelte sie, dass das Leben dort wirklich so fantastisch war, wie ihre Großmutter es beschrieb. Entweder sah sie alles dort durch eine rosarote Brille oder sie beschrieb es ihr deshalb in den schillerndsten Farben, weil sie Alana davon überzeugen wollte, das Erbe anzunehmen.

Sie trank ihren Tee aus, obwohl er inzwischen kalt geworden war, und versuchte, sich das Leben vorzustellen, das ihre Großmutter geführt hatte. War sie dort wirklich so glücklich gewesen?

Ich liebe dich und bin stolz auf dich und ich wünsche dir, dass du Glück und Liebe finden wirst. Du sollst ein erfülltes Leben haben und all deine Träume verwirklichen.
Lass dir von niemandem einreden, dass du verrückt oder egoistisch bist, wenn du dich dafür entscheidest, das zu tun, was du liebst, egal, was es auch ist.
Höre immer auf dein Herz und deinen Bauch, nicht auf deinen Verstand, oder auf andere Menschen, die dir vorschreiben wollen, wie du zu sein hast. Egal, was du tust, wenn du es voller Leidenschaft tust, ist es das Richtige, und es gibt keinen Grund, dich dafür zu schämen.
Ich wünschte, ich könnte dir all das persönlich sagen und hätte dich beim Aufwachsen begleiten können, um dir stets das Gefühl zu geben, dass du perfekt bist, so wie du bist.

Doch das konnte ich leider nicht, deshalb hoffe ich von ganzem Herzen, dass du mein Geschenk annimmst, in mein Haus ziehst und genauso glücklich wirst, wie ich es in den letzten Jahren war.

*In Liebe
deine Großmutter Abby*

Alanas Sicht verschwamm, und sie musste die Tränen wegwischen, die ihr beim Lesen des letzten Absatzes gekommen waren.

Ihre Großmutter konnte es nicht wissen – oder vielleicht auch doch, schließlich hatte sie viele Jahre keinen Kontakt mehr mit ihrer Tochter gehabt, aber Alanas Mutter, Abigails Tochter war eine Person, die immerzu an einem herumkritisierte. Sie meinte es bestimmt nicht böse, aber seit sie sich erinnern konnte, war nichts, was Alana getan hatte, jemals gut genug für sie gewesen. Sie hatte eine Eins in der Deutscharbeit ... aber in Mathematik stand sie nur auf einer Drei. Wenn sie ein neues Kleid anprobiert hatte, hatte ihre Mutter ihr gesagt, dass sie das mit ihrer Figur nicht tragen konnte; den Pony, den sie gewollt hatte, würde ihren Eierkopf betonen. Ständig hatte sie ihr gesagt, dass sie ihren Babyspeck loswerden sollte, obwohl sie als Teenager fünfundfünfzig Kilo gewogen hatte. All das hatte, gerade in ihrer Pubertät, immens an ihrem Selbstbewusstsein genagt.

Und auch heute war es nicht besser. Dass sie als Kellnerin arbeitete, war ja wohl unter ihrer Würde, ihre Freunde waren grundsätzlich nur Verlierer und Taugenichtse und ihr Kleidungsstil, ihre Frisur, ihre Wohnungseinrichtung – das alles war verbesserungswürdig.

Ihre Mutter war ein absolut logischer und rationaler Mensch, der immer aussprach, was er dachte. Alana glaubte nicht, dass sie all das sagte, um sie zu verletzen, sie meinte es auf ihre Art wahrscheinlich gut und wollte ihr helfen. Aber sie hatte schon immer darunter gelitten, dass nichts, was sie tat, gut genug für ihre Mutter zu sein schien. Und genau das, was ihre Großmutter geschrieben hatte, wünschte sie sich schon ihr ganzes Leben. Geliebt zu werden, genauso wie sie war, und dass ihre Mutter sie unterstützte, bei allem, was sie tat, egal, wie verrückt es ihr vielleicht auch vorkam.

Sie wünschte sich plötzlich zum ersten Mal, dass ihre Großmutter doch ein Teil ihres Lebens gewesen wäre ... jemand, der ihr das Gefühl gegeben hätte, etwas Besonderes zu sein, und der ihre Kreativität und ihre Leseleidenschaft geteilt hätte. Sie liebte die Eltern ihres Vaters, sie waren tolle Großeltern und hatten sie nach Strich und Faden verwöhnt, aber sie hatte auf einmal tief in sich das Gefühl, dass Abigail Houlahan ihr unfassbar ähnlich gewesen war. Ein Mensch, der lieber mit dem Herzen dachte, anstatt mit kalkulierter Logik, der von einem wunderschönen Leben träumte, das irgendwo auf einen wartete.

Und ihre Großmutter bot ihr genau dieses Leben auf einem Silbertablett an. Aber dafür müsste sie auswandern, und das war absolut verrückt. Sie schaffte es, seit der Trennung von ihrem Ex-Freund, ja noch nicht einmal allein ins Kino oder Restaurant zu gehen, wie sollte sie da in ein fremdes Land ziehen? Sie wäre gern so mutig, wie ihre Großmutter es gewesen war, aber dazu hatte sie zu große Angst. Sie war einfach nicht so stark und selbstbewusst.

Nachdem sie den Brief an die Seite gelegt hatte, nahm sie die Fotos vom Wohnzimmertisch und drehte sie um.

Sie wusste nicht, was sie erwartet hatte, aber der Anblick verschlug ihr komplett die Sprache.

Das erste Foto zeigte das Haus ihrer Großmutter … nein, es zeigte *ihr* Haus. Ihre Großmutter hatte wirklich nicht übertrieben, es war absolut traumhaft. Es war nicht besonders groß, aber es strahlte Freundlichkeit und Gemütlichkeit aus. Es bestand aus weißen Holzbohlen und die Fensterrahmen und Läden waren in einem hellen Meergrün gestrichen. Um das ganze Haus herum verlief eine Veranda, auf der eine Hollywoodschaukel hing und zwei gemütliche Stühle und ein kleines Tischchen. Sie konnte unwillkürlich vor sich sehen, wie sie auf dieser Schaukel saß, sanft hin und her schwang und den Sonnenuntergang beobachtete.

Vor dem Haus stand ein älteres Pärchen, und Alana nahm an, dass dies ihre Großmutter und deren Lebensgefährte war, von dem der Anwalt gesprochen hatte. Sie hielten sich eng umschlungen und lächelten breit.

Alana blickte in dunkelblaue Augen, seelenvolle Augen, die ihren zum Verwechseln ähnlich sahen, auch den breiten sinnlichen Mund hatte sie offenbar von ihrer Großmutter geerbt. Der Mund ihrer Mutter war meist zu zwei missbilligenden dünnen Strichen zusammengepresst. Ob sie auch die gleiche kaffeebraune Haarfarbe hatte, konnte Alana nicht beurteilen, denn das Haar ihrer Großmutter war strahlend weiß und elegant frisiert.

Wenn sie beschreiben sollte, was sie beim Anblick dieser beiden Menschen verspürte, kamen ihr augenblicklich Lebensfreude, Glück und Liebe in den Sinn. Die beiden wirkten so ausgeglichen und glücklich, dass Alana ein kleiner Anflug von Neid überkam.

Sie legte das Foto auf den Tisch zurück und nahm das andere Bild, das sich darin befand. Es hätte ohne Problem ein Urlaubskartenmotiv sein können. Es zeigte offenbar den Strand in der Nähe des Hauses. Man sah einen Sandstrand, das Meer, das mit seinem strahlenden blauen Wasser dazu einlud mit den Füßen hindurch zu waten und einen scheinbar endlosen Horizont mit weißen Wattewölkchen.

Okay, ihre Großmutter hatte in ihrem Brief nicht übertrieben. Sowohl das Haus als auch der Strand waren von einer unbeschreiblichen Schönheit und weckten sofort Sehnsucht in einem. Es wirkte tatsächlich so, als wäre dies ein Ort, an dem man glücklich sein könnte.

Kapitel 3

„Das ist das absolut Verrückteste, was ich je in meinem Leben gehört habe. Ich verbiete es dir!", schrie ihre Mutter.

Alana seufzte leise und antwortete betont ruhig: „Du kannst mir nichts verbieten, Mutter, ich bin vierunddreißig Jahre alt. Es ist allein meine Entscheidung."

Sie saß am Küchentisch ihrer Eltern und sah ihrem Vater durchs Küchenfenster dabei zu, wie er den Rasen mähte. Er hatte natürlich schnellstens Reißaus genommen, als die Diskussion begonnen hatte … aber andererseits, wer konnte es ihm verübeln? Sie selbst wäre gerade auch gern woanders.

„Mutter, es ist beschlossene Sache. Ich habe mir das Ganze gründlich überlegt."

„Gründlich? Dass ich nicht lache. Du hast vor einem Monat von dem Testament erfahren. Man entscheidet sich nicht innerhalb von vier Wochen sein komplettes Leben wegzuschmeißen", antwortete ihre Mutter aggressiv.

„Ich schmeiße mein Leben nicht weg, sondern mache einen Neuanfang. Wenn nicht jetzt, wann dann? Ich hasse meinen Job, ich bin in keiner Beziehung, und es gibt nichts, was mich noch hier hält."

Als sie den verletzten Gesichtsausdruck ihrer Mutter sah, ergänzte sie hastig: „Nein, so meinte ich das nicht. Dich und Papa werde ich natürlich vermissen, aber wir können jeden Tag skypen oder per FaceTime telefonieren und zu den Feiertagen komme ich euch besuchen ... oder ihr mich."

„Du verlässt mich genauso, wie es deine Großmutter getan hat! Sie ist schuld daran, dass du jetzt auch noch weggehst. Selbst jetzt, wo sie tot ist, versucht sie noch Leute in ihren verrückten Wahn mithineinzuziehen", sagte ihre Mutter bitter und lief aufgebracht in der Küche auf und ab.

„Ich bin mir sicher, dass Großmutter dir mit ihrem Umzug nicht wehtun wollte, und ich will es auch nicht. Aber es ist eine einmalige Chance, die sich einem nur einmal im Leben bietet. Ja, ich gebe zu, am Anfang kam mir der Gedanke auch vollkommen verrückt vor, aber je länger ich darüber nachgedacht habe, umso mehr bin ich zu der Überzeugung gekommen, dass dies genau der Schupser in die richtige Richtung gewesen ist, den ich gebraucht habe. Ich bin nicht glücklich, schon länger nicht und dieser Umzug bietet so viele neue Möglichkeiten und Chancen."

Ihre Mutter schüttelte vehement den Kopf. „Du kannst dir auch hier einen neuen Job suchen und Dinge an deinem Leben ändern, die dich stören, dafür ..."

„Nein, das ist einfach nicht dasselbe. Ich werde das Erbe antreten, und ich hoffe von ganzem Herzen, dass du meine Entscheidung akzeptierst und wir weiterhin Kontakt miteinander haben werden."

Kapitel 4

Der Umzug war jetzt eine Woche her, aber es kam Alana so vor, als wäre sie gerade eben erst angekommen. Das Ganze wirkte irgendwie immer noch total unwirklich auf sie.

Als sie aus dem Taxi gestiegen war und das erste Mal das Haus ihrer Großmutter gesehen hatte, war sie von – sie konnte es gar nicht richtig in Worte fassen – einem Gefühl des inneren Friedens erfüllt gewesen. So, als wäre sie endlich angekommen, an einem Ort, nach dem sie sich schon immer gesehnt hatte.

Und auch im Inneren des Hauses war es ihr so ergangen. Es war ein vollkommen fremder Ort, ein Haus, in dem nicht ein Teil stand, das ihr gehörte, und dennoch fühlte es sich seltsamerweise sofort so an, als wäre es ihr Haus. Alles darin spiegelte ihren Geschmack und ihr Wesen wider, und sie hatte sich vom ersten Moment an heimisch gefühlt.

Aber der Anwalt hatte recht gehabt. Es war eine unfassbare Menge an Arbeit, die auf sie wartete. Obwohl die großen Möbelstücke mit Laken abgedeckt waren, war alles von einer dicken Staubschicht bedeckt und es musste vieles repariert und modernisiert werden, aber Alana freute sich darauf. Es gab ihr ein gutes Gefühl, wenn sie am Ende eines arbeitsreichen Tages betrachtete, was sie alles geschafft hatte. Sie war natürlich direkt am ersten Tag durch sämtliche Zimmer gegangen, um sich alles anzuschauen, hatte aber den neugierigen Drang unterdrückt, sofort überall die Laken zu entfernen, denn sonst würde während ihrer Putzarbeiten alles Freigelegte vollstauben. Sie ging deshalb methodisch von Zimmer zu Zimmer vor. Als Erstes hatte sie sich das Schlafzimmer vorgenommen, und es war wirklich ein Traum, jetzt, wo der Staub entfernt war und die Fensterscheiben geputzt, sodass das ganze Zimmer von Sonnenstrahlen durchflutet wurde.

Manche würden dieses Zimmer vielleicht für zu mädchenhaft oder kitschig halten, aber sie hatte sich sofort darin verliebt. Die Wände waren mit einer Tapete tapeziert, auf der kleine Rosenknospen und voll erblühte Rosen zu sehen waren. Dieses Muster wiederholte sich in den luftigen Vorhängen, die gerade leicht vom Wind aufgebauscht wurden und auf der Tagesdecke, die auf einem großen weißen Metallbett mit verschnörkelten Pfosten lag.

In der einen Ecke standen ein großer Kleiderschrank und eine passende Kommode im Landhausstil und unter dem Fenster auf der anderen Seite war ein Schreibtisch im gleichen Stil, der förmlich dazu einlud, dort zu schreiben oder auch sich zu schminken. Der Hartholzboden war ebenfalls weiß lackiert und unter dem Bett lag ein flauschiger roter Teppich, damit man keine kalten Füße beim Aufstehen bekam. Und das Schönste war der Blick aus dem Fenster. Denn von dort aus hatte man einen perfekten Ausblick auf das Meer. Egal ob morgens beim Aufwachen, oder abends vor dem Einschlafen – diese Aussicht machte einem unweigerlich gute Laune. Dieses Zimmer war absolut perfekt und Alana würde daran nicht eine Kleinigkeit ändern.

Danach hatte sie sich die Küche vorgenommen. Diese war auch wunderschön, aber sehr veraltet. Da Alana sich vorgenommen hatte, in ihrem „neuen" Leben auch richtig kochen und backen zu lernen, hatte sie sich einen neuen Herd bestellt und auch einen neuen Kühlschrank und eine Geschirrspülmaschine, die es gar nicht gegeben hatte. Außerdem hatte sie beschlossen, die Schränke neu zu streichen, da die Farbe schon sehr verblasst war. Daher war sie gestern mit einem Uber in die Stadt gefahren und hatte sich dort in einem kleinen Baumarkt mehrere Farbendosen und das nötige Zubehör gekauft. Sie hatte sich ein altes T-Shirt, das schon mehrere Löcher hatte, und eine alte Yogahose angezogen und sicherheitshalber ein rotes Bandana über ihre Haare gebunden. Normalweise würde keine Farbe beim Streichen der Schränke auf ihre Haare spritzen können, aber sie hatte irgendwie schon immer ein Talent dazu gehabt, sich beim Renovieren von Kopf bis Fuß zu versauen. Selbst beim Tapezieren war sie am Ende von oben bis unten mit Kleister beschmiert. Sie betrachtete nachdenklich die Schränke und fragte sich, ob sie sich richtig entschieden hatte. Im Baumarkt hatte sie zwischen zwei Farbtönen geschwankt. Einem kräftigen, dunklen Grün und einem hellen Sonnengelb. Sie hatte sich schließlich für das Gelb entschieden, da sie der Meinung war, dass das Grün die Küche dunkler und kleiner wirken lassen und das Gelb sie stattdessen zum Strahlen bringen würde.

Sie tauchte den Pinsel in die Farbe und begann von links die Hängeschränke zu streichen.

Nach einer Stunde nahm sie sich einen Küchenstuhl, trug ihn zum anderen Ende und ließ sich darauf fallen, dann betrachtete sie die obere Schrankreihe, die nun komplett fertig war. Sie hatte recht gehabt. Schon jetzt sah die Küche wie verwandelt aus. Sie bekam unwillkürlich gute Laune bei dieser fröhlichen, leuchtenden Farbe. Sie würde demnächst in die Stadt fahren und noch passende Deko kaufen. Geld genug hatte sie ja jetzt. Es kam ihr immer noch unwirklich vor, dass dieses Haus tatsächlich ihr gehörte und dass sie ein kleines Vermögen auf dem Bankkonto hatte und sich einfach alles kaufen konnte, um dieses Haus zu renovieren und zu verschönern.

Bis zum Abend hatte sie sämtliche Schränke gestrichen und sich kurzerhand auch noch dafür entschieden, den Küchentisch und die alten Stühle ebenfalls gelb zu streichen, denn diese waren eigentlich noch sehr gut erhalten, nur das hellbraune Holz wirkte ein wenig altbacken.

Zum Kochen war sie heute Abend einfach zu erschöpft ... genau wie an den Abenden zuvor. Aber wenn der neue Herd geliefert wurde, und sie mit den gröbsten Arbeiten im Haus fertig war, würde sie sich ein Kochbuch mit Südstaaten-Rezepten kaufen und anfangen, kochen und backen zu lernen. Es war nicht so, dass sie früher nie gekocht hatte, aber es waren eher einfache Dinge wie Spaghetti Bolognese, Nudelaufläufe oder Ähnliches gewesen. Aber hier in dieser Küche würde es bestimmt großen Spaß machen, etwas Schönes zu kochen.

Sie ging zum Kühlschrank, holte sich einen fertigen Salat heraus und bereitete sich noch ein Sandwich zu. Dann schenkte sie sich Südstaatengemäß, ein Glas Eistee ein und ging damit nach draußen auf die Veranda.

Sie stellte alles auf das kleine Tischchen und schob es vorsichtig hinüber zur Schaukel.

Von Amazon hatte sie sich einige Dinge wie neue Bettwäsche, eine Badezimmergarnitur und anderen Kleinkram gekauft, und außerdem eine bequeme Sitzauflage für die Bank mit passenden Rückenkissen. Jetzt konnte man sich wunderbar hineinkuscheln und die Seele baumeln lassen. Sie nahm sich das Sandwich und während sie aß, schaukelte sie sanft hin und her und betrachtete ihre Umgebung, die immer mehr in Dunkelheit getaucht wurde. Am Strand sah sie ein Pärchen spazieren gehen und im Haus nebenan, konnte sie auf der Veranda im Dunklen undeutlich einen Schatten auf den Stufen sitzen sehen. Der Größe nach zu urteilen war es ein Mann. Hatte er Feierabend und genoss genau wie sie die Stille und die Ruhe hier draußen?

Sie holte tief Luft und sog den klaren, sauberen Duft nach Meer und Sommer ein. Es war schon sehr warm und sie konnte bereits ohne Jacke rausgehen, und es würde nicht lange dauern, bis der Sommer richtig begann. In den Südstaaten würde es richtig heiß werden, hatte sie gelesen und sie freute sich schon darauf. Sie war im Juni geboren und scherzte immer, dass sie den Sommer deshalb so liebte. Es konnte ihr nie zu heiß oder zu sonnig sein, und sie freute sich schon, im Bikini am Strand zu liegen oder sich an einem heißen Tag in die Fluten zu stürzen.

Als sie ihren Salat aß, und den Wellen lauschte, wurde sie von einem Gefühl des Glücks durchflutet. Ihre Großmutter hatte recht gehabt, dies war ein wirklich wundervoller, beinahe magischer Ort. Es kam ihr so vor, als wäre ihr Innerstes geheilt worden, obwohl sie gar nicht gewusst hatte, dass etwas in ihr Heilung bedurft hatte. Früher, als sie ein Kind gewesen war, war sie immer mit guter Laune aufgewacht, aufgeregt, was der Tag ihr bringen würde. Doch irgendwann war dieses Gefühl verschwunden und ihr Tag hatte nur noch aus einer nervtötenden Routine bestanden mit einem Job, den sie hasste. Hier verspürte sie diese Freude und Aufregung plötzlich wieder und war gespannt, was ihr jeder neue Tag bringen würde. Und sie freute sich auch schon auf den Job, den sie bald antreten würde. Sie hatte noch in Deutschland mit der Bibliothekarin gesprochen und sie hatten ausgemacht, dass sie vier Wochen nach ihrem Umzug anfangen würde, damit sie genug Zeit hatte, um zu renovieren und sich einzugewöhnen.

Es war verrückt, sie liebte Bücher schon immer und der Job in der Bibliothek klang nach einer Leidenschaft. Warum hatte sie ihren verhassten Kellnerinnen-Job nicht einfach hingeschmissen und sich schon früher einen Beruf gesucht, der mehr ihren Leidenschaften entsprach? Hatte es erst Abigail Houlahan bedurft, die es ihr quasi vorgelebt hatte? Jemanden, der ihr zeigte, dass es nicht egoistisch war, glücklich sein zu wollen und die bestmögliche Version ihres Lebens führen zu wollen?!

Als sie zu Ende gegessen hatte, nahm sie die Verpackung und ihr Glas, um wieder hereinzugehen. Als sie an der Tür angekommen war, warf sie noch einen letzten Blick in die Dunkelheit. Der Mann saß immer noch auf den Stufen der Veranda und schien sie jetzt bemerkt zu haben, da sie direkt unter der Lampe stand, die die Tür beleuchtete. Er winkte in ihre Richtung. Sie winkte zurück und eilte rasch ins Haus. Mit den farbbefleckten alten Klamotten und dem Tuch über den Kopf, machte sie bestimmt keinen guten Eindruck.

Sie überlegte kurz noch weiterzuarbeiten, aber die Farbe musste eh erst einmal trocken und sie war absolut geschafft, deshalb ging sie kurz unter die Dusche und dann ins Bett.

Kapitel 5

Am nächsten Morgen wurde Alana von der Sonne geweckt, die ins Schlafzimmer schien. Sie hatte überlegt, sich blickdichte Vorhänge oder Jalousien zu bestellen, aber im Moment genoss sie es, noch jeden Morgen von dem natürlichen Licht geweckt zu werden. Vielleicht würde sie welche anbringen, wenn sie anfing zu arbeiten. Sie stand auf und stöhnte leise. Man könnte denken, durch ihren Job als Kellnerin war sie körperliche Anstrengungen gewöhnt, aber ein Haus zu renovieren, war im wahrsten Sinne des Wortes eine ganz andere Hausnummer. Ihr taten Stellen am Körper weh, von denen sie noch nicht einmal gewusst hatte, dass sie existierten.

Sie zog sich wieder alte Klamotten an und drehte ihre langen Haare zu einem Knoten, dann ging sie in die Küche, um sich einen Kaffee zu machen und eine Schüssel Müsli zu essen.

Da es immer wärmer wurde, und der richtige Sommer nicht mehr lange auf sich warten lassen würde, hatte sie beschlossen, als Nächstes den Dachboden in Angriff zu nehmen, denn dort würde es im Hochsommer bestimmt wie ein Glutofen sein und es gab keinen Ventilator dort oben. Sie schnappte sich eine Rolle Müllbeutel, einen Eimer mit warmem Wasser und Putzmittel, sowie Staubtücher und andere Putzutensilien.

Sie lief die Treppe hinauf, die auf bestimmten Stufen ein leises Knarren unter ihren Füßen erklingen ließ und ging zum Ende des Ganges, wo sich die Tür zum Dachboden befand. Unten waren die Küche und das Wohnzimmer, hier oben das Schlafzimmer, das Badezimmer und ein Gästezimmer und dann gab es noch den Dachboden.

Hinter der Tür führte eine weitere steile Treppe hinauf. Sie war noch gar nicht hier oben gewesen bisher, denn sie hatte die Befürchtung gehabt, dass hier alles vollstand mit Kartons und alten Möbeln und ein furchtbares Chaos herrschte. Aber es sah ganz anders aus, als sie es gedacht hatte. Sie hatte einen großen offenen Dachboden erwartet, eine riesige Fläche, wo man alles abstellte, was man nicht mehr brauchte, aber stattdessen gab es eine Fläche in der Mitte und sie entdeckte drei weitere Türen hier oben.

Als sie die erste Tür öffnete, sah sie, dass sich dahinter ein kleines winziges Zimmer befand. Ein altes Einzelbett stand dort, aber es war nur noch der Metallrahmen vorhanden, außerdem ein alter Schrank und ein kleiner Tisch mit einem einzelnen Stuhl. War das noch ein Gästezimmer gewesen oder vielleicht ein Kinderzimmer von einer Familie, die vor ihrer Großmutter hier gelebt hatte? Aber dann fiel ihr ein, wie alt dieses Haus war und dass sie sich in den Südstaaten befand. Das war bestimmt einst ein Dienstbotenzimmer gewesen. Sie erinnerte sich daran, in einigen historischen Romanen gelesen zu haben, dass die Hausmädchen und Diener im gleichen Haus gewohnt hatten, damit sie jederzeit verfügbar waren, aber eben möglichst weit weg von den Hausbesitzern. Und der Dachboden war oft der bevorzugte Ort dafür gewesen.

Alana erschauderte, sie wollte sich gar nicht vorstellen, wie heiß es hier oben im Sommer sein würde, oder wie kalt im Winter, denn es gab weder Ventilatoren noch Heizungen hier oben … und da jammerte sie über ihren Kellerinnenjob. Von dem, was sie gelesen hatte, war Hausmädchen zu sein, ein echter Knochenjob gewesen. Immer als Erster im ganzen Haus aufstehen, um das Haus zu beheizen, alles fertigmachen und Frühstück vorzubereiten, und als Letzter ins Bett zu fallen und das wahrscheinlich für einen Hungerlohn.

Sie inspizierte die anderen Zimmer, die ungefähr die gleiche Größe hatten wie das erste, aber komplett leer waren.

Auch in der Mitte des Dachbodens befanden sich nur ein paar Dinge, hauptsächlich Dekosachen für Weihnachten, alte Kleider in Kisten und Krimskrams. Nichts, was sie nicht allein bewältigen konnte.

Sie fegte zuerst die beiden leeren Räume aus und wischte sie, dann trug sie alle Kartons in eines der Zimmer und stapelte sie übereinander. So konnte sie auch die große freie Fläche des Dachbodens putzen. Obwohl es noch nicht Hochsommer war, war sie nach zwei Stunden schon mächtig ins Schwitzen gekommen und sie hatte Schwierigkeiten bei der stickigen Luft, die jetzt auch noch voll mit aufgewirbeltem Staub war, zu atmen.

Sie ging geradeaus zu dem kleinen runden Fenster und hoffte inständig, dass es sich öffnen ließ. Es würde aufgrund der Größe zwar nicht viel frische Luft hereinlassen, aber sie war über jedes Lüftchen dankbar.

Es bedurfte zwar einiger Kraftanstrengung, aber schließlich schaffte sie es, das Fenster zu öffnen. Ihre Großmutter war wahrscheinlich seit Ewigkeiten nicht mehr auf dem Dachboden gewesen, und der Rahmen war mit der Zeit aufgequollen.

Sie streckte den Kopf durch die kleine Öffnung und sog begierig die frische Luft ein, doch kurz darauf runzelte sie die Stirn. Was war das für ein fürchterlicher Krach? Sie spähte über ihren Hinterhof, konnte aber kein Tier oder Ähnliches entdecken, was dieses Jaulen erklären würde.

Sie ließ den Blick schweifen und betrachtete den Hinterhof ihres Nachbarn.

Dieser kniete gerade in einem Gemüse-Beet und als sie die Kopfhörer auf seinen Ohren sah, fing sie breit an zu grinsen.

Oh mein Gott, das war ja absolut furchterregend. Was war das? Hörte er da gerade Death Metal?

Als er lautstark den Refrain mitjaulte, wurde ihr klar, dass es *Who's loving you* von den Jackson Five war. Sie presste sich lachend eine Hand auf den Mund. Sie hatte noch nie in ihrem Leben jemanden so inbrünstig und zugleich so grauenvoll singen gehört.

Er verstummte, aber sie konnte sich einfach nicht abwenden. Es war wie bei einem Autounfall nicht wegsehen zu können. *Welches Lied würde er als Nächstes misshandeln ... und werde ich es überhaupt erkennen können?*

In diesem Moment brüllte er: „Yyyyyyyyyyyyyyy ... MC ... Aaaaaaaaaaaaaaa." Die Village People. Aber wenigstens machte er nicht ...

In diesem Moment reckte er seine Gartenharke in die Höhe und formte mit den Händen und Armen passend zum Gesang die Buchstaben.

Sie konnte nicht mehr, das war zu viel.

Alana bekam einen so starken Lachanfall, dass sie sich zu Boden sinken lassen musste und sich die Hände auf den Bauch presste. Sie lachte, bis ihr die Tränen kamen und sie keine Luft mehr bekam. Das war ihr schon Ewigkeiten nicht mehr passiert.

Es dauerte eine Weile, bis sie sich wieder beruhigen konnte, und sie hoffte inständig, dass der Mann inzwischen aufgehört hatte zu singen, denn sonst würde sie bestimmt sofort wieder anfangen müssen zu lachen. Alana hoffte, dass er sie nicht gehört hatte, sie wollte schließlich niemanden verletzen. Sie warf einen erneuten Blick aus dem Fenster, der Mann hatte immer noch seine Kopfhörer auf, hatte sie also bestimmt nicht gehört. Er hatte tatsächlich aufgehört zu singen, denn er konzentrierte sich offenbar gerade auf etwas in dem Beet.

Kurz darauf richtete er sich auf und wischte sich eine verschwitzte blonde Haarsträhne aus der Stirn. Selbst durch das T-Shirt hindurch konnte sie seine definierten Muskeln sehen. Er trug sein Haar etwas länger und auf lässige Art zerstrubbelt, als wenn er gerade erst aufgestanden wäre. Sie liebte längere Haare bei Männern. Wie konnte jemand, der so unfassbar attraktiv aussah, nur solch furchtbare Töne produzieren? Alana grinste wieder, als sie sich vom Fenster zurückzog und sich wieder an die Arbeit machte.

Sie trank einen Schluck aus der Wasserflasche, die sie mit nach oben genommen hatte und beschloss, sich jetzt dem kleinen Zimmer am Anfang des Dachbodens zu widmen.

Sie fragte sich, was sie aus den drei kleinen Räumen machen könnte, denn sie einfach leer stehen zu lassen, war viel zu schade. Vielleicht könnte sie jemanden engagieren, der den Dachboden mit einer Klimaanlage ausstattete und die Räume dann einrichten. Der Tisch und der Stuhl müssten raus, und auch der Schrank, denn diese Möbel waren uralt und schon sehr vermodert, aber das schmale Metallbett könnte mit ein bisschen Farbe und einer neuen Matratze wieder richtig hübsch aussehen. Als Erstes brachte sie den Tisch und den Stuhl nach vorne, den Schrank würde sie auseinanderbauen oder mit einem Hammer kleinschlagen müssen, denn sonst würde sie ihn nicht die Treppe hinunterbekommen. Aber sie würde ihn schon mal zur Treppe schieben, damit sie hier den Boden wischen konnte.

Doch so einfach, wie sie sich das vorgestellt hatte, war es nicht. Denn obwohl der Schrank aussah, als würde er jeden Moment in sich zusammenfallen, schien er alte Wertarbeit zu sein und wog gefühlt eine Tonne.

Er bewegte sich erst, als sie sich von der Seite mit ihrem ganzen Körpergewicht dagegenstemmte, aber auch dann nur ein winziges bisschen. Immer wieder warf sie sich dagegen, hatte ihn aber bisher nur genau um die Breite des Schranks verrückt. Das hatte keinen Sinn. Sie rieb sich die schmerzende Schulter und wischte sich den Schweiß vom Gesicht. Sie würde sich eher etwas zerren, als den Schrank aus diesem Zimmer zu kriegen. Wahrscheinlich würde sie ihn in seine Einzelteile zerlegen müssen. Sie ging um den Schrank herum, um zu sehen, ob er verschraubt oder geleimt war. Überrascht hielt sie inne, genau hinter dem Schrank befand sich ein Bild an der Wand. Hatte schon jemand den Schrank versucht zu verrücken und ihn dabei aus Versehen genau davorgestellt?

Sie betrachtete das Bild. Es war wirklich schön. Es war ein Ölgemälde, das den Strand an einem leuchtenden Sommertag zeigte. Das Wasser glitzerte so blau, dass sie das Gefühl hatte, es anfassen zu können, und der Sand sah beinahe weiß aus. Der Blickwinkel war genau der gleiche, den sie aus dem Fenster im Wohnzimmer oder Schlafzimmer hatte. Offenbar hatte ein Künstler genau in oder vor diesem Haus gemalt. Vielleicht sogar ihre Großmutter, wer konnte das schon ahnen. Sie wusste nicht, ob diese hatte malen können, sie wusste so unfassbar wenig über sie.

Auf jeden Fall war das Gemälde zu schön, um hier oben ungesehen zu vermodern. Sie beschloss, es mit nach unten zu nehmen und dort einen schönen Platz dafür zu suchen.

Vorsichtig hob sie es von der Wand. Sie wusste nicht, wie alt es war und hatte Angst, dass der Rahmen brüchig war. Als sie es in den Händen hielt, verstand sie plötzlich, warum es genau dort gehangen hatte. Es hatte etwas kaschieren sollen. Denn genau hinter dem Bild war die Ziegelwand unheimlich zerbröckelt und der ganze Putz fehlte in den Fugen zwischen den einzelnen Ziegeln. Das Haus war alt und gerade hier oben war der Zustand besonders schlecht, aber zumindest soweit sie es gesehen hatte, war der Mörtel nirgendwo komplett abgebröckelt. Es war zwar keine Außenwand, sodass Wasser hineinlaufen würde, aber gut war es trotzdem nicht.

Sie würde bei ihrem nächsten Baumarkt-Besuch Mörtel kaufen und vorher ein paar *Youtube*-Videos schauen müssen, wie man ihn benutzte. Was hatten die Menschen nur vor dem Internet gemacht? Als man nicht für alles passende Videos suchen oder sämtliche Fragen der Menschheit mit wenigen Klicks beantworten konnte.

Sie stellte das Bild vorsichtig auf den Boden und griff nach einem der Ziegel, um nachzuschauen, wie viele von ihnen befestigt werden mussten. O Gott, hoffentlich hatten sich in dem Hohlraum dahinter keine Monsterspinnen eingenistet.

Sie zog den ersten Ziegel heraus und auch den zweiten und legte sie vor sich auf den Boden. Vorsichtig wackelte sie an denen daneben. Diese schienen zum Glück fest zu sein. Was man von denen darunter nicht behaupten konnte, denn diese kamen ihr entgegen, als sie mit den Armen dagegen stieß. Sie fing die beiden Ziegel auf und stapelte sie auf den anderen. Als sie sich wieder erhob, befand sich ein kleines quadratisches Loch in der Wand und ... etwas war darin.

Sie zog ihr Handy hervor und schaltete die Taschenlampe an. Alana leuchtete in den entstandenen Hohlraum hinein und stellte überrascht fest, dass ein kleiner Karton darin stand. Sie versuchte, ihn herauszuheben, aber das Loch war zu klein. Alana entfernte noch zwei weitere Ziegel, dann funktionierte es.

Vorsichtig stellte sie den Karton auf dem Boden ab und kniete sich davor. Als sie die dicke Staubschicht von dem Deckel wischte, musste sie niesen. Was war wohl darin? Hatte irgendein Kind oder Teenager, das hier gewohnt hatte, seine „Schätze“ hinter dem Mauerwerk versteckt, so wie sie damals Zigaretten oder andere Dinge in der alten Sitztruhe vor ihrer Mutter versteckt hatte?

Sie hob neugierig den Deckel und blickte hinein. Darin befanden sich jede Menge Briefe, Notizbücher und ein paar Kassetten. Manche der Blätter sahen noch recht neu aus, manche waren augenscheinlich sehr alt und ganz vergilbt.

Sie beschloss, die Kiste mit nach unten zu nehmen, denn dort war das Licht viel besser und sie konnte sich bequem hinsetzen. Sie stellte die Kiste vor die Treppe, stapelte die Ziegel wieder in der Wand aufeinander und nahm auch das Bild mit. Zuerst trug sie einzeln den Karton und das Gemälde hinunter, denn sie wollte beides nicht beschädigen. Danach brachte sie auch den Wassereimer und die Putzsachen nach unten. Sie stellte alles achtlos ins Badezimmer, denn sie war unheimlich neugierig, was das für Dokumente waren. Wahrscheinlich nur uralte Quittungen und Garantien, aber sie hatte schon von Leuten gehört, die Wertpapiere oder Aktien in alten Häusern gefunden hatten, und für einfache Quittungen war der Karton ziemlich gut versteckt gewesen.

Kapitel 6

Sie nahm zwei Handtücher aus dem Badezimmer mit und legte eines davon auf den Wohnzimmertisch. Darauf stellte sie den Karton und legte den Deckel ab.

Dann breitete sie das andere Handtuch auf dem Sofa aus und legte die Sachen aus dem Karton vorsichtig darauf ab. Behutsam versuchte sie, den Inhalt zu sortieren. Die Kassetten kamen in eine Ecke, die Notizbücher in die andere. Dann nahm sie Blätter und Briefe, die noch neuer aussahen, und schob diese zusammen auf einen Haufen und schließlich legte sie ganz behutsam die brüchigen dunkelgelben Papiere in die Mitte.

In diesem Moment verkrampfte sich ihr Magen und gab ein lautes Knurren von sich. *Warum hatte sie denn bloß so einen leeren Magen?* Sie warf einen Blick auf die altmodische Uhr an der Wand und erschrak. Es war schon später Nachmittag und das Letzte, was sie gegessen hatte, war das Müsli zum Frühstück gewesen. Kein Wunder, dass ihr Magen sich verkrampfte, denn das Putzen hatte Unmengen an Kalorien verbraucht. Sie ging in die Küche und wollte sich ein Sandwich machen, aber sie brauchte eindeutig etwas Gehaltvolleres. Sie beschloss, Spaghetti mit fertiger Tomatensoße zu machen. Das ging schnell, war aber sättigend. Sie schob das Küchenfenster hoch, denn es war ganz schön stickig in der Küche und setzte einen Topf mit Nudelwasser auf.

Bis das Wasser kochte, würde sie sich den Inhalt des Kartons weiter ansehen. Sie kehrte durch den Flur ins Wohnzimmer zurück und ließ sich aufs Sofa sinken. Zuerst würde sie sich den gelblichen Blättern widmen, diese waren eindeutig am ältesten. Vorsichtig faltete sie die einzelnen Blätter auseinander, was gar nicht so einfach war, da die Faltkanten so brüchig waren, dass die Seiten fast auseinanderfielen. Die Tinte war zwar sehr verblasst, aber immer noch lesbar. Da auf allen Papieren die gleiche Handschrift zu sehen war, nahm sie an, dass sie alle von der gleichen Person stammten. Oben rechts standen immer das jeweilige Datum und eine Nummer, wenn mehrere Blätter des gleichen Datums existierten. Ganz behutsam ordnete sie die Papiere entsprechend der Zahlen. Es schien nichts Offizielles zu sein, sondern eher private Korrespondenz.

Sie beschloss, sich vor die Couch auf den Boden zu setzen, und den Brief flach vor sich zu legen, denn sie traute sich nicht, das Papier hochzuhalten, da es so unglaublich fragil war.

Laut des Datums stammte dieses Schreiben vom 5. Juli 1867!

Sie hatte noch nie etwas so Altes gesehen. Das älteste Buch, das sie besaß, war eine Ausgabe von 1910 und das hatte sie schon für unvorstellbar alt gehalten.

Sie schaltete die Lampe auf dem kleinen Tischchen neben der Couch an, um besser sehen zu können, und fing an zu lesen.

Mein Name ist Eliza. Ich bin zwanzig Jahre alt und wurde in Charlotte geboren, auf der Jones-Plantage, der größten Baumwollplantage der Stadt. Ja, ich bin eine

Sklavin und ja, ich bin des Schreibens mächtig. Mein Vater hat es mir beigebracht, genauso wie das Rechnen und viele andere nützliche Dinge. Sie werden sagen, wofür muss eine Sklavin schreiben können? Um meine Geschichte aufzuschreiben, wäre Grund genug, denn ich möchte, dass andere Menschen von mir und Jeremiah Jones erfahren. Von einer Liebe, die unmöglich, verboten und lebensgefährlich ist, aber die dennoch existiert. Denn wer jemals das Glück hatte, die wahre Liebe erleben zu dürfen, kann Euch versichern, dass die Liebe wie eine Naturgewalt ist. Sie lässt sich nicht verhindern oder umlenken, man ist ihr hilflos ausgeliefert. Ich hatte bis vor einiger Zeit zusammen mit meiner Mutter auf den Feldern gearbeitet, aber eines Tages kam einer der Aufseher und teilte mir mit, dass ich von nun an im Haus arbeiten würde. Meine Mutter freute sich sehr darüber, denn die Arbeit im Haus war weniger anstrengend und es war wesentlich angenehmer, als in der prallen Hitze zu arbeiten. Ich selbst hätte mir allerdings gewünscht, dass sie meine Mutter ausgewählt hätten, denn die harte Arbeit hatte Spuren bei ihr hinterlassen und ich wusste, dass sie mit schlimmen Rückenschmerzen kämpfte. Früher hatte mein Vater ihr immer unauffällig geholfen, wenn die Aufseher nicht hingesehen hatten, aber dieser war im letzten Jahr an einer Blutvergiftung gestorben, nachdem er brutal ausgepeitscht worden war.
Ich verabschiedete mich mit einem stummen Blick bei meiner Mutter und folgte dem Mann ins Haus.
Die Arbeit im Haus war tatsächlich vollkommen anders als alles, was ich bisher kannte. Ich bekam eine

graue Uniform und half beim Servieren und war ansonsten in der Küche. Mr. und Mrs. Jones galten weithin als äußerst harte Sklavenbesitzer und waren so
furchteinflößend, dass ich immer sofort den Blick
senkte, wenn ich in ihrer Nähe war. Sie hatten zwei
Söhne, die unterschiedlicher nicht hätten sein können.
Der zweiundzwanzigjährige Jefferson war ein jähzorniger junger Mann, der schon mehr als einen Sklaven
umgebracht hatte und unbedingt die Plantage weiterführen wollte, wenn seine Eltern sich irgendwann zur
Ruhe setzten. Jeremiah war fünfundzwanzig und
schien das genaue Gegenteil seines Bruders zu sein. Er
war ein stiller und höflicher junger Mann, der seine
Nase zumeist in Bücher steckte und in Kürze studieren
wollte. Auch optisch wirkten die beiden nicht wie Brüder. Jefferson war klein und stämmig, und sein dunkelbraunes Haar war stets fettig und hing ihm in Strähnen
ins Gesicht, während Jeremiah groß und von graziler
Figur war. Sein braunes Haar war stets zu einem ordentlichen Zopf gebunden. Er strahlte etwas Würdevolles aus und schien ein gutes Herz zu besitzen.
Das schien sich zu bestätigen, als er ungefähr zwei Wochen, nachdem ich im Haus angefangen hatte zu arbeiten ...

   Das Blatt war zu Ende und Alana suchte hastig nach
dem folgenden Zettel.

... in die Küche kam. Der Master und die anderen Familienmitglieder behandelten uns Sklaven entweder wie
Tiere oder wie Luft, doch als Jeremiah die Küche betrat,
sagte er: „Guten Tag, Eliza, wie geht es dir?"

Ich hielt den Blick gesenkt und antwortete leise: „Gut, Master Jeremiah.“

Er sagte mir daraufhin, dass ich ihn, wenn seine Eltern oder sein Bruder nicht dabei wären, einfach nur Jeremiah nennen sollte.

Er ging zum Küchentisch, auf dem gerade ein Kirschkuchen abkühlte, den das andere Küchenmädchen Harriet gebacken hatte, und schnitt sich ein Stück ab.

Ich versuchte, mich auf die Erbsen zu konzentrieren, die ich schälte, weil ich keine negative Aufmerksamkeit auf mich ziehen wollte.

Plötzlich hörte ich mir gegenüber das Scharren von Stuhlbeinen und sah, wie ein Teller mit einem Stück Kuchen in mein Sichtfeld geschoben wurde.

„Iss ein Stück Kuchen mit mir. Er schmeckt wunderbar und ich esse so ungern allein.“

Wenn es Jefferson gewesen wäre, hätte ich eine Falle vermutet, damit er einen Grund hätte, mich auszupeitschen, aber Jeremiah wirkte wie gesagt ganz anders. Also aß ich das Stück nach einigem Zögern. Ich hatte noch nie im Leben Kuchen gegessen und es schmeckte wie ein Stück des Himmels. Als ich ihm das leise gestand, schaute er mich fassungslos an und versprach mir, mir demnächst öfter Essen zukommen zu lassen.

Und er hielt sein Wort. Wann immer niemand dabei war, versorgte er mich mit besonderem Essen und manchmal konnte ich sogar etwas für meine Mutter mit zu unserer Hütte nehmen. Außerdem hatte er immer ein freundliches Wort für mich übrig. Er redete nicht wie mit einer Sklavin mit mir, sondern wie mit jedem anderen Menschen und das war wirklich etwas Einzigartiges. Etwas, dass ich zuvor noch nie erlebt *hatte. Er war witzig und höflich und die Gespräche mit ihm wurden bald der Mittelpunkt in meinem Leben. Jeden Tag starrte ich auf die Küchentür oder sah mich draußen im Garten um, und sehnte mich nach einem freundlichen Wort von ihm. Denn in meinem schrecklichen Alltag war er mein Licht geworden.*

Eines Tages kurz vor Mitternacht, als ich mich in unserer Hütte schon längst zum Schlafen hingelegt hatte, wurde ich plötzlich wach und hörte, wie jemand leise meinen Namen rief.

Ich bekam sofort Panik, denn die Arbeit auf der Plantage war so anstrengend, dass um diese Uhrzeit längst jeder schlief. Wenn also so spät jemand nach mir rief, konnte es sich nur um einen Notfall handeln. Hatte sich heute jemand beim Pflücken verletzt? Ich schlang eilig mein gestricktes Wolltuch um die Schultern und ging leise nach draußen, um meine Mutter nicht aufzuwecken.

Doch es war kein anderer Sklave, es war Jeremiah, der im Schutz einer großen Sumpfeiche stand und mich anlächelte.

Er schaute mich an und sagte: „Ich habe heute etwas in der Stadt gesehen, bei dem ich sofort an dich denken musste."

Ich blickte ihn verständnislos an, immer noch benommen vom Schlaf. Er streckte mir die Handfläche entgegen und das Mondlicht ließ etwas darauf glitzern.

Ich trat einen Schritt näher, um es genauer zu betrachten ...

In diesem Moment klopfte es laut. Sie war so in die Geschichte versunken gewesen, dass sie erschrocken hochschreckte. Was war das gewesen? Kurz darauf klopfte es wieder. Da war jemand an der Haustür, und dem nachdrücklichen und wiederholten Hämmern nach zu schließen, jemand extrem Ungeduldiges. Aber Elizas Geschichte war so unfassbar spannend. Sie wollte unbedingt wissen, was Jeremiah in der Hand gehalten hatte. Sie beschloss, wen auch immer, zu ignorieren und einfach weiter zu lesen.

Sie beugte sich gerade wieder über das Blatt, als es erneut mehrmals klopfte und eine Männerstimme rief: „Hallo? Ist jemand zu Hause?"

Alana seufzte leise und erhob sich widerwillig. Wenn das ein Paketbote war, war es ein extrem penetranter. Sie ging zur Tür und öffnete genervt. Es dauerte nur eine Sekunde, bis sie ihr Gegenüber erkannte, es war der Nachbar, der ihr mit seinen Gesangskünsten einen Lachanfall beschert hatte. Als sie daran dachte, musste sie sofort wieder grinsen. Sie hoffte, dass er das Grinsen als freundliche Begrüßung interpretieren würde.

Er lächelte zurück. „Hi, mein Name ist Dante, ich wohne dort drüben in dem Haus." Er zeigte in die entsprechende Richtung. „Sorry, dass ich einfach so bei Ihnen vor der Tür stehe, aber ich habe mir Sorgen gemacht und dachte, ich schau lieber mal, ob jemand zu Hause ist. Wenn Sie nicht geöffnet hätten, hätte ich wahrscheinlich die Feuerwehr gerufen."

Sie schaute ihn irritiert an. „Wenn ich nicht geöffnet hätte, hätten Sie die Feuerwehr gerufen? Ist das nicht ein bisschen übertrieben? Ich bin mitten am Renovieren, da höre ich manchmal die Klingel nicht, oder ich könnte doch auch in die Stadt gefahren sein. Ich bin ja keine alte senile Dame, wo man annehmen muss, dass sie mit gebrochener Hüfte irgendwo liegt, nur weil sie mal die Tür nicht aufmacht."

Alana fand den Mann zugegebenermaßen äußerst attraktiv, aber das hörte sich irgendwie stalkermäßig an.

Er stieß ein tiefes warmes Lachen aus, das ihr unwillkürlich einen angenehmen Schauer über den Rücken laufen ließ.

Sein Blick glitt langsam an ihr hinab. "Ich halte Sie keineswegs für senil oder alt, und ich neige auch nicht dazu, die Feuerwehr zu rufen, wenn jemand nicht aufmacht ... ich halte es nur für angebracht, mal vorbeizuschauen, wenn dicker schwarzer Qualm aus dem Küchenfenster quillt, denn die Häuser hier sind sehr alt und brennen schnell lichterloh."

Alana runzelte die Stirn. "Ich weiß nicht, was Sie gesehen haben, aber bei mir ..." Sie schlug sich gegen die Stirn. "Der Nudeltopf!"

Sie ließ ihren Nachbarn einfach ohne Erklärung stehen und rannte durch das Wohnzimmer, den Flur hinunter in die Küche. Als sie die Tür aufriss, war die Küche schon voller Qualm und das trotz leicht geöffnetem Fenster.

Sie griff nach dem Topf, dessen Boden schon schwarz verkohlt war und verbrannte sich prompt die Finger, als sie ihn in die Spüle stellen wollte. Sie schrie auf und warf den Topf im hohen Bogen. Kurz darauf hörte sie hinter sich Schritte. "Ich wollte nicht einfach so reinkommen, aber dann habe ich Sie schreien gehört." Dante ging als Erstes zum Herd und schaltete ihn aus. Dann öffnete er das Fenster komplett, damit der Qualm richtig abziehen konnte. Der Topf war vollkommen ruiniert, zum Glück hatte sie kein Trockentuch oder Ähnliches in die Nähe gelegt, denn das hätte garantiert Feuer gefangen.

„Warum ist denn Ihr Rauchmelder nicht angegangen?", fragte der Mann verwirrt.

Alana blickte verlegen zur Decke. „Ich habe noch keine angebracht. Ich wohne erst seit knapp einer Woche hier und die von meiner Großmutter waren komplett veraltet. Ich wollte neue anbringen, aber es ist so viel gleichzeitig zu tun."

„Ich habe drüben noch welche, und helfe Ihnen gern sie anzubringen, das ist eine Sache von einer Viertelstunde."

Er blickte auf ihre rote Handfläche. „Das müssen Sie unbedingt sofort kühlen." Er drehte den Wasserhahn auf und nahm ihre Hand behutsam in seine, um sie unter den kalten Wasserstrahl zu halten. Alana sog zischend die Luft ein, als das Wasser die empfindliche Haut traf.

„Kein Problem. Ich habe Brandsalbe, die hilft bestimmt."

„Wo ist sie?", fragte Dante.

„Sie müssen nicht ..."

Er sah sie intensiv an. „Ich möchte aber gern helfen. Wo finde ich die Salbe?"

„Sie ist im Badezimmer, in einer Erste-Hilfe-Box. Ich hatte noch keine Zeit, den Medizinschrank aufzuhängen. Ich muss mir erst eine Bohrmaschine kaufen."

Dante verschwand und kehrte wenige Augenblicke später mit der Salbe zurück. Anscheinend war sein Haus gleich geschnitten. Daher hatte er auch gewusst, dass es die Küche war, aus der der Qualm kam. Zum

Glück hatte sie das Fenster ein Stück geöffnet, sodass der Qualm nach draußen gezogen war, sonst hätte es vielleicht wirklich schon angefangen zu brennen, bevor ihr der Nudeltopf eingefallen wäre. Die Geschichte von Eliza hatte sie wirklich vollkommen in den Bann gezogen.

Ihr Nachbar nahm jetzt ein Trockentuch und tupfte ihre Hand vorsichtig ab. Dann ging er mit ihr zum Küchentisch hinüber und nachdem sie sich gesetzt hatten, trug er die Brandsalbe ganz behutsam auf ihrer Handfläche auf. Sie hätte nicht geglaubt, dass so ein großer eindrucksvoller Mann so vorsichtig und beinahe zärtlich sein konnte. Obwohl ihre Handfläche unheimlich schmerzte, löste seine Berührung ein Kribbeln in ihr aus. Nachdem er die Salbe sorgfältig verteilt hatte, wickelte er den Verband, den er ebenfalls mitgebracht hatte, um ihre Hand.

„So, bald ist sie wieder wie neu", sagte er und lächelte sie an.

„Ich danke Ihnen. Sowohl für die Verarztung als auch fürs Verhindern, dass das Haus abbrennt. Meine Großmutter wäre bestimmt stinksauer, wenn ich es schon eine Woche nach meinem Einzug niedergebrannt hätte."

„Abigail war Ihre Großmutter? Mein herzliches Beileid zu Ihrem Verlust", sagte er.

„Ja, das war sie. Aber ich kannte sie leider nicht. Sie ist hierhergezogen, als ich noch klein war. Trotzdem hat sie mir das Haus vermacht."

„Ich kannte sie leider auch nicht, denn ich wohne noch nicht allzu lange hier, aber Hope ist eine kleine

Stadt und irgendwie scheint hier jeder jeden zu kennen."

„Ich würde gern mehr über sie erfahren. Wenn ich mit der Renovierung fertig bin, werde ich mal schauen, ob ich Leute finde, die mir von ihr erzählen können."

„Wo Sie gerade von der Renovierung sprechen ... ich gehe schnell rüber und hole die Rauchmelder und dann montiere ich sie. Haben Sie eine Leiter?"

Alana schüttelte den Kopf. „Ja, habe ich. Aber das müssen Sie nicht tun. Ich fahre demnächst in die Stadt und kaufe welche."

Doch Dante war schon aufgestanden. „Keine Widerrede. Sie liegen bei mir eh nur rum, und für Ihre Nachbarn ist es offenbar sicherer, wenn Sie so schnell wie möglich welche haben", erwiderte er und schenkte ihr ein schiefes Grinsen.

Bevor sie noch etwas sagen konnte, war er auch schon verschwunden. Fünf Minuten später war er wieder da, und sie hatte in der Zwischenzeit die Leiter aufgestellt. Diese hatte sie die letzten Tage über benutzt, um die Ventilatoren vom Staub zu befreien und die Vorhänge abzunehmen, um sie zu waschen.

Dante hatte recht gehabt, er brachte die Rauchmelder wirklich innerhalb kürzester Zeit an. Ohne es zu wollen, beobachtete sie das Spiel seiner Muskeln, das sich unter seinem T-Shirt abzeichnete und erhaschte ein Stück braun gebrannten Rücken, als er sich reckte und sein T-Shirt hochrutschte. Einen Moment lang hatte sie das unwiderstehliche Bedürfnis, ihn zu berühren. Sie verdrehte die Augen, als er nicht hinsah. Sie war eindeutig schon zu lange allein. Solche Gedanken und Gefühle hatte sie in der Gegenwart von anderen Männern bisher doch auch nicht gehabt. *Was war nur mit ihr los?*

Als er alle Rauchmelder angebracht hatte, bedankte sie sich und überlegte kurz, ob sie ihm einen Kaffee anbieten sollte, aber er hatte schon so viel gemacht und sie wusste ja nicht, ob er überhaupt Zeit hatte. Vielleicht fühlte er sich bedrängt und würde ihr Angebot nur aus Höflichkeit annehmen, aber andererseits ... sie war noch mitten am Grübeln, als er sich von ihr verabschiedete und zur Tür ging.

Das war wohl ein klarer Fall von Chance verpasst. Sie bedankte sich bei ihm und sah ihm hinterher, als er in der Dämmerung zu seinem Haus hinüberging.

Kapitel 7

Bevor sie sich wieder dem Brief zuwandte, lief sie in die Küche und vergewisserte sich, dass der Herd jetzt auch wirklich aus war. Der Qualm hatte sich verzogen, aber es roch immer noch angebrannt. Sie beschloss, heute Abend nichts mehr zu riskieren und machte sich doch ein Sandwich. Damit ging sie ins Wohnzimmer und ließ sich wieder vor die Couch auf den Boden sinken. Sie suchte die Stelle, wo sie aufgehört hatte, und las weiter.

... und erkannte, dass es ein Schmuckstück war. Es war eine Kette mit einem Anhänger. Darin eingefasst waren zwei Glasstückchen oder durchsichtige Steine, die in einem warmen Braun und einem strahlenden Blau funkelten.
Ich strich sanft mit den Fingerspitzen darüber, wobei ich auch seine Handfläche streifte.
„Sie ist wunderschön", flüsterte ich.
Jeremiah blickte mich intensiv an. „Als ich die Kette sah, hat sie mich sofort an unsere beiden Augenfarben erinnert. Ich möchte, dass du etwas besitzt, was dich an mich denken lässt."
Er nahm die Kette, beugte sich vor und legte sie ihr um den Hals. Als er sich wieder zurückzog, schmiegte ich meine Wange an seine und plötzlich küsste er mich.

Ich war zuvor erst einmal geküsst worden und die beiden Küsse hatten nichts miteinander gemein. Jeremiah legte seine Hände an meine Wangen und küsste mich zärtlich und voller Hingabe. Mir wurde heiß und kalt zugleich und meine Beine schienen keinen festen Grund mehr zu berühren. Dieser Kuss ließ mich vergessen, wer ich war ... wer er war ... wo ich war ... es war wie eine Verschmelzung unserer Seelen. Mein Herz schien fast in meiner Brust zu explodieren und ich wünschte, dieser Kuss würde niemals enden. Denn noch nie in meinem ganzen Leben hatte ich mich so lebendig und so frei gefühlt. Das Louisiana-Moos hing so tief von den Ästen herab, dass wir wie in einen Kokon gehüllt waren. Die Außenwelt schien nicht mehr zu existieren. Jetzt strich er mit seinen Händen sanft über meinen Rücken, während er mich immer weiter küsste. Wir unterbrachen unseren Kuss nur, um zwischendurch wie Ertrinkende nach Luft zu schnappen.

Irgendwann hörten wir ein Geräusch und unterbrachen unseren Kuss. Es war nur ein Wasservogel, doch er erinnerte uns daran, wie gefährlich es war, was wir taten.

Sollte uns einer der Aufseher erwischen, würde ich ohne Zweifel zu Tode gepeitscht oder für alle sichtbar gelyncht werden. Es würde heißen, dass ich den Sohn des Masters dazu verführt hätte.

Ich tastete nach der Kette und schluckte schwer, bevor ich flüsterte: „Diese Kette ist das Wertvollste, was ich nun besitze. Aber ich meine damit nicht den finanziellen Wert, sondern, weil sie von dir ist, und weil sie mich fortan an die schönste Nacht meines Lebens erinnern wird." Mit diesen Worten drehte ich mich um und huschte zu meiner Hütte zurück.

Am liebsten hätte ich diese Kette niemals wieder abgelegt, denn das Gewicht des Anhängers auf meiner Haut erinnerte mich an Jeremiahs sanfte Berührung. Doch ich wusste, sollte jemand diese Kette bei mir finden, würde man annehmen, dass ich sie gestohlen hatte, und selbst unter Folter würde ich nicht preisgeben können, wer sie mir geschenkt hatte. Also nahm ich die Kette schweren Herzens ab, hielt sie noch einmal ins Mondlicht, das in die Hütte hineinfiel, und betrachtete die funkelnden Steine. Danach schob ich sie so tief in meine Strohmatratze, wie ich nur konnte, damit niemand sie zufällig fand.

In den folgenden Wochen machte mir Jeremiah immer wieder Geschenke. Es waren keine Reichtümer, denn er wusste, dass ich damit sowieso nichts anfangen konnte. Es waren liebenswerte Dinge wie Blumen, die auf meiner Matratze lagen, wenn ich abends erschöpft in meine Hütte kam. Oder Essen aus dem Haus, was stets eine Besonderheit für meine Mutter und mich war, da unsere Ernährung meist aus Maisgrütze oder ähnlichem bestand. Er lieh mir auch Bücher, worüber ich mich freute, denn beim Lesen konnte ich in eine andere Welt fliehen und mir vorstellen, dass ich das, was in den Geschichten geschah, selbst erlebte. So konnte ich trotz meines Sklavendaseins für kurze Zeit frei sein. Ich hatte oft mit dem Gedanken gespielt zu fliehen, und von einem Leben in Freiheit geträumt. Aber seit die Underground Railroad in den letzten Jahren Hunderten Sklaven zur Flucht verholfen hatte, waren die Sicherheitsmaßnahmen auf den Plantagen so sehr verstärkt *worden, dass der Tod wesentlich wahrscheinlicher war als eine erfolgreiche Flucht.*

Ich sehnte mich so sehr nach Jeremiah, aber außer ein paar flüchtigen Berührungen, wenn niemand hinsah oder ein paar verstohlenen Küssen bei Nacht war uns keine Zeit vergönnt.

Manchmal bekam ich auch Briefe von ihm, wunderschöne Briefe, in denen er mir seine Liebe gestand und von einem gemeinsamen Leben mit mir träumte. Er beschrieb unser Leben in schillernden Farben: Wie wir heirateten, in ein Haus zogen und Kinder bekamen. Mein Herz verzehrte sich nach diesem Traum, den er beschrieb, und ich würde alles dafür geben, wenn er wahr werden könnte, aber diese Liebe war nicht möglich ... nicht zwischen einer schwarzen Sklavin und einem weißen Sohn eines Plantagenbesitzers.

Alana seufzte leise. Sie war den Tränen nah und wünschte sich, dass Eliza und Jeremiah glücklich wurden. Sie brauchte jetzt unbedingt etwas Süßes für ihre Seele.

Sie stand auf, ging in die Küche und schob einen *Hot-Chocolate*-Pod in ihren Getränkeautomaten. Als die Tasse voll war, zögerte sie kurz, dachte: *Was soll's*, holte sich Sprühsahne aus dem Kühlschrank und gab eine ordentliche Portion auf ihre Heiße Schokolade. Diese Geschichte war dramatischer und trauriger als jedes Liebesdrama, was sie in den letzten Jahren gelesen hatte. Vielleicht berührte es sie so sehr, weil sie wusste, dass sich diese Geschichte kein Autor ausgedacht hatte, sondern dass es der Schmerz und die Hoffnung echter Menschen waren. Sie konnte die junge Eliza praktisch vor sich sehen, eine Frau, die in einer Welt lebte, in der nicht die Liebe, sondern die Hautfarbe der Menschen zählte.

Sie ging zurück ins Wohnzimmer und trank genüsslich ein paar Schlucke der seidigen, süßen Flüssigkeit. Sie hoffte so sehr, dass es ein Happy End für die beiden gab, aber sie befürchtete, dass diese Geschichte traurig ausgehen würde.

Wir versuchten, uns so oft wie möglich zu sehen, aber es war nie genug. Ich wusste so vieles nicht über Jeremiah, und doch kam es mir so vor, als wenn ein Teil von mir fehlen würde, wenn ich ihn nicht sah.

Jeremiah schien es ähnlich zu ergehen. Wenn mich der Master, oder sein Bruder schlecht behandelten, schien es ihm das Herz zu zerreißen.

Eines Nachts kam Jeremiah wieder zu mir, zu unserem Versteck unter dem mächtigen Baum. Er sah sehr ernst aus und auch traurig.

„Du weißt, dass ich dich über alles liebe, und mein größter Wunsch ist es, dass wir ein gemeinsames Leben führen können, aber das ist uns leider nicht vergönnt. Ich möchte dich für immer hier haben, in meiner Nähe, doch das wäre nicht fair dir gegenüber. Wenn ich dich nicht heiraten und ein Leben mit dir führen kann, dann möchte ich dir wenigstens etwas schenken, was neben der Liebe das Wertvollste ist, was man jemandem schenken kann“, erklärte Jeremiah, während er nach ihrer Hand griff.

„Du brauchst mir nichts schenken. Deine Liebe ist alles, was ich brauche“, erwiderte ich.

„Aber ich werde dich niemals so lieben können, wie du es verdienst, und deshalb schenke ich dir und deiner Mutter das Einzige, das ich vermag: Eure Freiheit!"
Ich sah ihn verwirrt an, denn ich verstand nicht, was er damit meinte.

Er gab mir einen kurzen Kuss, bevor er fortfuhr: „Meine Familie würde niemals Sklaven freilassen, selbst, wenn ich meinen Vater darum bitten würde, also habe ich so getan, als hätte ich dich und deine Mutter mit Gewinn an eine andere Plantage verkauft. Stattdessen habe ich aber Freilassungs-Dokumente angefertigt. In wenigen Tagen werden meine Eltern verreisen und ich werde euch zum Haus meiner Großmutter nach Hope bringen. Mit den Dokumenten könnt ihr die Südstaaten verlassen und woanders ein neues Leben in Freiheit beginnen."

Ich wollte etwas sagen, doch ein Sturm von widersprüchlichen Gefühlen verstopfte mir die Kehle. Ich wollte ihn nicht verlassen, ich konnte mir ein Leben ohne ihn nicht mehr vorstellen, aber ein Leben in Freiheit ... das war etwas, von dem ich mein ganzes Leben lang geträumt hatte ... von dem jeder Sklave träumte. Aber wäre ein Leben in Freiheit von Bedeutung, wenn es ohne Jeremiah Jones wäre?

Er konnte den Zwiespalt in meiner Seele anscheinend spüren, denn er zog mich in eine Umarmung und küsste mich, als wenn es kein Morgen mehr geben würde. Ich konnte seine Liebe und seine Verzweiflung in diesem Kuss spüren. Es war, als wollte er mich zugleich loslassen und ganz fest an sich ziehen.

Ich sagte ihm, dass ich ihn für dieses Angebot nur noch mehr liebte, wenn das möglich sei, aber selbst eine

Liebe aus der Ferne war besser, als ihn nie wiederzuse-
hen. Doch er sagte mir, dass es das Einzige war, was er
für mich aus Liebe tun könnte, und dass der Gedanke,
dass ich irgendwo ein glückliches Leben in Freiheit führen würde, das Einzige wäre, was ihn ohne mich leben
lassen könnte.

Mir kamen die Tränen, denn das war das Selbstloseste,
was ich jemals gehört hatte. Wenn jemals herauskom-
men würde, dass er mir und meiner Mutter zur Flucht
verholfen hatte, stand auch sein eigenes Leben auf dem
Spiel. Außerdem wäre es für ihn doch das Einfachste,
wenn ich als Sklavin hierbleiben würde, dann könnte
er mich jederzeit sehen und mich heimlich treffen.
Dass er sich wünschte, dass ich ein glückliches Leben
führte, bewies mir nur, wie tief und allumfassend seine
Liebe für mich wirklich war.

Als ich wieder in der Hütte war, weckte ich meine Mutter und erzählte ihr alles, doch sie glaubte mir nicht. Sie
war eine kluge Frau und hatte mitbekommen, dass sich
etwas zwischen Jeremiah und mir abspielte, und sie
hatte mich immer wieder gewarnt, vorsichtig zu sein.
Sie wollte nicht auch noch ihre Tochter verlieren, nachdem sie schon ihren Mann verloren hatte. Sie sagte mir,
dass Jeremiahs Worte nicht ernst gemeint waren. Niemand befreite eine Sklavin, egal wie attraktiv er sie
auch fand. Ich versuchte, ihr zu erklären, dass es nicht
nur eine körperliche Anziehung, sondern echte Liebe
zwischen uns sei und sie entgegnete, dass uns so etwas
leider niemals vergönnt sein würde, da die Welt nun
einmal war, wie sie war.

Doch meine Mutter sollte sich täuschen, denn ein paar Tage später musste ich der Frau des Masters beim Kofferpacken helfen und war dabei, als die gesamte Familie außer Jeremiah in eine Kutsche stieg und davonfuhr.

Jeremiah erklärte mir, dass ich mich bereit machen sollte, er würde mich und meine Mutter heute Nacht abholen.

Wir machten alles wie gewöhnlich und verabschiedeten uns auch nicht bei unseren Freunden, obwohl es uns sehr schwerfiel, schließlich hatten wir mit vielen von ihnen unser gesamtes Leben verbracht. Doch die Gefahr war zu groß, dass einer der Aufseher etwas erfuhr oder dass sie ebenfalls fliehen wollten.

Meine Mutter packte zwar ihre wenigen Habseligkeiten zusammen, aber sie glaubte es immer noch nicht. Ich nahm nur das, was ich am Leibe trug und die Kette, die mir Jeremiah geschenkt hatte, mit. Als die Dämmerung komplett hereingebrochen war, sah ich einen Schatten vorbeihuschen. Ich öffnete die Tür und Jeremiah bedeutete mir stumm, dass wir ihm folgen sollten.

Wir gingen nicht den Weg am Haupthaus entlang, sondern querfeldein durch die Sumpflandschaft, bis wir zum Fluss kamen. Wir liefen bestimmt eine Stunde, bis wir an eine Stelle kamen, an der ein Mann mit zwei Pferden auf uns wartete.

Jeremiah sagte uns, dass wir dem Mann vertrauen konnten. Der Mann stieg auf das eine Pferd und half meiner Mutter, sich hinter ihn zu setzen, während ich auf Jeremiahs Pferd kletterte und er mir erklärte, dass ich die Arme fest um ihn schlingen sollte, damit ich

nicht hinunterfiel. Da wir Sklaven waren, konnte er
nicht offiziell in der Kutsche mit uns fahren und er
wollte uns die Tortur ersparen, hinten wie Vieh in einem Käfig zu reisen. Deshalb hatte er sich dafür entschieden, in der Nacht per Pferd zu fliehen.
Wir ritten einige Stunden lang, und obwohl bei jedem
kleinsten Geräusch mein Herz zu rasen anfing und ich
mir sicher war, dass wir alle vier gleich erschossen oder
gelyncht werden würden, fühlte sich die Wärme und
die Nähe von Jeremiahs Körper einfach wunderbar an.
Ich schmiegte meine Wange an seinen Rücken, atmete
seinen männlichen Duft ein und wünschte mir, dass
wir einfach für alle Ewigkeit so dahinreiten könnten.
Doch irgendwann stoppte er sein Pferd und ich sah auf.
Wir befanden uns in der Nähe eines Strandes.
„Das ist das alte Haus meiner Großmutter", sagte er.
„Wir kommen nur sehr selten her, höchstens einmal im
Jahr, ansonsten steht es leer. Hier sind wir heute Nacht
sicher. Ich habe bereits Essen und andere Dinge hierhergebracht, sodass ihr morgen ausgeruht weiterreisen
könnt."
Wir stiegen vom Pferd und meine Mutter musste von
mir gestützt werden. Wir waren noch nie im Leben ge-
ritten und unsere Knochen waren steif und alles
schmerzte.

Schon wieder war die Seite zu Ende. Fieberhaft suchte
Alana nach dem folgenden Abschnitt.

Wir gingen in das Haus und Jeremiah zeigte mir ein
Zimmer, in das ich meine Mutter bringen konnte, damit sie sich ausruhen konnte. In ihrem angeschlagenen

Zustand war die Flucht für sie unfassbar anstrengend gewesen. Sie atmete schwer und zitterte. Sie legte sich in das Bett und ich blieb bei ihr, bis sie kurz darauf eingeschlafen war.

Ich ging zurück zu Jeremiah, der seinen Freund offenbar verabschiedet hatte und uns in der Küche ein leichtes Mahl zubereitet hatte. Für den, der dies liest, klingt das wahrscheinlich lächerlich, aber es war eines der schönsten Dinge, die ich bis jetzt in meinem Leben erlebt hatte – gemeinsam mit dem Mann, den ich liebte, an einem Tisch zu sitzen und entspannt zu essen. Etwas so vollkommen Normales, das uns doch nie vergönnt gewesen war. Wir saßen da, er hielt meine Hand und wir sahen uns an, während wir aßen. Ich war so unfassbar hungrig, aber trotzdem brachte ich kaum einen Bissen herunter, weil Jeremiahs Blick mein Herz so schnell schlagen ließ.

„Wir sollten jetzt versuchen, ein wenig schlafen, bevor ihr morgen weiterreist", sagte er.

Er nahm meine Hand und gemeinsam gingen wir in das Schlafzimmer, in dem sich ein großes Bett befand. Ich hatte noch nie im Leben in einem richtigen Bett geschlafen. Ich streifte meine Schuhe ab und schämte mich, mit meinem zerrissenen, verschmutzen Kleid in diese sauberen Laken zu klettern.

Jeremiah kam zu mir, sah mir tief in die Augen und küsste mich. Zuerst war der Kuss zärtlich und vorsichtig, doch bald wurde er leidenschaftlicher. Er hob mich hoch, trug mich zum Bett hinüber und ließ sich gemeinsam mit mir darauf sinken.

Er streifte mein Kleid zärtlich von meinen Schultern
und strich mit seinen Fingern sanft über meinen Körper. Ich schlang meine Arme um ihn und vertiefte den
Kuss. Die Leidenschaft, die schon immer in unseren
Körpern geschlummert hatte, kam nun an die Oberflä-
che und setzte unsere Körper in Brand. Wir zogen all
die störenden Kleidungsstücke aus und erforschten
uns gegenseitig. Er weckte Gefühle in mir, die zu haben
ich niemals geahnt hätte. Mir war heiß und kalt zugleich, mein Herz raste und schien im nächsten Moment stehen zu bleiben. Irgendwann drang er in mich
ein und das Gefühl ganz und gar von ihm ausgefüllt zu
werden, war das Wundervollste, was ich je erlebt hatte.
Wir liebten uns, als wenn es kein Morgen mehr geben
würde, was ja auch der Wahrheit entsprach, denn morgen würden sich unsere Wege für immer trennen.

Wir schliefen in dieser Nacht nicht eine Sekunde, und
als der Sonnenaufgang seine rötlichen Strahlen durch
das Fenster schickte, lagen wir ineinander verschlun-
gen da und sahen uns stumm in die Augen. Es war, als
versuchten wir, uns jede Einzelheit im Gesicht des anderen einzuprägen, damit wir sie uns immer wieder in
Erinnerung rufen konnten.
Als die Sonne vollständig aufgegangen war, standen
wir schweren Herzens auf.
Jeremiah ging kurz hinaus und kam dann mit einer Tasche wieder, darin befanden sich zwei wunderschöne
Kleider und Hüte.
„Ihr müsst doch für euer neues Leben richtig gekleidet
sein", sagte er und gab mir einen zärtlichen Kuss auf die
Stirn.

Während er wegritt, um am nächsten Bahnhof Fahrkarten für unsere Reise in eine neue Zukunft zu kaufen, ging ich zu meiner Mutter und gemeinsam zogen wir uns an. Ich kam mir unwirklich vor in den Kleidern einer freien Frau, nachdem ich mein Leben lang nur Lumpen getragen hatte.

Doch etwas Wichtiges fehlte noch. Ich griff in mein altes Kleid, zog Jeremiahs Kette hervor und legte sie mir um. Von nun an musste ich sie nicht mehr verstecken müssen und konnte sie als Zeichen unserer Liebe offen tragen.

Nachdem wir fertig waren, aßen wir in der Küche von dem Brot, das noch übrig war und warteten. Ich durchstöberte das Haus und oben entdeckte ich eine kleine Kammer mit einem Bett, einem Tisch und einem Stuhl darin. Darauf befand sich Schreibpapier und Tinte. Kurzerhand beschloss ich, alles aufzuschreiben ...

Jeremiahs und meine Liebe ist so etwas Einzigartiges und Besonderes, dass sie die Zeit überdauern soll. Ich wünsche mir, dass jemand diese Zeilen irgendwann findet und dass unser Leben und unsere Liebe nicht vergessen werden. Und vor allem wünsche ich mir, dass unsere Liebe so stark ist, dass sie jemand anderen inspiriert, das Unmögliche zu wagen.

Ich werde diese Blätter jetzt irgendwo im Haus verstecken, denn noch ist die Zeit nicht reif, noch würde niemand unsere Gefühle verstehen. Doch wer dies eines Tages findet, soll wissen, dass Liebe immer stärker ist, als alles andere, und das wahre Liebe sich auch darin zeigt, wenn man etwas vollkommen Uneigennütziges tut, nur damit der andere glücklich ist.

Alana konnte die letzten Zeilen gar nicht mehr richtig lesen, weil sie so sehr weinte. Sie wischte sich über die Augen und schaute alle Zettel auf der Couch nach, aber es war das letzte Blatt, das Eliza geschrieben hatte. Sie wünschte sich, sie wüsste, wie Elizas Geschichte weitergegangen war. War ihre Flucht geglückt? Hatte sie tatsächlich mit ihrer Mutter irgendwo anders ein Leben als freie Frau führen können? Hatte sie irgendwann geheiratet, oder hatte sie sich ein Leben lang nach Jeremiah verzehrt?

Sie räumte die Briefe von Eliza ganz behutsam in den Karton, ließ den Rest aber liegen. Dann ging sie nach oben ins Schlafzimmer, duschte kurz, um den Staub der Renovierung abzuwaschen, und zog sich ein dünnes Nachthemd an. Als sie sich in das Bett legte und aus dem offenen Fenster starrte, durch das eine erfrischende Brise über ihren erhitzten Körper strich, konnte sie nicht aufhören, an Eliza und Jeremiah Jones zu denken. Hatten sie ihre erste und einzige gemeinsame Nacht hier in diesem Zimmer verbracht? Hatten sie durch dieses Fenster den Sonnenaufgang beobachtet, während sie sich in den Armen gelegen hatten?

Die beiden taten ihr so unfassbar leid. Sie hatte sich niemals Gedanken darüber gemacht, was für ein Geschenk es war, jeden lieben zu können, den sie wollte. Egal, welche Hautfarbe oder welches Geschlecht die Person hatte, sie war frei, ein Leben mit ihrer großen Liebe zu führen. Manche Menschen suchten ihr Leben lang nach dem Richtigen ... wie schmerzvoll musste es sein, die große Liebe gefunden zu haben und nicht mit ihr zusammen sein zu können? Wie vielen Menschen war es wohl damals genauso ergangen wie Eliza und Jeremiah?

Bis sie einschlief, grübelte sie darüber nach und selbst ihr Traum drehte sie um die beiden.

Ihre Fantasie oder ihr Herz ersannen in ihrem Traum ein Happy End für Eliza. Sie träumte, dass diese ein neues Leben begonnen hatte, fernab der Südstaaten, aber niemals aufhörte, an Jeremiah zu denken.

Und auch er konnte seine große Liebe nicht vergessen. Deshalb suchte er jahrelang nach ihr und bereiste unzählige Städte in allen möglichen Staaten, bis er sie eines Tages fand. Sein Bruder hatte inzwischen die Plantage übernommen, sodass er keinerlei Verpflichtungen mehr hatte. Er machte Eliza, ohne zu zögern, einen Antrag und sie führten ein wunderbares und erfülltes Leben zusammen.

Kapitel 8

Als sie aufwachte, seufzte Alana leise und lächelte. Sie wünschte sich so sehr, dass dieser Traum tatsächlich so stattgefunden hatte, aber es war doch mehr als unrealistisch. Selbst heute in Zeiten von Internet und Co, wäre es schwierig gewesen, Eliza wiederzufinden, und selbst wenn es ihm tatsächlich gelungen sein sollte, wäre eine Ehe zwischen einem Weißen und einer Schwarzen zu dieser Zeit undenkbar gewesen. Trotzdem war es eine schöne Vorstellung, denn Eliza und Jeremiah hätten es verdient, glücklich zu sein.

Sie stand auf und zog sich an, hatte aber heute gar keine Motivation weiterzuarbeiten, denn sie war viel zu neugierig, welche Geschichten sich noch in der Kiste verbargen.

Aber sie würde bald in der Bibliothek anfangen zu arbeiten, also musste sie die Zeit bis dahin für die Renovierung nutzen. So hatte sie etwas, auf das sie sich freuen konnte.

Ob in der Kiste noch mehr Lebens- bzw. Liebesgeschichten waren?

Sie ging hinunter in die Küche, machte sich einen Kaffee und bereitete sich dann einen Smoothie zu. Anschließend ging sie wieder nach oben auf den Dachboden und putzte und wischte weiter, doch die ganze Zeit über musste sie an Eliza und Jeremiah denken und daran, was vielleicht noch in der Kiste war. Aber sie riss sich zusammen und arbeitete weiter. Sie nagelte ein paar lose Dielenbretter fest und baute den alten Schrank in dem ersten Zimmerchen auseinander.

Mittags machte sie sich die Nudeln, die sie eigentlich gestern hatte essen wollen, blieb aber sicherheitshalber in der Küche. Als sie an der Decke den Rauchmelder betrachtete, musste sie an ihren Nachbarn ... an Dante denken. Es war wirklich nett gewesen, dass er zu ihr gekommen war, als er den Qualm bemerkt hatte und auch, dass er die Rauchmelder für sie installiert hatte. Lebte er wohl allein in dem Haus nebenan, so wie sie, oder hatte er eine Familie? Sie war gestern so durch den Wind gewesen, dass sie ihn überhaupt nichts gefragt hatte.

Als sie ihre Nudeln gegessen hatte, beschloss sie, für heute Feierabend zu machen. Sie redete sich ein, dass sie ihre Hand schonen wollte, die immer noch leicht schmerzte, aber in Wirklichkeit wollte sie unbedingt erfahren, was sich noch in der Kiste verbarg.

Sie ging ins Wohnzimmer und betrachtete die Blätter, die noch auf der Couch lagen. Sie sah, dass es noch weitere lose Seiten gab, die zwar vergilbt waren, aber nicht so sehr, wie die Aufzeichnungen von Eliza. All diese Blätter trugen das Datum 1910. Sie sortierte sie dieses Mal direkt in der richtigen Reihenfolge, denn sie vermutete, dass es wieder um einen Brief ähnlich wie Elizas handelte und wollte nicht immer unterbrechen müssen, um das nächste Blatt suchen zu müssen.

03. Dezember 1910

Vor einiger Zeit habe ich in meinem Dienstboten Zimmer in einem Versteck in der Wand die traurige, aber auch wunderschöne Liebesgeschichte einer Sklavin namens Eliza gefunden. Ich will es ihr gern gleichtun, und etwas für die Nachwelt hinterlassen, aber es gibt leider keine Liebe in meinem Leben, über die ich berichten könnte. Ich bin ein neunzehnjähriges Dienstmädchen namens Emanuela, das im Haus der wohlhabenden Familie Summerholder arbeitet, um diese zu unterstützen. Ich liebe meine Familie und meine Eltern führen eine äußerst glückliche Ehe, aber wir sind leider bettelarm, da mein Vater aufgrund einer Verletzung nicht in der Lage ist zu arbeiten und wir insgesamt acht Kinder sind. Also versuchen alle, die alt genug sind, Geld zu verdienen, um es nach Hause schicken zu können. Meine Eltern waren immer für uns da und haben uns mit viel Liebe aufgezogen, da ist es das Mindeste, was wir tun können. Aber das Leben eines Dienstmädchens ist hart ... nicht so hart wie Elizas, aber ich würde jederzeit mit meiner Dienstfamilie tauschen. Während sie noch selig schlafen, muss ich die Kamine anzünden, die Kleidung herauslegen und das Essen vorbereiten. Und gerade jetzt im Winter, habe ich das Gefühl, niemals warm zu werden. Meine Dachkammer ist so kalt, dass ich nachts mit einer Jacke schlafe. Denn hier oben gibt es keine Kamine und ich besitze auch keine Bettpfanne, die mit Kohlen gefüllt und ins Bett gelegt wird, wie es bei Mrs. Summerholder der Fall ist.

Ich denke, dass ich irgendwann als alte Jungfer und mit krummen Buckel immer noch Dienstmädchen wäre, denn wo sollte mir bitteschön die große Liebe über den Weg laufen? Ich habe nur einen Tag in der Woche frei und an diesem laufe ich höchstens mal hinunter ins Dorf. Aber Hope ist nicht gerade Charlotte oder New Orleans.

Doch in diesem Herbst hat sich plötzlich alles geändert. Ich bin noch nicht lange bei den Summerholders, erst seit sechs Monaten. Sie haben drei Kinde – ein Mädchen, das noch recht klein ist, einen sechzehnjährigen Sohn und einen, der dreiundzwanzig ist und schon aufs College geht. Letzteren habe ich daher noch nie gesehen.

Am 21. November kam Jonathan, der älteste der Kinder nach Hause, um hier die Semesterferien zu verbringen. Ich weiß dieses Datum noch ganz genau, denn es war der Tag, an dem sich mein Leben veränderte. Für mich existierte danach nur noch eine Zeitrechnung. Es gab die Zeit vor Jonathan und es gab die Zeit danach. Und die Zeit davor schien irgendwie bedeutungslos zu sein ...
Ich war gerade dabei, die Betten zu beziehen und hatte einen riesigen Wäschestapel auf dem Arm, als mich Mrs. Summerholder ansprach und mich anwies, auch das Bettzeug in dem Zimmer ihres ältesten Sohnes zu beziehen.
Ich drehte mich also auf dem Absatz um, um noch mehr Bettzeug aus dem Schrank zu holen, konnte aber aufgrund des Stapels in meinen Armen vor mir nichts mehr sehen. Plötzlich prallte ich gegen etwas und die Wäsche glitt mir aus den Händen.

„Pass doch gefälligst auf", rief Mrs. Summerholder ungehalten.

„Es war meine Schuld, Mutter", sagte eine warme, tiefe Stimme.

Ich kniete mich hin, um alles aufzusammeln, und als ich hochblickte, sah ich in die grünsten Augen, die ich jemals gesehen hatte. Im Eingangsbereich stand eine wunderschöne und sehr teure Vase, die genau im gleichen Farbton gehalten war. Ich hatte schon oft davor gestanden und diese Farbe bewundert. Ich hätte nie geglaubt, dass jemand solche Augen haben könnte. „Guten Tag, mein Name ist Jonathan. Bist du das neue Dienstmädchen?"

Ich starrte ihn immer noch an und brachte keinen Ton heraus. Ich wusste, es war unhöflich, ihn so anzustarren, aber ich konnte einfach nicht anders. „Emanuela ... mein Name ist Emanuela", stotterte ich.

Er lächelte mich an, und hatte ich schon gedacht, seine Augen wären umwerfend, wurde ich jetzt eines Besseren belehrt. Bei seinem Lächeln fühlte ich mich irgendwie warm und geborgen, es gab mir das Gefühl, als wäre ich etwas Besonderes.

Er kniete sich ebenfalls hin und half mir, alles aufzusammeln. „Nett, dich kennenzulernen. Wir sehen uns ja in Zukunft öfter", sagte er.

Ich wurde rot, brachte wieder nichts heraus und nickte deshalb einfach, bevor ich eilig in eines der Zimmer verschwand. Dort lehnte ich mich von innen gegen die Tür und schloss beschämt die Augen. Er musste mich für einfältig halten, so wie ich mich benommen hatte. Ich verstand meine Reaktion selbst nicht, denn normalerweise war ich nicht auf den Mund gefallen. Bei so *vielen Geschwistern lernte man zwangsläufig, sich zu behaupten.*

Während des Rests des Tages bekam ich ihn nicht mehr zu Gesicht, aber dennoch musste ich ständig an ihn denken, was seltsam war, schließlich kannte ich ihn gar nicht.

Alana wurde bewusst, dass es ihr mit Dante genauso ging. Sie kannte ihn nicht und hatte erst einmal mit ihm gesprochen, aber seitdem hatte sie unzählige Male an ihn gedacht und sich viele Fragen über ihn gestellt. Es war zum Glück nicht so gewesen, dass sie kein Wort herausgebracht hatte, aber fast das eigene Haus niederzubrennen, war auch nicht wirklich besser.

Sie verscheuchte diesen Gedanken und las weiter.

In den nächsten Tagen liefen wir uns immer wieder über den Weg und je öfter wir miteinander sprachen, desto unbefangener wurde ich. Ich fühlte mich wohl in seiner Gegenwart. Mr. und Mrs. Summerholder waren zwar nett zu mir, aber stets distanziert, ich fühlte immerzu die Kluft zwischen uns. Bei Jonathan war das irgendwie nicht so. Er gab mir nie das Gefühl, nur das Dienstmädchen zu sein, oder protzte mit seinem Reichtum und seinen Privilegien.

Ungefähr zwei Wochen nach seiner Ankunft sprach er mich an. „Heute ist doch dein freier Tag, oder? Hast du etwas vor?"

„Ich wollte vielleicht ins Dorf hinunterlaufen, um den schönen Herbsttag auszunutzen", entgegnete ich.

„Ich weiß da etwas Besseres. Wir treffen uns um fünf Uhr an der Haustür", sagte er und verschwand, bevor ich ihn fragen konnte, was er damit meinte.

Ich ging nach oben in meine Dachkammer und die Zeit schien überhaupt nicht vergehen zu wollen. Ich blickte gefühlt alle fünf Minuten auf die Uhr, während ich mich fragte, was Jonathan damit gemeint hatte. Er war der Sohn der Summerholders und ich ein armes, einfaches Dienstmädchen, das hieß, dass er bestimmt nichts gemeinsam mit mir unternehmen würde. Wahrscheinlich würde er mir nur einen Weg zum Spazieren gehen empfehlen oder mir von einem schönen Fleckchen erzählen, das ich noch nicht kannte.

Als es endlich so weit war, strich ich mir durch meine goldblonden Haare und versuchte, sie ein wenig zu bändigen, dann zog ich meinen verschlissenen Wintermantel an. Er hatte schon meiner Mutter und meiner älteren Schwester gehört und genauso sah er aus. Ich schämte mich ein wenig und wünschte, ich könnte mich schöner zurechtmachen für Jonathan. Aber andererseits war das albern, denn Jonathan bekam in meiner Nähe bestimmt kein Herzklopfen, so wie ich bei ihm. Er wusste, dass ich hier neu war und wollte wahrscheinlich einfach nur nett sein. Bestimmt hatte er eine Freundin. Ein Mädchen, das auf das gleiche College ging, wohlhabend war, aus gutem Hause stammte und wunderschön war. Ein Mädchen, das perfekt zu ihm und zu seiner Familie passte.

Ich ging nach unten, öffnete die Haustür und da stand er schon.

Er schenkte mir wieder eines dieser unbeschreiblich unbeschwerten Lächeln, und wir gingen den Weg hinunter in Richtung Strand. Es dauerte nicht lange und ich entdeckte eine rot-weiß karierte Picknickdecke und einen großen Picknickkorb darauf.

„Hast du das vorbereitet?", fragte ich erstaunt.

Er lächelte mich wieder an. „Ich weiß, es ist kein Sommer mehr, aber ich finde ein Picknick am Strand ist das Schönste, was man an einem freien Tag machen kann. Und da ich im Sommer noch nicht hier war, machen wir es halt jetzt."

Wir ließen uns auf die Decke sinken und Jonathan begann den Korb auszupacken. Es gab Sandwiches, kleine Snacks und einen Apfel-Crumble-Kuchen. Mir lief sofort das Wasser im Mund zusammen.

Als ich ein wenig fröstelte, zog er mit großer Geste eine Thermoskanne hervor. „Bei einem Herbstpicknick darf heiße Schokolade natürlich nicht fehlen."

Er nahm zwei Tassen aus dem Korb und schenkte uns beiden etwas ein. Dankbar nahm ich einen Schluck und presste meine Hände gegen die Tasse, um sie daran zu wärmen.

„Ich wusste nicht, was du magst, deshalb habe ich der Köchin gesagt, sie soll eine bunte Auswahl einpacken."

Er stellte einen Teller vor mich hin und packte sich ein Sandwich und Frikadellen auf seinen Teller. Ich musste mir ein Lächeln verkneifen. In unserer Familie hatten wir auch manchmal gepicknickt, aber dabei hatten wir nicht von wahnsinnig teuren filigranen Porzellantellern gegessen, Stoffservietten benutzt und hatten auch keine Köchin gehabt, die alles für uns gepackt hatte. Wieder einmal wurde mir die Kluft, die zwischen uns herrschte, bewusst. Jonathan ließ es mich bisher nicht absichtlich spüren, aber er konnte nun einmal nicht ändern, wie er geboren und aufgewachsen war... genauso wenig wie ich.

Während des Picknicks fragte er mich nach meiner Familie und warum ich Dienstmädchen geworden war.

Ich entschied mich, vollkommen offen zu ihm zu sein, und erzählte ihm von all meinen Geschwistern, und auch von dem Unfall meines Vaters, der dazu geführt hatte, dass ich Dienstmädchen geworden war, anstatt zu studieren, was eigentlich mein Traum gewesen war.

Ich fragte ihn daraufhin nach seinem Studium und wir unterhielten uns, ohne zu merken, wie die Zeit verging. Lediglich der immer dunkler werdende Himmel ließ erahnen, wie lange wir schon hier draußen waren. Längst hatten wir alles aufgegessen und die Heiße Schokolade ausgetrunken.

Irgendwann stand Jonathan auf.

„Soll ich alles zusammenpacken?", fragte ich.

„Nein, wir gehen noch nicht ins Haus, der Tag ist noch nicht vorbei."

Er ergriff meine Hand und zog mich hoch. Dann ging er ein Stück den Strand hinunter, wo ein kleines Ruderboot am Ufer lag. Ich hatte es gesehen, aber nicht wirklich wahrgenommen.

„Zu einem richtigen Sommerpicknick-Ausflug gehört auch eine Bootsfahrt", sagte er.

Ich schluckte nervös, denn ich konnte nicht schwimmen und war noch nie mit einem Boot hinausgerudert. Er schien meine Anspannung zu spüren, denn er drückte meine Hand und sagte beruhigend: „Du musst keine Angst haben, ich werde auf dich aufpassen."

Er half mir in das Boot hinein und ergriff dann die beiden Ruder. Es wurde immer dunkler, und der See glitzerte unter uns. Als wir ein ganzes Stück hinaus gerudert waren, zog er die Ruder ins Boot hinein und zeigte zum Himmel hinauf, an dem Trilliarden Sterne funkelten. Das Wasser unter uns plätscherte leise und ich konnte Jonathans Nähe überdeutlich spüren. Ich erschauderte, sowohl vor Kälte als auch vor Aufregung. Jonathan wickelte seinen Schal ab und beugte sich vor, um ihn um meinen Hals zu schlingen. Die Wolle war unfassbar weich und warm. Mein Herz fing an zu rasen, als Jonathan nur Zentimeter vor meinem Gesicht war. Ich schloss die Augen und plötzlich spürte ich seine warmen, weichen Lippen auf meinen. Seine starken Arme hüllten mich in eine allumfassende Umarmung und ich gab mich ganz der Glückseligkeit hin, die meinen ganzen Körper durchströmte. Als er sich wieder von mir löste, strich er mir zärtlich über die Wange. „Das wollte ich schon tun, seit ich dich das erste Mal gesehen habe. Da verlasse ich mein Elternhaus, um etwas zu erleben und die atemberaubendste Frau, die ich mir vorstellen kann, befindet sich derweil genau hier." Er küsste mich wieder, während das Boot im Wasser leicht auf und ab schaukelte.

Irgendwann ruderten wir zurück und packten alles zusammen, denn ich musste schon in wenigen Stunden wieder aufstehen. Doch auf dem Weg zum Haus ließ er nicht eine Sekunde meine Hand los. Das Haus war dunkel und still, als wir eintraten, offenbar schliefen alle anderen schon. Am Treppenabsatz gab er mir noch einen Kuss und ich huschte die Stufen hinauf.

In meiner Dachkammer zog ich mir fröstelnd mein Nachthemd an und schlüpfte unter die kalten Laken. Dann griff ich nach Jonathans Schal, wickelte ihn um mich und vergrub mein Gesicht in den Enden. Er war warm und weich und er roch nach Jonathan. Ich sog den Duft tief in mich hinein und während ich einschlief, dachte ich unentwegt an seine Küsse.

Obwohl ich am nächsten Tag unfassbar müde war, lächelte ich unentwegt vor mich hin. Ich konnte einfach nichts dafür, sobald ich an Jonathan dachte, wurde mein Herz von Freude erfüllt und ich fing an zu strahlen. Mrs. Summerholder warf mir zwar einige irritierte Blicke zu, sagte aber nichts.

In jeder freien Minute verbrachten wir von nun an Zeit miteinander und nachts, wenn alle schliefen, schlich er sich regelmäßig zu mir nach oben. Angst, erwischt zu werden, mussten wir nicht haben, denn hierhin verirrte sich nie jemand von der Familie, und die Köchin und das andere Dienstmädchen würden niemals etwas sagen. Wir redeten ganze Nächte hindurch, aber wir kamen uns natürlich auch körperlich näher. Wir lagen oft in meinem schmalen harten Bett, ich schmiegte meinen Kopf in seinen Arm und es kam mir so vor, als würden wir uns schon ewig kennen ... als wären wir schon immer füreinander bestimmt gewesen.

Obwohl wir unsere Liebe nicht offen zeigen konnten, war ich überglücklich, denn Jonathan war alles, was man sich von einem Mann nur wünschen konnte. Es gab nur einen Makel: Er war reich. Ich weiß, es klingt verrückt, aber ich wünschte mir mit ganzem Herzen, er wäre arm. Dann könnten wir unsere Liebe offen ausleben und bräuchten keine Angst davor zu haben, dass *uns jemand verurteilte. Denn ich war mir sicher, dass seine Familie und Freunde genau das tun würden, und meine hielten ihn wahrscheinlich für einen reichen Schnösel, dem immer alles in den Schoß gefallen war und der auf Menschen wie mich hinabsah.*

Sie merkte plötzlich, wie trocken ihr Hals war, also legte sie den Brief behutsam zur Seite und stand auf, um sich aus der Küche schnell eine Flasche Eistee zu holen.

Nachdem sie einen großen Schluck getrunken hatte, vertiefte sie sich wieder in den Brief.

Anfang Dezember schlich sich Jonathan um ein Uhr morgens aus meinem Zimmer und dann die Treppe hinunter. Ich wollte gerade die Tür des Dachgeschosses schließen, als ich eine schrille Frauenstimme hörte.

Ich schlich vorsichtig die Treppe ein Stück hinunter, damit ich besser hören konnte.

„Ich wusste es! Ich habe es die ganze Zeit über schon ge-ahnt, aber jetzt habe ich den Beweis. Du warst bei Emanuela, habe ich recht?"

Mein Herz fing an zu rasen und trotz der Kälte wurde mir ganz heiß. Seine Mutter hatte es herausbekommen, jetzt war alles aus!

„Ja, es stimmt, ich war bei Emanuela. Wir sind ein Paar", hörte ich Jonathan bewusst ruhig erwidern.

„Ein Paar? Was soll das heißen?", stieß sie empört her-vor.

„Es soll heißen, dass wir uns lieben. Dass wir unser Le-ben miteinander verbringen wollen."

Mrs. Summerholder fing an zu lachen. „Bist du komplett verrückt geworden? Das ist unser Dienstmädchen!"

Jonathan stieß ein leises Schnauben aus. „Ja, das ist ihr Beruf, aber das ist nicht, was sie ist. Emanuela ist ein wunderbarer, warmherziger und intelligenter Mensch. Sie ist die Frau, mit der ich den Rest meines Lebens verbringen will."

„Ich verbiete es dir!", rief seine Mutter mit schriller Stimme.

Jetzt war es Jonathan, der lachte. „Du verbietest es mir? Wie willst du meinem Herzen verbieten, wen es liebt?"

„Das ist keine Liebe. Sie will nur dein Geld, sie und ihre Familie sind bettelarm. Du kannst nicht mit so jemandem zusammen sein. Was sollen die Leute von uns denken? Du hast einen Ruf zu verlieren. Es gibt so viele nette, angemessene Mädchen für dich in unserem Bekanntenkreis."

„Was du nicht verstehst, Mutter, ist, dass Emanuela nicht arm ist, nicht für mich. Ja, es stimmt, sie und ihre Familie besitzen nicht viel Geld, aber ihr Herz ist reich vor Liebe zu mir und das ist es, was im Leben wirklich zählt. Denn man kann noch so vermögend sein, wenn man niemanden hat, der einen liebt, ist man dennoch bettelarm."

„So spricht nur ein verliebter Narr. Sie hat dich um den Finger gewickelt", rief seine Mutter empört.

Ich wäre so gern hinuntergegangen und hätte Jonathan beigestanden, aber ich wusste, dass dies Mrs. Summerholder noch mehr erzürnt hätte. Aber mein Herz quoll über vor Liebe zu Jonathan. Es bedeutete mir unendlich viel, dass er unsere Liebe und mich so sehr verteidigte.

Für die Welt war mein Leben ganz sicher unbedeutend, aber für ihn war mein Leben seine Welt, und das machte mich zur reichsten Frau des Universums.

Ich konnte nicht mehr verstehen, was die beiden sagten, da sie sich von der Treppe entfernten. Ich musste mich mit aller Gewalt zusammenreißen, um nicht hinunter zu stürmen.

Am nächsten Tag ging ich mit klammen Herzen nach unten, denn ich war mir sicher, dass Mrs. Summerholder mich zur Rede stellen würde, aber nichts dergleichen geschah. Wenn ich einen Raum betrat, strafte diese mich mit Nichtachtung oder mit eisigen Blicken. Ich überlegte, selbst das Wort zu ergreifen, aber ich wollte vorher mit Jonathan sprechen, um nichts Falsches zu sagen.

Ich sah ihn den ganzen Tag nicht. Er schien nicht zu Hause zu sein. Aber als ich abends in meine Kammer ging, lag ein Zettel auf meinem Kissen, auf dem stand, dass ich um elf Uhr zum Strand kommen sollte.

Diese knappe Nachricht bescherte mir sofort Herzrasen. Ich konnte nicht erkennen, ob es eine liebevolle Nachricht war oder ob sie ernst oder traurig war.

Wollte er sich einfach nur mit mir treffen, oder hatte das Gespräch mit seiner Mutter ihn zum Umdenken gebracht? Würde er dort, wo wir uns das erste Mal geküsst hatten, unsere Beziehung für immer beenden? Meine Gedanken rasten und ich versuchte, mehr aus diesen wenigen Worten herauszulesen. Es klang vielleicht allzu melodramatisch, aber nachdem ich ein Leben mit Jonathan erlebt hatte, konnte ich mir ein Leben ohne ihn nicht mehr vorstellen. Seine Liebe hatte mich für alle Zeiten verändert, sie hatte mich zu etwas Besonderem gemacht, ohne sie wäre ich zum ersten Mal wirklich arm. Ich hatte sogar meinen Eltern schon in meinen Briefen von ihm erzählt und davon, dass ich von einer gemeinsamen Zukunft mit ihm träumte.

Ich spielte mit dem Gedanken, nicht zum Strand zu gehen, denn dann könnte er sich wenigstens heute Abend noch nicht von mir trennen und ich könnte schlafen gehen, in der Gewissheit, dass jemand existierte, der mich liebte.

Andererseits steigerte ich mich vielleicht auch einfach nur in alles hinein und er hatte gar nicht vor unsere Beziehung zu beenden.

Ich hatte noch ein bisschen Zeit, deshalb zog ich mein bestes Kleid an, das ich besaß, und steckte mir die Haare mit viel Sorgfalt hoch.

Um kurz vor elf schlich ich besonders leise aus dem Haus, denn ich stellte mir vor, dass Mrs. Summerholder auf der Lauer lag, doch ich sah niemanden.

Ich lief den Weg zum Strand hinunter und schon aus der Ferne sah ich einen Lichtschein am Strand. Umso näher ich kam, desto mehr verschlug es mir den Atem. Der Strand war ein einziges Lichtermeer. Überall standen Laternen auf dem Sand verteilt, und das flackernde Kerzenlicht ließ den Sand golden erstrahlen.

Ich hatte noch niemals so viele Kerzen auf einmal gesehen. Der Anblick war einfach atemberaubend. Inmitten all der Kerzen lag das Ruderboot, mit dem wir damals hinausgerudert waren.

Jonathan musste es den ganzen Weg vom Ufer hier hinaufgezogen haben. Er lächelte mich voller Wärme und

Liebe an, als ich mir einen Weg durch das Lichtermeer bahnte und zu ihm ins Boot kletterte.

„Du bist verrückt", sagte ich lachend.

„Ja, das stimmt. Verrückt nach dir", antwortete er und zog mich in seine starken Arme. Ich schmiegte mich an ihn und gab ihm einen zärtlichen Kuss auf die empfindliche Stelle hinter seinem Ohr.

„Wieso hast du das gemacht?", fragte ich ihn, nachdem wir uns gesetzt hatten.

„Ich wollte den Ort unseres ersten Kusses nachstellen, allerdings hatte ich Angst, dass das Boot hierfür zu sehr schaukeln würde."

Ich sah ihn verwirrt an, als er aufstand und sich plötzlich auf ein Knie niederließ. Er griff in seine Hosentasche und zog eine kleine Schachtel hervor.

Ich keuchte leise auf, als er sie öffnete und einen Ring offenbarte, in dessen funkelndem Diamanten, sich das Kerzenlicht widerspiegelte.

„Emanuela, ich hätte niemals gedacht, dass ich einen Menschen so sehr lieben könnte, wie ich dich liebe. Bis ich dich traf, war ich unvollständig, erst du machst mich zu einem Ganzen. Ich kann es nicht mehr erwarten, bis unser restliches Leben beginnt, deshalb frage ich dich: Wirst du meine Frau werden und mich zum glücklichsten Menschen auf Erden machen?"

Er ergriff meine Hand und streifte mir zärtlich den Ring über den Finger. Ich musste so sehr weinen, dass der Ring nur ein verschwommener glitzernder Fleck für mich war. Ich konnte nicht glauben, was gerade passierte. War das wirklich wahr, oder lag ich in meiner Dachkammer und träumte mir diese Zukunft nur zurecht, weil ich mich so sehr danach sehnte?

Jonathan räusperte sich. „So langsam bekomme ich Angst, wenn du nicht gleich antwortest.“

Ich musste unwillkürlich lachen. „Ja!“, rief ich mit zitternder Stimme. „Tausend Mal Ja. Natürlich möchte ich dich heiraten! Du bist das Wichtigste in meinem Leben.“

Er sprang auf und küsste mich stürmisch und leidenschaftlich. Irgendwann kletterten wir aus dem Boot und legten uns nebeneinander in den Sand. Mir war so heiß vor Aufregung, dass ich gar nicht fror, obwohl es eigentlich eisig kalt war. Doch Jonathan presste sich eng an mich und breitete eine Decke über uns aus, die im Boot gelegen hatte. Gemeinsam starrten wir auf das Firmament, das von unzähligen Sternen bedeckt war. „Ich werde den Rest meines Lebens damit verbringen, dich glücklich zu machen. Die einzigen Tränen, die du jemals wegen mir vergießen sollst, sollen Freudentränen sein“, flüsterte er und strich mir sanft über den Kopf. „Was immer du dir erträumst, ich werde dafür kämpfen, dass es wahr wird.“

Ich drehte mich zu ihm und gab ihm einen zärtlichen Kuss, bevor ich sagte: „Es ist schon wahr geworden, denn du bist alles, was ich mir je erträumt habe.“

Wir beide wollten diese Nacht nicht enden lassen, doch trotz Decke froren wir immer stärker und keiner wollte, dass der andere krank wurde, also löschten wir die Kerzen und gingen Arm in Arm ins Haus zurück.

In dieser Nacht schlief ich gar nicht. Ich lag in meinem Bett, starrte den wunderschönen und bestimmt unfassbar teuren Ring an, den Jonathan mir geschenkt hatte und malte mir unser gemeinsames Leben aus.

Unwillkürlich dachte sie an ihr Leben, und daran, ob sie jemals das Glück haben würde, ihre große Liebe zu finden und diese zu heiraten.

Würde sie auch so einen wunderschönen Antrag bekommen?

Am nächsten Morgen ging ich hinunter in die Küche und bereitete zusammen mit der Köchin das Frühstück zu. Als alles fertig war, trug ich das Essen ins Esszimmer, wo Mr. und Mrs. Summerholder, ihre anderen beiden Kinder und Jonathan bereits am Frühstückstisch saßen. Nachdem ich mehrmals hin und her gelaufen war, alles serviert und Kaffee eingeschenkt hatte, wollte ich mich wieder in die Küche zurückziehen, doch Jonathan bat mich zu bleiben.

Seine Mutter warf ihm einen verärgerten Blick zu, aber Jonathan ging zu mir und ergriff meine Hand. Dann hob er sie in Richtung seiner Eltern, damit beide den Ring an meiner Hand sehen konnten.

Seine Mutter stieß einen Laut der Entrüstung und Empörung aus.

„Ich habe Emanuela gestern Nacht einen Heiratsantrag gemacht und sie hat Ja gesagt und mich damit zum glücklichsten Mann der Welt gemacht", verkündete Jonathan strahlend.

Sein Vater schaute absolut verblüfft, Mrs. Summerholder hatte ihm offenbar nichts von uns gesagt, aber sie schien mich mit ihren Blicken förmlich töten zu wollen. Wenn sie nicht so eine kultivierte Dame gewesen wäre, wäre sie wahrscheinlich aufgesprungen und hätte mich mit Schimpfworten und Beleidigungen be-

dacht. So musterte sie mich lediglich mit einem Gesichtsausdruck, als wäre ich irgendein Ungeziefer, das sich in ihr schönes Heim verirrt hatte.

Dann wandte sie sich an Jonathan und sagte mit kaum verhohlener Wut in der Stimme: „Dieses Thema hatten wir doch schon. Du bist ein Summerholder! Und sie ist nichts weiter als ... Gesindel. Ich stimme dieser Beziehung nicht zu und einer Ehe erst recht nicht. Ich werde so etwas unter meinem Dach nicht dulden!"

Jonathan verstärkte seinen Griff um meine Hand und erwiderte traurig, aber ruhig: „Dann werden wir wohl ausziehen müssen."

Seine Mutter stieß zischend die Luft aus. „Wie bitte? Untersteh dich gefälligst, so respektlos zu sein."

„Das sagst du, die gerade meine baldige Ehefrau Gesindel genannt hat?", fragte er kopfschüttelnd.

„Denk an deinen Stand und an deinen Ruf. Du musst jemanden aus den entsprechenden Kreisen ehelichen", beschwor ihn seine Mutter und musterte mich wieder abfällig von oben bis unten.

Ich wünschte, ich hätte mich in Luft auflösen können. Ich fühlte mich so arm und schäbig, und das Schlimmste war, es stimmte: Ich war einem Mann wie Jonathan nicht würdig. Was würde ich oder meine Familie ihm schon bieten können? Ich war das Gegenteil einer guten Partie.

Jonathan ging näher zu seiner Mutter und sagte: „Mein Stand ist mir so etwas von egal. Ich habe die Liebe meines Lebens gefunden und ich werde sie heiraten. Ich wünsche mir von Herzen, dass du und Vater mir euren Segen gebt und wir hier alle unter einem Dach leben können, aber stell mich nicht vor die Wahl ..."

Jetzt stand seine Mutter auf und kurzzeitig vergaß sie ihre aristokratische Haltung. Sie bohrte ihrem Sohn einen Finger in die Brust und zischte: „Was willst du damit sagen, Jonathan? Willst du deinem Vater und mir drohen? Wenn du uns verlässt, bist du kein Summerholder mehr, dann wirst du all deinen Reichtum verlieren. Und wenn du kein Geld mehr hast, dann wird dich dieses Mädchen schneller verlassen, als du denkst."

„Was du einfach nicht verstehst, Mutter, ist, dass nicht Geld, das ist, was einen im Leben reich macht, sondern Liebe. Selbst wenn du mir all mein Geld wegnimmst, bin ich ein unbeschreiblich reicher Mann, weil ich die Liebe dieser Frau habe." Er schlang den Arm um mich und presste mich an sich.

Ich nahm all meinen Mut zusammen und äußerte mich zum ersten Mal. „Mr. und Mrs. Summerholder, ich liebe Ihren Sohn wirklich von ganzem Herzen. Ich weiß, dass ich nicht reich oder von guter Abstammung bin, aber ich werde alles tun, um Ihren Sohn glücklich zu machen. Bitte bestrafen Sie ihn nicht für unsere Liebe. Meine Eltern sind wunderbare und liebenswerte Menschen und ich lade sie gerne ein, damit Sie sie kennenlernen können."

„Ich treffe mich ganz bestimmt nicht mit irgendwelchen Arbeitern zum Tee", erwiderte Mrs. Summerholder abschätzig.

„Wir sind gerade alle sehr aufgewühlt, deshalb gehen Emanuela und ich jetzt erst einmal, damit du in Ruhe über alles nachdenken kannst. Aber sei dir bewusst, dass sich meine Liebe nicht in Luft auflösen wird. Entweder du gibst uns deinen Segen oder findest dich zumindest mit unserer Ehe ab, oder du musst mich tatsächlich enterben und uns aus dem Haus werfen." Mit diesen Worten verließ Jonathan das Esszimmer und ich folgte ihm.

Den ganzen Tag über ging ich Jonathans Eltern aus dem Weg, bekam aber mit, dass diese am späten Nachmittag stundenlang mit ihrem Sohn diskutierten. Der Lautstärke und der Schärfe der Stimmen nach zu urteilen war es kein friedliches und versöhnliches Gespräch.

Ich möchte Sie, den Leser nicht zu lange im Ungewissen lassen, aber Mrs. Summerholder hat sich nicht erweichen lassen. Ich denke, sie war sich sicher, dass Jonathan sich letzten Endes für seinen Reichtum und seinen guten Namen entscheiden würde, doch das tat er nicht. Er hat sich für mich entschieden ... für unsere Liebe. Er hat sein gesamtes bisheriges Leben zurückgelassen.

Wir haben uns eine bescheidene Wohnung im Dorf genommen, und arbeiten jetzt beide hart für unseren Lebensunterhalt, aber wir sind unfassbar glücklich miteinander. Ich sage Jonathan immer wieder, dass er zu seiner Familie zurückkehren soll, aber er antwortet stets, dass ich seine Familie bin, und dass jedes Lächeln von mir, all das wert gewesen ist.

Jonathan hat recht mit dem, was er seiner Mutter gesagt hatte: Wir sind nicht vermögend, und doch sind wir reich.

Kapitel 9

Alana legte das letzte Blatt zur Seite und blieb noch einige Minuten regungslos sitzen und starrte in die Ferne.

Sie war ganz und gar gefangen in dieser Geschichte.

Jonathan hatte, ohne zu zögern, sein gesamtes bisheriges Leben für Emanuela aufgegeben. Er hatte auf den Kontakt zu seinen Eltern, auf seinen hohen Stand und auf sein ganzes Geld verzichtet ... aus Liebe.

Wie groß und tief musste eine Liebe sein, damit jemand bereit war alles aufzugeben?

Sie brauchte dringend frische Luft und beschloss, einen Spaziergang am Strand zu machen.

Sie verließ das Haus, lief den Weg zum Strand hinunter und zog dort ihre Schuhe aus. Sie wollte den Sand unter ihren Füßen spüren. Als sie am Meer entlanglief und ihre Füße im Sand versanken, wurde ihr plötzlich etwas bewusst. Dies war keiner ihrer Romane gewesen, dies war eine echte Liebesgeschichte, die sich nicht irgendwo an einem weit entfernten Ort abgespielt hatte, sondern genau hier!

Sie blieb stehen und betrachtete den langen Sandstrand. Vielleicht stand sie gerade genau dort, wo Jonathan Emanuela den Heiratsantrag gemacht hatte.

Sie kniete sich hin und ließ den Sand durch ihre Finger rieseln. Hatten diese Sandkörner eine Erinnerung dieser Liebe eingefangen? Wie viel Liebe oder auch

Schmerz hatte dieser Strand im Laufe seiner Äonen schon gesehen und wie viele Tränen des Glücks oder der Trauer hatten die Sandkörner in sich aufgesaugt? Hatte Jeremiah hier gestanden und bittere Tränen vergossen, weil er seine große Liebe hatte gehen lassen müssen?

Was wäre sie selbst bereit für die Liebe zu opfern? Sie hatte bisher noch nie jemanden richtig geliebt, aber wenn es so weit war, wenn sie das Glück hatte, ihre große Liebe zu finden ... würde sie dann auch so sehr für sie kämpfen?

Jeremiah und Jonathan hatten zwei vollkommen unterschiedliche Dinge für ihre große Liebe getan, doch beides waren auf ihre Art extrem große Opfer gewesen.

Wäre sie auch bereit, so etwas zu tun, oder war es so, dass man gar nicht darüber nachdachte, es nicht zu tun, weil es einfach keine Option war? Konnte so eine Liebe wirklich existieren? In Liebesromanen ja, aber im wirklichen Leben? Doch, das konnte sie, die Briefe bewiesen es. Diese beiden Geschichten hatten ihr Herz mit Liebe erfüllt und sie tief berührt.

Sie wollte sich gerade wieder erheben, als sie plötzlich von hinten einen leichten Schub bekam.

Voller Angst zuckte sie zusammen und drehte sich panisch um. Hatte jemand gesehen, dass sie allein am Strand war und wollte sie überfallen?

Als sie sich umgedreht hatte, blickte sie in die großen Augen ihres Angreifers, die von strubbeligem Fell umrahmt waren. Es war ein Hund, der sie angestupst hatte. Nervös blickte sie den Hund an und wich ein

Stückchen zurück, denn sie hatte Angst, dass er sie bei-
ßen würde, obwohl er eigentlich ganz freundlich aussah.

Der Verdacht bestätigte sich nicht, denn der Hund
tapste nach vorn, streckte seine große Zunge heraus
und leckte ihre Wange ab.

„Ihhhh", rief Alana, musste aber gleichzeitig lachen.
„Begrüßt du alle Fremden so? Stell dir mal vor, wenn
ich das machen würde."

Sie streichelte den Hund und schaute nach, ob er ein
Halsband trug, durch den sie den Besitzer ausfindig
machen konnte, denn am Strand war weit und breit
niemand zu sehen, zu dem er gehören könnte. Aber er
trug auch kein Halsband. Vielleicht hatte er einen implantierten Chip. Sie überlegte ... sie konnte nicht einfach einen Hund mit nach Hause nehmen, aber hier
draußen konnte sie ihn auch nicht lassen. Bestimmt
hatte er auch Hunger. Sein verfilztes Fell sprach dafür,
dass er schon eine Weile hier draußen umherirrte.

Andererseits war die Frage, ob er überhaupt mit ihr
mitkommen würde, sie hatte ja keine Leine, an der sie
ihn führen konnte.

Die Frage erübrigte sich, denn als sie aufstand und
losging, folgte er ihr auf Schritt und Tritt.

Selbst als sie ins Haus ging, kam er ihr, ohne zu zögern, hinterher.

„Du hast entweder eine fantastische Menschenkennt-
nis und bist ein äußerst intelligenter Hund oder es ist
genau das Gegenteil der Fall. Solltest du Fremden gegenüber nicht eigentlich ein bisschen vorsichtiger
sein?", sprach sie mit ihm.

Als Antwort strich er ihr um die Beine.

Sie ging in die Küche und schaute in den Kühlschrank, ob sie irgendetwas hatte, was sie ihm geben konnte. Sie hatte zum Glück eine kleine Portion Hackfleisch, die eigentlich morgen fürs Mittagessen gedacht war. Sie holte zwei kleine Porzellan-Schüsseln aus dem Schrank, gab in eine das Hackfleisch und füllte die andere mit Wasser. Der Hund stürzte sich hungrig darauf.

Aber wo sollte er heute Nacht schlafen?

Ihr fiel ein, dass oben im Schrank ein paar alte Decken lagen, diese könnte sie übereinanderstapeln, dann hatte er ein schönes weiches Hundebett. Er könnte zwar auch auf dem nackten Boden schlafen, aber er war sehr dünn und seine Rippen stachen hervor, sodass es bestimmt bequemer für ihn wäre, auf den Decken zu nächtigen.

„Bleib schön hier und iss, ich hole dir eben was zum Schlafen", erklärte sie ihm und ging in die obere Etage.

Sie schüttelte den Kopf. Langsam war es soweit ... jetzt nahm sie schon streunende Hunde auf und redete mit ihnen wie mit einem Menschen.

Aber irgendwie hatte er so verloren gewirkt und dass er sofort Vertrauen zu ihr geschlossen hatte, berührte irgendwie ihr Herz.

Als sie ins Wohnzimmer kam, faltete sie die Decken und legte sie in eine Ecke des Zimmers und knautschte sie zusammen, sodass ein gemütlicher Platz zum Liegen entstand. Dann nahm sie noch ein Kissen von der Couch und legte es darauf.

„So, dein Bettchen ist fertig", sagte sie lächelnd, während sie in die Küche ging. Der Hund hatte aufgehört zu essen, und sich unter dem Küchentisch auf den Boden gelegt. Als sie sich niederkniete, entdeckte sie das

Papier der Schokoladentafel, die sie vorhin aufgemacht hatte, und im gleichen Moment sah sie das schokoverschmierte Maul des Hundes.

„O mein Gott!“, rief sie entsetzt und eine Welle der Panik durchströmte sie.

In dem American Diner, in dem sie in Deutschland gearbeitet hatte, war einer der Stammgäste ein Hundenarr gewesen, der stundenlang über seine Tiere geredet hatte, und von ihm hatte sie erfahren, dass Schokolade für Hunde nicht nur ungesund war, sondern lebensbedrohlich. Wenn man nicht schnell handelte und die Schokolade aus dem Körper des Hundes bekam, starb er daran.

Was sollte sie denn jetzt nur tun? Gab es in Hope einen Tierarzt? Wäre dieser jetzt überhaupt noch in der Praxis? Sie sah sich hektisch nach ihrem Handy um. Aber selbst wenn sie jemanden erreichte, wie sollte sie dort hinkommen? Machten Tierärzte auch Hausbesuche?

Kapitel 10

Ihr Herz raste und sie streichelte dem Hund über den Kopf. Er sah sie mit großen Augen an. Er wirkte lethargischer als vorhin ... konnte das überhaupt sein? Wirkte das Gift so schnell im Hundekörper, oder steigerte sie sich nur hinein?

Warum hatte sie diese blöde Schokolade auch auf dem Tisch liegen gelassen?

Sie blickte aus dem Fenster und sah im Nachbarhaus ein sanftes Licht brennen.

Das war es! Sie streichelte den Hund noch einmal, eilte zur Tür hinaus und hinüber zum Nachbargrundstück. Aufgeregt klopfte sie an. Als niemand öffnete, fing sie panisch an, zu rufen: „Dante? Dante, sind Sie da? Es ist ein Notfall!"

Wenige Augenblicke später öffnete Dante die Tür und warf ihr einen erstaunten Blick zu. „Alana, was ..."

Sie ließ ihn nicht ausreden, sondern sprudelte panisch hervor: „Ich habe einen Hund gefunden, am Strand und er hatte Hunger ... ich hab nicht aufgepasst und er hat Schokolade gegessen und jetzt stirbt er bestimmt ... das ist alles meine Schuld ... er muss zum Tierarzt, aber ich kenne keinen und ich hab kein Auto und ..." Sie schnappte nach Luft und wollte weiter erzählen, aber Dante streckte seine Hand aus und legte sie ihr beruhigend auf den Arm.

„Alles mit der Ruhe. Atme erst einmal tief ein und aus. Ich weiß, wo der Tierarzt wohnt, und ein Auto habe ich auch. Warte kurz.“

Er ging in den Flur, holte seine Schlüssel und dann hörte sie, wie er rief: „Sofia, ich muss kurz weg, es ist ein Notfall. Ich melde mich von unterwegs.“

Trotz ihrer Panik horchte Alana auf. Sofia? War das seine Freundin oder vielleicht sogar seine Frau? Sie versuchte, in das Haus hineinzusehen, um einen Blick auf sie zu erhaschen, aber dann war Dante schon wieder zurück. Sie schüttelte erneut über sich den Kopf. Da war ein Hund durch sie in Lebensgefahr geraten und sie machte sich Gedanken über den Beziehungsstatus ihres Nachbarn, wie oberflächlich konnte sie nur sein?

Sie rannte vor ihm her ins Haus und in die Küche. Als er ankam, versuchte sie den Hund zum Aufstehen zu motivieren, aber er rührte sich nicht. Tränen schossen ihr in die Augen. Sie stieß einen Seufzer der Erleichterung aus, als er sie anblickte, doch er hob noch nicht einmal den Kopf.

„Lass mich mal“, sagte Dante und Alana trat beiseite. Er bückte sich, murmelte dem Hund beruhigend etwas zu und hob ihn dann einfach in seine starken Arme. Als würde er nicht mehr wiegen als eine Feder, trug er ihn nach draußen und dann den Weg hinunter zu seinem Haus.

„Öffne bitte die hintere Wagentür, dann können wir ihn auf die Rückbank legen.“

Sie tat wie geheißen und behutsam ließ er den Hund auf das Sitzpolster sinken. Dieser stieß ein leises, gequältes Winseln aus, das Alana fast das Herz brach.

Dante glitt auf den Fahrersitz, sie nahm hinten Platz. Der Hund sollte wissen, dass jemand bei ihm war. Während Dante durch die dunklen Straßen fuhr, strich sie sanft über das Fell des Tieres und sprach beruhigend mit ihm. Sie spürte unter seiner Haut, wie sehr sein Herz raste, und er hechelte jetzt auch, als wenn er gerade gerannt wäre. Als sie ungefähr zehn Minuten gefahren waren, fing der Hund an, zu zittern, als wenn ihm kalt wäre.

O Gott, hoffentlich schaffen wir es noch rechtzeitig. „Es geht ihm immer schlechter, Dante", sagte sie ängstlich.

„Wir sind so gut wie da. Die Tierärztin ist noch sehr neu, daher kenne ich sie nicht persönlich, aber sie hat die Praxis von Dr. Todd übernommen, daher weiß ich, wo es ist", erwiderte er.

Ein paar Minuten später hielt er vor einem Haus in roter Backsteinoptik. Er stieg aus, kam zu ihr nach hinten und nahm den Hund erneut behutsam auf die Arme. Dann eilten sie gemeinsam über den Rasen und Alana erkannte trotz der Dämmerung ein Schild, auf dem *Dr. Bethany Morgan, Veterinärin* stand.

„Aber sie ist um diese Uhrzeit doch bestimmt nicht mehr in der Praxis", wandte Alana ein.

„Das ist nicht schlimm, denn sie wohnt auch in diesem Haus, sie ist also jederzeit erreichbar. Das ist typisch für Kleinstädte wie Hope. Der Allgemeinmediziner hat seine Praxis ebenfalls in seinem Haus."

Sie hatten jetzt die Tür erreicht und Alana klingelte mehrmals hintereinander. Es dauerte nur wenige Augenblicke, bis die Tür geöffnet wurde.

Die blonde Ärztin, die ungefähr Mitte fünfzig zu sein schien, schaute sie über den Rand ihrer Brille hinweg fragend an.

„Bitte helfen Sie ihm, er hat Schokolade gegessen. Bitte sorgen Sie dafür, dass er nicht stirbt", sagte sie ängstlich.

Dante trat ins Licht der Verandalampe und ein kurzer Blick genügte der Tierärztin offenbar, um zu sehen, wie ernst die Situation war.

„Kommen Sie herein", sagte sie und trat beiseite. „Tragen Sie ihn direkt vorne links in den Behandlungsraum."

Dante ging in die angewiesene Richtung und legte den Hund vorsichtig auf den Behandlungstisch.

Die Ärztin fing an, den Hund zu untersuchen, und stellte dabei zahlreiche Fragen: Wie viel Schokolade das Tier ungefähr zu sich genommen hatte und welche Art, wie viel es wog, wie alt es war und noch einige andere Dinge. Alana kam sich schlecht vor, weil sie so gut wie gar nichts davon beantworten konnte. Sie erklärte der Ärztin, dass sie den Hund erst vor wenigen Stunden gefunden hatte.

„Wird er sterben?", fragte Alana, den Tränen nahe.

„Es ist sehr gut, dass Sie den Hund so schnell hierhergebracht haben, so ist vielleicht noch nicht alles Theobromin im Kreislauf. Außerdem ist es von Vorteil, dass es Milchschokolade war, denn diese enthält im Gegensatz zur Dunklen, deutlich weniger Theobromin. Ich werde dem Hund jetzt etwas spritzen, was zum Erbrechen führt. Damit sollte die meiste Schokolade aus dem Körper sein. Zusätzlich werde ich noch Aktivkohle verabreichen."

Alana wollte den Hund gern streicheln, aber der Ärztin auf keinen Fall im Weg stehen.

„Nebenan ist ein kleines Wartezimmer, nehmen Sie doch dort so lange Platz, denn der Anblick ist nicht gerade schön", erklärte die Ärztin.

Alana und Dante gingen eine Tür weiter und setzten sich nebeneinander. Alana war vollkommen durch den Wind und machte sich immer noch Vorwürfe. Als sie ihre Hände im Schoß faltete, zitterten diese vor Aufregung und Anspannung.

Dante beugte sich zu ihr hinüber, ergriff ihre Hände und umschloss sie mit seinen. Dann blickte er ihr tief in die Augen. „Es wird alles wieder gut. Du hast die Ärztin doch gehört. Wir waren noch rechtzeitig hier und ihm wird jetzt geholfen."

Alana sah ihn dankbar an und lehnte sich dann zurück. Während sie warteten, hielt er weiterhin eine ihrer Hände fest und strich mit seinem Daumen sanft über ihre Handfläche.

Nach einer gefühlten Ewigkeit kam die Tierärztin zu ihnen und erklärte ihnen, dass die erste Behandlung erfolgreich gewesen war und jetzt als nächster Schritt Aktivkohle verabreicht werden würde. „Dafür muss Ihr Hund aber über Nacht hierbleiben. Ich werde Sie dann morgen anrufen, und Ihnen Auskunft über den Zustand Ihres Hundes geben. Wenn alles gut läuft, können Sie ihn morgen Mittag wieder mit nach Hause nehmen", erklärte die Tierärztin.

„Danke schön. Aber es ist gar nicht mein Hund", erwiderte Alana.

Die Ärztin warf ihr einen lächelnden Blick zu. „Ich habe im Laufe meiner Karriere unzählige Herrchen erlebt ... wie sie um ihr Tier bangen und vollkommen aufgelöst sind, weil sie Angst haben, ein geliebtes Wesen zu verlieren ... ich habe gesehen, wie Sie gelitten haben, glauben Sie mir, jetzt ist es Ihr Hund. Außerdem habe ich, nachdem Sie gesagt haben, dass er ein Streuner ist, seinen Chip ausgelesen und dort stand, dass der Hund aus einem Tierheim stammt. Er muss von dort weggelaufen sein. Ich habe meine Assistentin dort anrufen lassen und sie hat tatsächlich noch jemanden erreicht. Sie haben gesagt, dass sie das Tier natürlich wieder aufnehmen würden, sich aber freuen würden, wenn Sie dem Hund ein neues Zuhause geben würden.“

Als Alana mit Dante zum Auto zurückging, wurde ihr bewusst, dass die Tierärztin recht hatte. Vom ersten Augenblick an, hatte sie den Hund lieb gewonnen. Er hatte so einen verlorenen Eindruck gemacht und schien so liebenswert zu sein.

Das war doch verrückt, sie war eigentlich gar kein Hundemensch, diese hatten ihr sogar immer ein bisschen Angst gemacht.

„So, wie es aussieht, habe ich jetzt einen Hund“, sagte sie trocken zu Dante.

Dieser bedachte sie mit seinem wunderschönen schiefen Grinsen. „Das ist doch schön, so könnt ihr beide euch Gesellschaft leisten.“

Sie fuhren nach Hause und nachdem sie ausgestiegen waren, bedankte sich Alana bei Dante für seine spontane Hilfe.

„Sag deiner Frau oder Freundin, dass es mir leidtut, dass ich dich den ganzen Abend in Beschlag genommen habe."

„Welche Frau oder Freundin meinst du?" Seine Miene zeigte echte Verwirrung.

„Sofia ... du hast dich doch von ihr verabschiedet, und sie von der Praxis aus angerufen."

Dante sah sie einen Moment lang stumm an und lachte dann schallend. Sie zog irritiert die Augenbrauen nach oben.

„Es tut mir leid, ich wollte nicht lachen, aber der Gedanke ist einfach zu lustig. Sofia ist Mitte sechzig und sieht aus wie eine typische italienische Matrone. So nett sie ist, aber sie entspricht nicht so ganz meinem Frauentyp."

Jetzt musste auch Alana grinsen. „Entschuldige, das wusste ich nicht."

„Hast du Lust, noch ein bisschen spazieren zu gehen?", fragte Dante und als sie aufgeregt bejahte, liefen sie hinunter zum Strand.

Jetzt wurde Dante wieder ernst. „Ich bin hierhergezogen, um mich um meinen Großvater zu kümmern. Er ist an Alzheimer erkrankt und hat vor Kurzem einen Schlaganfall erlitten. Wir standen uns immer sehr nahe und als ich ein Kind war, habe ich immer die Sommerferien hier verbracht, aber dann bin ich aufs College gegangen, habe danach einen anstrengenden Job angenommen ... Ich weiß, das ist keine Entschuldigung, aber irgendwie wurden die Abstände immer länger, in denen wir uns nicht gesehen haben. Wir haben uns nicht gestritten, und ich habe ihn noch genauso geliebt wie vorher, aber irgendwie war der Alltag so stressig, dass man vollkommen davon vereinnahmt wurde. Opa könnte ich ja auch am nächsten Weihnachten noch besuchen." Er schluckte schwer. „Dann erzählte er mir irgendwann am Telefon, dass der Arzt eine aggressive Art von Alzheimer bei ihm festgestellt habe … und dann ging alles irgendwie furchtbar schnell. Irgendwann war es so schlimm, dass er nicht mehr allein wohnen konnte. Meine Eltern boten ihm an, zu ihnen zu ziehen, aber er wollte seine vertraute und geliebte Umgebung nicht verlassen. Er erzählte mir, dass eine Freundin von ihm in ein Heim gegangen war, und dass sie es furchtbar fand, daher wollte er unbedingt hier am Strand, in seiner geliebten Umgebung wohnen bleiben."

„Das tut mir so leid für deinen Großvater", sagte Alana ehrlich betrübt und ergriff spontan seine Hand, so wie er es in der Tierarztpraxis für sie getan hatte.

„Da ich ein unglaublich schlechtes Gewissen hatte, da er immer für mich da gewesen war, entschloss ich mich dazu, zu ihm zu ziehen und ihn zu pflegen. Doch vor wenigen Monaten kam auch noch ein Schlaganfall dazu. Sofia und eine Krankenschwester helfen mir bei der Betreuung, gerade bei den medizinischen Dingen, mit denen ich mich nicht auskenne."

„Das muss hart und kräftezehrend sein", meinte Alana mitfühlend.

„Am schlimmsten ist es für mich, meinen Großvater so zu sehen. Er war immer ein sehr intelligenter und witziger Mann, jetzt erkennt er mich an manchen Tagen nicht einmal mehr. Er ist, als wäre nur noch die Hülle des Menschen da, die er einmal gewesen ist."

Sie waren stehen geblieben und blickten aufs Meer hinaus.

„Also geht es dir eigentlich fast wie mir ... ich meine damit nicht die Pflege ... sondern die Tatsache, dass du von heute auf morgen dein altes Leben komplett aufgegeben hast und hierhergezogen bist. Das war bestimmt nicht einfach, oder?"

„Nein, anfangs nicht. Ich arbeite jetzt selbstständig, und im Home-Office im IT-Bereich, sodass ich jederzeit für meinen Großvater da sein kann. Aber es ist eine riesige Veränderung und manchmal habe ich das Gefühl, dass mir alles zu viel wird und mir über den Kopf wächst. Und ich fühle mich eingesperrt und zwischendurch auch sehr einsam, aber so sollte ich nicht denken. Mein Großvater hätte sich ganz bestimmt, ohne zu zögern um mich gekümmert, wenn es andersherum gewesen wäre."

„Trotzdem ist es nicht selbstverständlich. Ich glaube nicht, dass so viele Menschen dies, ohne zu zögern, tun würden. Ich bewundere dich dafür. Es zeigt, was für ein guter Mensch du bist", sagte Alana.

Er drehte sich zu ihr und sah sie intensiv an. „Und du nimmst dafür, ohne zu zögern, Streuner auf. Das finde ich liebenswert."

Alana errötete unwillkürlich.

„Ich würde so gern noch länger mit dir hier draußen bleiben, aber ich muss leider nach Hause, denn ich möchte Sofia nicht so lange allein lassen", sagte Dante.

Alana nickte. „Das verstehe ich voll und ganz."

Sie gingen zurück zu Alanas Haus und verabschiedeten sich. „Ich danke dir, jetzt, wo ich von deiner schwierigen Situation weiß, umso mehr dafür, dass du mir so spontan geholfen hast."

Ohne darüber nachzudenken, schlang sie ihre Arme um ihn und umarmte ihn. Er drückte sie kurz an sich, und ihre Wangen streiften sich. Seine leichten Bartstoppeln kitzelten und lösten zusammen mit seinem männlichen Duft ein Kribbeln in ihr aus.

Ihm schien es ähnlich zu ergehen, denn er hielt inne und ließ sie nicht los. Ganz langsam drehte sie den Kopf so, dass ihre Gesichter nur noch Millimeter voneinander entfernt waren, und sie hatte das Gefühl, als wäre die Luft zwischen ihnen elektrisch aufgeladen.

Alles schien plötzlich wie in Zeitlupe abzulaufen, und sie wusste nicht, was sie tun sollte. Sie wollte in diesem Augenblick nichts mehr als Dante zu küssen, aber das wäre vollkommen verrückt, denn sie kannte ihn doch kaum. Sie konnte doch nicht einfach ...

In diesem Moment presste er seine Lippen auf ihre und löschte jeden anderen Gedanken in ihr aus. Sie schloss die Augen und gab sich ganz und gar dem Kuss hin. Er war zärtlich und forschend und so romantisch wie in alten Hollywoodfilmen. Selbst die Kulisse unter einem Sternenhimmel mit den Geräuschen des Meeres im Hintergrund wirkte wie eine Fantasie. Sie wusste nicht, wie viel Zeit vergangen war, als er seine Lippen von ihren löste und sie aus seiner Umarmung freigab.

„Ich wünsche dir eine wunderschöne Nacht. Ich komme morgen vorbei, um zu fragen, was die Tierärztin gesagt hat. Wenn dein Streuner nach Hause darf, fahre ich dich hin." Er lächelte sie sanft an und seine Augen funkelten.

Dann verschwand er in der Dunkelheit. Sie ging in ihr Haus und zog sich wie ferngesteuert ihre Schlafsachen an. Dann ging sie auf direktem Wege ins Bett. Das Einzige, was sie denken konnte, seit er gegangen war, war: Er hat mich geküsst!

Wie ein riesiges Neonschriftband hallten ihr ihre Worte in ihrem Kopf nach. Sie hatte den Wunsch verspürt, ihn zu küssen, aber nicht gewusst, ob er es auch wollte, und dann hatte er die Initiative ergriffen. Es war so seltsam, sie waren eigentlich Fremde, und doch spürte sie eine starke Anziehung zu Dante. Es kam ihr so vor, als würden sie sich schon ewig kennen ... und dieser Kuss ... dieser Kuss war einzigartig gewesen. Sie hatte in ihrem Leben schon einige Männer geküsst und es waren oft auch schöne Küsse gewesen, aber keiner konnte annähernd an diesen heranreichen. Das war ein Kuss wie aus einem Märchen gewesen. Ein Kuss, der Schneewittchen wieder zum Leben erweckte, einen Frosch in einen Prinzen verwandelte, ein Kuss, der *Und sie leben glücklich bis ans Ende ihrer Tage* folgen ließ.

Sie musste über sich selbst lachen. Das war sogar für sie ein ganz neues Level an Kitschigkeit, dabei war sie eine absolute Romantikerin.

Kapitel 11

Während sie einzuschlafen versuchte, musste sie unwillkürlich an ihre Großmutter denken. Diese hatte ihr in ihrem Brief erzählt, dass sie hier sowohl die große Liebe als auch ihr Glück gefunden hatte und auch Eliza und Emanuelas Geschichten kamen ihr in den Sinn. Lag es an diesem Ort, oder an diesem Haus? Konnte ein Ort Menschen glücklich machen, und konnte er Menschen zusammenführen?

Sie grübelte darüber nach, bis sie einschlief.

***

Die Nacht war relativ kurz gewesen, aber dennoch fühlte sie sich beim Aufwachen ausgeruht und glücklich. Denn das Erste, was ihr in den Sinn kam, als sie wach wurde, war Dantes Kuss.

Sie duschte, zog sich an und frühstückte ausgiebig. Mit dem Weiterrenovieren würde sie warten, bis die Tierärztin anrief, denn sie wollte nicht von Kopf bis Fuß dreckig sein, falls sie den Hund abholen durften. Was sie zur nächsten Sache führte: Wenn es nun tatsächlich ihr Hund war, brauchte er dringend einen Namen. Aber wie sollte sie ihn bloß nennen? Sie räumte ein wenig auf, während sie darüber nachgrübelte. Sie musste an gestern Abend denken und fand, dass Chocolate ein perfekter Name für ihn war. Die meisten

Menschen würden denken, dass er den Namen aufgrund seines braunen Fells hatte, aber sie würde er immer an diesen Abend erinnern. Denn wenn der Hund keine Schokolade gefressen hätte, hätte sie sich gar nicht solche Sorgen um ihn gemacht und sie hätte vielleicht gar nicht gemerkt, wie sehr sie ihn mochte ... und Dante und sie hätten sich nachts nie geküsst.

Chocolates Unfall war also eigentlich für alle ein großes Glück gewesen.

In diesem Moment klingelte das Telefon. Es war die Tierärztin, die ihr mitteilte, dass die Medikamente sehr gut angeschlagen hatten und der Hund über den Berg sei. Wenn sie wollte, könnte sie ihn heute Vormittag abholen.

Alana bedankte sich und seufzte erleichtert. Sie hatte sich solche Sorgen um ihn gemacht. Dann würde sie heute noch in die Stadt fahren müssen, um für ihn einzukaufen.

Eine halbe Stunde später klopfte es an ihrer Tür. Es war Dante, der sich wie versprochen nach dem Hund erkundigte und ihr anbot, sie zu fahren.

„Das wäre toll, vielen Dank. Könnten wir auf dem Weg vielleicht noch irgendwo an einer Tierhandlung halten, damit ich Dinge für Chocolate kaufen kann?"

Er sah sie verwirrt an und sie sagte ihm daraufhin, dass dies der Name ihres Hundes war, aber sie erzählte ihm nicht, wie es zu der Namensgebung gekommen war. Er erwiderte, dass dies kein Problem sei.

Auf dem Weg in die Stadt, sah er sie kurz von der Seite an, bevor er sich wieder dem Straßenverkehr zuwandte und sagte: „Was hältst du davon, wenn wir heute Abend feiern, dass du nun eine Hundebesitzerin bist und dass Chocolate wieder ganz gesund ist? Wir könnten doch gemeinsam zu Abend essen."

Während er sprach, berührte er kurz ihren Arm und ein Prickeln durchlief daraufhin ihren ganzen Körper. Wie konnte so eine winzige Bewegung solche Gefühle in ihr auslösen?

Alana strahlte. „Das ist eine tolle Idee." Sie hatte sich gefragt, ob der Kuss gestern Nacht ein Ausrutscher gewesen war; etwas, das im Überschwang passiert war, oder ob Dante auch diese Verbindung zwischen ihnen fühlte. Dass er heute Morgen zu ihr gekommen war, um ihr zu helfen, und heute Abend mit ihr essen wollte, zeigte ihr, dass ihm der Kuss auch etwas bedeutet hatte.

„Ich kümmere mich um den Hauptgang und du kannst ja für den Nachtisch sorgen", schlug er vor.

Sie war mehr als froh, dass er sich aufs Fahren konzentrieren musste, sodass er nicht sah, wie knallrot sie wurde. Denn bei dem Wort Nachtisch, das er mit seiner warmen, sinnlichen Stimme gehaucht hatte, hatte sie plötzlich ganz andere Gedanken gehabt als eine Süßspeise. Zum Glück hatten sie jetzt die Tierhandlung erreicht, neben dem sich auch ein Supermarkt befand.

Dante wollte kurz zu Hause anrufen, denn er hatte vergessen, Sofia etwas bezüglich der Medikamente zu sagen. Und deshalb schlug sie vor, Chocolates Sachen schnell allein zu besorgen, bevor sie gemeinsam die Zutaten fürs Abendessen kauften.

Als sie zehn Minuten später wieder aus dem Laden kam, stieg Dante aus und stieß ein bellendes Lachen aus. „Wie viele Tiere willst du denn noch aufnehmen?"

Sie errötete wieder und senkte beschämt den Blick. „Ich weiß, es ist ein bisschen mit mir durchgegangen.

Aber ich hatte noch nie einen Hund und die Auswahl ist so riesig, und er hat doch schon so viel mitgemacht in seinem Leben, da soll er sich doch wohlfühlen."

Grinsend nahm Dante ihr die vier riesigen Taschen ab und spähte hinein. So wie es aussah, hatte sie die gesamte Hundeabteilung leergekauft.

„Chocolate wird sich darüber bestimmt sehr freuen", versicherte er ihr.

Als alles im Kofferraum verstaut war, gingen sie in den Supermarkt.

„Hast du, seit du hier bist, schon die Südstaaten-Küche probiert? Oder möchtest du lieber etwas anderes essen?", fragte er, während er den Blick über die Regale schweifen ließ.

„Nein, ich habe bisher durch das ganze Renovieren nur sehr einfache Sachen gegessen, aber auf die Südstaaten-Küche freue ich mich schon, seit ich beschlossen habe, hierher zu ziehen. Ich wollte mir auch ein Kochbuch mit entsprechenden Rezepten besorgen und selbst ein wenig kochen lernen, wenn ich mit allem am Haus fertig bin."

„Abgemacht, dann werde ich heute Neuland für dich kochen. Wenn du Lust hast, kann ich dir auch gern ein paar Rezepte beibringen", bot er ihr an.

„Du kannst richtig kochen?", fragte sie überrascht.

„Mein Vater und mein Großvater sind beides Köche gewesen, und ich habe ihnen von klein auf über die Schulter geschaut, und als ich alt genug war, haben sie es mir beigebracht", erklärte er.

„Ich bin beeindruckt. Ich kann zwar einfache Gerichte kochen, aber das war es dann auch schon. Deshalb habe ich mir vorgenommen, hier richtig kochen zu lernen und vor allem die einheimische Küche kennenzulernen."

Sie schlenderten nun durch die Gänge und packten alles in den Korb, was sie benötigten. Alana hatte beschlossen, Cream-Cheese-Cupcakes zu backen. Diese waren nicht allzu kompliziert und typisch amerikanisch.

Sie versuchte, anhand der Zutaten zu erraten, was Dante kochen wollte, aber sie hatte keine Ahnung. Sie würde sich wohl überraschen lassen müssen.

Nachdem sie alles eingekauft hatten, bezahlten sie und fuhren zur Tierärztin.

Als die Tierarzt-Assistentin einen Hund an einer Leine hereinbrachte, brauchte Alana ein paar Sekunden, bis sie Chocolate wiedererkannte. Er war offenbar gebadet und gekämmt worden und sein Fell glänzte unfassbar seidig. Außerdem trug er ein rotes Halstuch. In dem Moment, als er Alana erblickte, lief er freudig bellend auf sie zu.

„Das war wohl auf beiden Seiten Liebe auf den ersten Blick", meinte Dante schmunzelnd.

Sie bezahlten vorne am Empfang die Behandlungskosten und dann fuhren sie nach Hause. Als Alana die Summe gehört hatte, war sie leicht panisch geworden und hatte sich gefragt, wie sie das alles bloß bezahlen sollte, aber dann war ihr eingefallen, dass sie sich dank ihrer Großmutter um so etwas keine Gedanken mehr machen musste.

Dante hatte Bedenken gehabt, dass der Hund im Auto wild umherspringen könnte, aber dieser legte sich wohlerzogen auf den Rücksitz und bettete seinen Kopf auf seine Pfoten.

Nachdem sie angekommen waren, half Dante Alana noch dabei, die Sachen ins Haus zu tragen, und verabschiedete sich dann, denn er hatte ein schlechtes Gewissen, da er seinen Großvater ja heute Abend schon wieder allein lassen würde.

Sie zeigte Chocolate das Haus und füllte dann als Erstes seinen Wasser- und Fressnapf, bevor sie alle Spielzeuge auspackte und in seiner Schlafecke im Wohnzimmer drapierte.

Sie beschloss, noch ein bisschen weiter zu renovieren, bis sie die Cupcakes zubereitete, denn diese würden ja nicht lange dauern.

Schnell zog sie sich alte Kleidung an und nahm sich ein weiteres Zimmer vor. Allmählich wurde das Haus immer schöner. Es war zwar noch einiges daran zu machen, aber sie fühlte sich unfassbar wohl hier. Sie hatte ihre Entscheidung hierher zu ziehen, nicht eine Sekunde bereut, auch wenn ihre Mutter ihr die ganze Zeit über unterschwellig ein schlechtes Gefühl vermitteln wollte. Sie hatte sie, seit sie hier wohnte, vier Mal angerufen und jedes Mal hatte ihre Mutter keinen Hehl daraus gemacht, dass sie nichts von Alanas Renovierungsfortschritten hören wollte und erst recht nichts davon, wie wunderschön das Haus, der Strand und Hope waren. Sie ärgerte sich, ließ sich aber nichts anmerken. Es war eben schwer für ihre Mutter, und sie war froh, dass diese wenigstens noch mit ihr sprach und den Kontakt nicht abgebrochen hatte, so wie sie es mit Abigail getan hatte. Sie verstand ja irgendwie, dass ihre Mutter das Gefühl hatte, sie beide hätten sie verlassen, aber sollte es ihr nicht eigentlich am Wichtigsten sein, dass ihre Tochter glücklich war?

Was würde sie wohl dazu sagen, dass Alana nach so kurzer Zeit außerdem einen Hund und einen ganz besonderen Mann kennengelernt hatte? Sie grinste … das würde ihrer durch und durch rationalen Mutter erst recht beweisen, dass sie endgültig den Verstand verloren hatte.

Nach drei Stunden Renovieren und Putzen beschloss sie, dass es für heute genug war und entschied, dass sie als Erstes die Muffins für die Cupcakes backen würde, bevor sie unter die Dusche sprang und sich für ihr Date fertigmachen würde. War es überhaupt ein Date? Oder war es nur eine nachbarschaftliche Essens-Einladung?

Sie ging in die Küche und rührte die Zutaten zu einem Teig zusammen, bevor sie diesen in Muffinförmchen füllte und in den Backofen schob. Obwohl Chocolates Futternapf nur ein paar Meter entfernt stand, sah er sie bettelnd an. Da der Teig keinerlei Schokolade enthielt, konnte er ruhig ein kleines bisschen probieren, entschied sie. Sie würde sich aber, wenn sie demnächst zur Bibliothek ging, um sich alles anzusehen, bevor sie dort anfing, ein Buch über Hunde ausleihen, um ein bisschen mehr zu erfahren, was gefährlich war, was Hunde besonders gern mochten und was allgemein im Umgang und in der Erziehung von Hunden wichtig war.

Sie ging ins Wohnzimmer und der Hund folgte ihr auf dem Fuße. Als sie sich auf die Couch setzte, sprang Chocolate ebenfalls hoch und legte seinen Kopf auf ihren Schoß.

Sie kannte sich wie gesagt mit Hunden überhaupt nicht aus, aber sie war sich dennoch sicher, dass diese nicht nach einem einzigen Tag ein so enges Verhältnis zu jemandem eingingen. Aber an diesem Ort schien irgendwie alles möglich zu sein.

Kapitel 12

Sie schob die restlichen Sachen aus dem Karton ein bisschen zur Seite, damit sie es sich auf der Couch gemütlich machen konnte. Dann griff sie nach einem schwarzen Notizbuch, in dessen Mitte in Gold die Initialen A.O. eingeprägt waren.

Sie öffnete es und vergewisserte sich, dass dieses vom Zeitablauf das Nächste war. Sie hatte bewusst nicht zuvor in irgendeine der Aufzeichnungen hineingelesen, sondern immer nur aufs Datum geschaut, um diese in der zeitlich richtigen Reihenfolge zu lesen.

Als sie das Datum erblickte, schluckte sie schwer, denn auch wenn diese Epoche weit zurücklag, verband noch heute jeder diese Zeitspanne mit schrecklichen Ereignissen, und sie vermochte sich gar nicht vorzustellen, wie schwierig eine Liebe zu dieser Zeit gewesen sein musste, mit welchen Herausforderungen man zu kämpfen hatte ...

06. September 1944

Ich werde es meinen Vorgängerinnen gleichtun und mich zunächst einmal vorstellen. Mein Name ist Ally Odair, und ich bin fünfundzwanzig Jahre alt.
Ich habe die wundervollen Briefe, die du wahrscheinlich auch schon gelesen hast, gefunden, weil meine El-

tern und ich hierher in das kleine Städtchen Hope ge-
flüchtet waren, nachdem wir es zu Hause nicht mehr
ausgehalten hatten. Zu oft klingelte das Militär bei unseren Nachbarn und Freunden und überbrachte die
Nachricht, dass ein geliebter Mensch gestorben sei. Jedes Mal, wenn das Telefon klingelte, zuckte ich zusammen und erstarrte. Mein Herz schien ständig stehen zu
bleiben, wenn meine Eltern ans Telefon gingen, weil
ich jederzeit befürchtete, es könnten James Eltern sein,
die uns mitteilten, dass es heute sie gewesen waren, die
Besuch vom Militär bekommen hatten. Jedes Mal ent-
wich mir die Luft mit einem Stoßseufzer, wenn sich
herausstellte, dass es falscher Alarm gewesen war.
Also hatten wir beschlossen, für ein paar Wochen in
ein Ferienhaus zu fahren und zu versuchen, den allge-
genwärtigen Schrecken wenigstens für kurze Zeit aus-
zublenden. Das Haus verfügte über keinen Fernseher
und das Radio ließen wir ausgeschaltet. Wir lasen, wir
gingen am Strand spazieren und versuchten, zu vergessen, in was für einer schrecklichen Zeit wir gerade lebten. Aber obwohl ich all das versuchte, gelang es mir
nicht, denn ich konnte in jeder Sekunde jedes Tages
nur an James denken. Daran, ob er zu mir zurückkehren würde.
Die Idee meiner Vorgängerinnen, ihre Liebesgeschichten aufzuschreiben, damit sie unvergessen bleiben
würden, hatte mich tief gerührt und daher habe ich
mich dazu entschlossen, auch unsere Liebesgeschichte
aufzuschreiben, denn was James für mich getan hatte,
war etwas absolut Wunderbares und Romantisches
und sollte daher für die Ewigkeit festgehalten werden.

James und ich waren ungefähr ein Jahr zusammen und wir hatten bereits angefangen, Zukunftspläne zu schmieden, als das eintrat, vor dem wir uns beide die ganze Zeit über gefürchtet hatten. Ich weiß nicht, ob du lieber zukünftiger Leser, das Gefühl kennst? Du führst ein wunderbares Leben, aber etwas absolut Furchtbares bedroht dieses Glück, und anstatt dich damit auseinanderzusetzen, verdrängst du es lieber. Du stopfst es in die tiefste Schublade, die du finden kannst, und verschließt diese sorgfältig, und hoffst, dass es nie wieder ans Tageslicht kommt, wenn du nicht darüber sprichst. So war es bei mir. James ist meine große Liebe und ich träumte von einer wunderschönen Hochzeit, Kindern und einem Partner, der mein Leben jeden Tag bereichert. Aber egal, wie sehr wir uns auch liebten, der Krieg nahm darauf keine Rücksicht, und im Frühling 1944 trat das Schlimmste in unserem Leben tatsächlich ein: James bekam seinen Einberufungsbefehl. Es war so furchtbar unfair, ich hatte das Glück, meiner großen Liebe begegnet zu sein und nach nur einem Jahr, sollten wir voneinander getrennt werden.

Es wäre etwas anderes, wenn es ein Auslandsstudium oder etwas Ähnliches gewesen wäre. Ohne zu zögern, hätte ich auf James Rückkehr gewartet oder ihn sogar begleitet, aber ich hatte genug weinende Familien gesehen, um zu wissen, wie viele junge Männer niemals wiederkehrten. Ich durfte James nicht verlieren. Tagelang weinte und betete ich, aber egal, was ich auch tat, ich würde die Situation nicht ändern können.

Ich konnte mir nicht ausmalen, was James gerade durchmachte; welche Ängste er verspüren musste, doch er ließ sich mir gegenüber nichts anmerken. Er versuchte, die wenige Zeit, die uns noch zusammen blieb, so schön wie möglich zu gestalten. Doch ich konnte an nichts anderes mehr denken als daran, dass ich ihn bald vielleicht für immer verlor.

An dem Wochenende vor seiner Abreise holte er mich von zu Hause ab, zu einem Überraschungsausflug. Als ich die Treppe hinunterging, betrachtete ich ihn ausgiebig. Er hatte sich besonders sorgfältig zurechtgemacht. Sein sandblondes Haar hatte er mit einer Menge Pomade in Form gebracht und er trug das dunkelgrüne Hemd, das ich am liebsten an ihm mochte, da es seine Augen so wunderbar betonte. Er war wunderschön, und intelligent und warmherzig – ich durfte diesen einzigartigen Mann nicht verlieren! Ich war mir sicher, nie wieder jemandem wie ihm zu begegnen. Ich weiß nicht, wie alt du bist, aber vielleicht denkst du, was weiß dieser junge Hüpfer schon über die Liebe? Doch, ich glaube, wenn man seine wahre Liebe, seinen Seelenverwandten, die andere Hälfte seiner selbst gefunden hat, dann weiß das Herz es einfach. Ganz egal wie alt man ist oder wie erfahren in der Liebe.

Er umarmte mich und gab mir einen Kuss. Ich weiß nicht, ob ich es mir einbildete, aber ich hatte das Gefühl, dass sich unsere Küsse verändert hatten, seit wir wussten, dass es vielleicht die letzten Küsse sein würden. Sie waren tiefer und verzehrender, so als wäre jeder Kuss mit all unserer Liebe ausgefüllt.

Nachdem wir losgefahren waren, verriet mir James lediglich, dass er einen unvergesslichen Tag für uns beide geplant hatte. Wir lebten beide sehr zentral in Manhattan und ich fragte mich, was er wohl vorhatte.

Wollte er einen typischen Touristentag mit mir machen? Dinge, wie das Empire State Building besuchen oder ins Theater gehen? Ich würde mich über alles freuen, Hauptsache, wir waren zusammen, aber ich wollte nirgendwo hin, wo es komplett überlaufen war und alles hektisch und laut war. Ich wäre auch gern einfach nur mit ihm zu Hause geblieben, denn ich wollte die letzten Stunden mit ihm am liebsten in Zweisamkeit verbringen.

Doch James fuhr aus der Stadt hinaus und dann immer weiter und ich fragte mich, wo er wohl hinwollte. Weit weg konnte es nicht sein, schließlich würde er morgen früh bereits abreisen müssen.

Irgendwann erkannte ich, wohin er fuhr. Es war eine wunderschöne Idee, aber es gab einen Haken, denn er fuhr nach Coney Island, dem Vergnügungspark am Strand.

Selbst, als wir auf den Parkplatz einbogen, brachte ich es nicht übers Herz, ihm zu sagen, dass Coney Island geschlossen war. Der Freizeitpark öffnete jedes Jahr traditionell am Memorial Day, also im Mai, bis zum Labour Day. Das wusste ich gut, da ich als Kind und Teenager jedes Jahr unzählige Male mit meinen Eltern hierhergekommen war. Ich hatte James oft erzählt, dass meine glücklichsten Erinnerungen mit Coney Island verbunden waren. Es rührte mich zutiefst, dass er daran gedacht hatte, und es brach mir das Herz, dass er umsonst hierherg...

Ein infernalisches Piepen riss Alana aus der Geschichte und sie warf vor Schreck das Notizbuch beiseite. Panisch sprang sie vom Sofa auf.

Sie hatte das Gefühl, ihre Trommelfelle würden gleich platzen. Dann stieg eine dunkle Vorahnung in ihr auf. Sie lief in Richtung Küche und bevor sie die Tür öffnete, nahm sie auch schon den verbrannten Gestank wahr.

Das durfte doch einfach nicht wahr sein! Als sie die Küche betrat, drehte sie sich einmal panisch im Kreis … was sollte sie als Erstes machen? Sich um die verbannten Muffins kümmern oder um diesen furchtbaren Lärm, den der Rauchmelder ausstieß?

Sie schaltete als Erstes den Ofen aus, dann riss sie das Fenster auf. Das war ein kluger Schachzug gewesen, denn als sie den Backofen öffnete, kam ihr eine schwarze Qualmwolke entgegen.

Es würde zu lange dauern, bis sich der Rauch verzogen hatte, deshalb schnappte sie sich kurzerhand einen Besen und schlug den Rauchmelder von der Decke.

Dieses Mal hatte sie dazu gelernt. Sie nahm sich ein Handtuch und holte damit das Blech mit den Muffins aus dem Ofen. Als sie das komplett verkokelte Gebäck betrachtete, fragte sie sich, wie bescheuert oder geistesabwesend sie nur sein musste, dass ihr so etwas gleich zwei Mal kurz hintereinander passierte. Ja, die Briefe waren unfassbar spannend und zogen sie jedes Mal in eine ganze eigene Welt hinein, sodass sie das Gefühl hatte, alles selbst mitzuerleben. Trotzdem konnte sie doch keinem erzählen, dass sie schon wieder fast das Haus hatte abbrennen lassen deswegen. Sie musste unbedingt alle Spuren vernichten, bevor Dante nachher zu ihr kam. Er sollte sie ja schließlich nicht für komplett geistesgestört halten, besonders, wenn sie ihm erzählen würde, dass ihr das Ganze zwei Mal passiert war. Und das nur, weil sie zu sehr mit den Liebesgeschichten vollkommen Fremder mitfieberte und litt.

Sie war schließlich schon die Frau, die einfach Streuner vom Strand auflas und sofort ins Herz schloss.

Alana schmiss die Muffins in den Mülleimer und warf einen panischen Blick auf die Uhr. Sie hatte tatsächlich Ewigkeiten mit dem Lesen von Allys Erinnerungen verbracht, sodass sie sich jetzt beeilen musste, um pünktlich fertig zu sein und noch neue Muffins zu backen.

Alana rührte in Rekordzeit einen neuen Teig an, schob die Förmchen in den Backofen und stellte sich dieses Mal einen Timer. Sie war sich tausendprozentig sicher, dass ihr das Ganze nicht noch einmal passieren würde, aber das hatte sie beim ersten Mal auch schon gedacht. Danach stellte sie schon einmal das *Cheese-Cream*-Frosting her, das so lange im Kühlschrank fester werden konnte.

Anschließend eilte sie in ihr Schlafzimmer und durchsuchte hektisch ihren Kleiderschrank. Alana wollte sich besonders hübsch für diesen Abend machen, hatte aber irgendwie nichts Schönes im Kleiderschrank. Durch die Pandemie hatte sie in den letzten Jahren nichts Neues mehr gekauft. Außerdem wollte sie auch nicht zu overdressed aussehen, schließlich aßen sie nur bei ihm oder draußen. Sie hatte mitten in der Stadt in Deutschland gelebt, sie hatte nichts, was Südstaaten-Strand-Chic aussagte ... wie auch immer so etwas überhaupt aussah. Alana hätte gern ein Kleid angezogen, aber ihre alten passten ihr nicht mehr. Sie musste demnächst dringend mal nach Charlotte oder Raleigh fahren und dort ein bisschen shoppen gehen, denn sie verspürte den Wunsch, sich wieder mehr um ihr Äußeres zu kümmern, was in der Zeit nach der letzten Trennung für sie vollkommen in den Hintergrund gerückt war.

Schließlich gibt es jetzt auch jemanden, der es bemerken würde, schoss es ihr durch den Kopf, und ein leichtes Kribbeln durchströmte ihren Körper.

Sie entschied sich schließlich für kurze Jeansshorts und ein Spaghettiträger-Oberteil, das wie ein Schmetterling geschnitten war und aufgrund von vielen kleinen Steinchen im Sonnenlicht wunderschön funkeln würde. Dazu zog sie einfache offene Riemchen-Sandalen an.

Ihre langen Haare band sie zu einem lockeren Pferdeschwanz, aus dem sie ein paar Strähnen herauszupfte, die nun ihr Gesicht umrahmten.

Anschließend legte sie ein leichtes Make-up auf und sprühte ein wenig ihres Lieblingsduftes *Mon Paris* von Yves Saint Laurent auf ihre Haut.

Die Muffins waren auch so gut wie fertig und deshalb ging sie hinunter, um sie aus dem Ofen zu holen. Danach stellte sie die noch warmen Muffins in den Kühlschrank, damit sie schneller abkühlten.

Es war knapp, aber sie schaffte es, die Cupcakes fertig zu bekommen, kurz bevor Dante an ihrer Tür klingelte.

Er schenkte ihr ein strahlendes Lächeln und sie bemerkte, wie sein Blick langsam über ihren Körper glitt. „Du siehst wunderschön aus", sagte er, was sofort ein warmes Gefühl in ihr auslöste.

„Bist du so weit? Ich habe den Tisch im Garten für uns gedeckt. Ich hatte erst an ein Picknick gedacht, aber das ist bei diesen Gerichten schwierig."

Sie lief schnell in die Küche und holte die Servier-
platte mit den *Cream-Cheese*-Cupcakes, bevor er eintreten konnte, denn es lag immer noch ein verbrannter
Geruch in der Luft, und ihr war das Ganze mehr als
peinlich.

Sie rief Chocolate und dieser sprang sofort auf und
folgte ihnen nach draußen.

Sie gingen hinter das Haus von Dantes Großvater, wo
tatsächlich ein gemütlicher Garten war. Zahlreiche Blumen blühten, es gab eine Gartenbank und einen großen
hölzernen Picknicktisch, der bereits gedeckt war, und
in der Ecke stand ein Grill, auf dem etwas brutzelte, das
einen verführerischen Duft verströmte.

„Wow, hast du noch weitere Gäste eingeladen?",
fragte Alana erstaunt, als sie die Masse an Speisen sah.

Er grinste verlegen. „Als ich gehört habe, dass du noch
nie die Südstaatenküche probiert hast, sind wohl irgendwie die Pferde mit mir durchgegangen. Ich konnte
mich partout nicht entscheiden, und dann habe ich einfach mehrere Sachen gemacht."

Sie setzte sich und er schenkte ihnen beiden ein Glas
Eistee ein. Sie trank einen großen Schluck und seufzte
genüsslich. „Den hast du aber nicht selbst gemacht,
oder?"

„Doch, natürlich. Die Südstaaten sind schließlich bekannt dafür, den besten Eistee der Welt zu machen."

Sie leckte sich über die Lippen. „Dem kann ich offiziell zustimmen. Das ist der leckerste Eistee, den ich je getrunken habe."

Er grinste und erklärte ihr dann, was er für sie gekocht hatte. Es gab Gumbo, Jambalaya, Maisbrot, Bis-
kuits, frittiertes Hühnchen und Barbecue Rippchen.

„Ich habe tatsächlich noch nichts davon gegessen und
bei Gumbo und Jambalaya weiß ich noch nicht mal,
was es ist, aber ich bin sehr neugierig und hungrig.“

„Dann bediene dich. Ich bin gespannt, ob es dir
schmeckt. Die Südstaaten-Küche ist nicht für jeden etwas, sie ist sehr würzig und sehr kalorienreich, da wir
alles frittieren, was sich frittieren lässt“, sagte er lachend.

Sie langte kräftig zu und während sie sich unterhielten, probierte sie der Reihe nach alles, was er für sie zubereitet hatte. Jedes Gericht schmeckte absolut fantastisch, wobei sie sich an die Schärfe noch gewöhnen
musste.

Sie genoss den Abend in vollen Zügen, denn im Gegensatz zu anderen verkrampften Dates, die sie schon
gehabt hatte, gab es hier keine peinlichen Gesprächs-
pausen, in denen man fieberhaft nach irgendwelchen
Themen suchte, über die man noch sprechen konnte.
Das Gespräch zwischen ihr und Dante floss einfach so
dahin. Wenn der eine nichts erzählte, sprach der andere, und Alana langweilte sich keine Sekunde. Dante
war ein wirklich interessanter Mann mit vielen Facetten. Sie wollte ihn irgendwann auf seinen Großvater
und die ganze Situation ansprechen, entschied sich
dann aber dagegen. Sie wollte diesen schönen Abend
nicht ruinieren, indem sie so ein schwieriges und belas-
tendes Thema ansprach. Das hob sie sich lieber für ein
anderes Gespräch auf. Gerade, weil sein Opa momentan auch schlief, und er mal ein paar Stunden hatte, in
denen er sich nicht ständig Gedanken um ihn machen
musste.

Nach dem herzhaften Essen widmeten sie sich den Cupcakes, die Dante in den höchsten Tönen lobte. Alana wurde unwillkürlich rot, weil sie an die verbrannte erste Ladung denken musste. Aber diese Geschichten waren so ergreifend, dass sie sich jedes Mal so fühlte, als würde sie das Schicksal von Eliza, Emanuela und Ally hautnah miterleben. Sie fragte sich, ob es nur ihr so ging, oder es jeder ihrer Vorgängerinnen beim Lesen genauso ergangen war. Sie blickte hoch zu dem kleinen Zimmerchen, wo jede dieser Frauen gegessen hatte, und sah sie beinahe bildlich vor sich.

„Was ist los?“, fragte Dante, der ihren nachdenklichen Blick bemerkt hatte.

Sie zögerte kurz, weil es ihr vorkam, als würde sie ein Geheimnis weitergeben, aber dann erzählte sie Dante alles von Anfang an. Wie sie das Loch in der Wand entdeckt hatte und von den Briefen, die darin verborgen gewesen waren. Dante hob die Augenbrauen. „Das klingt unheimlich faszinierend. Unglaublich, dass diese Briefe so lange darin überdauert haben. Sind die Geschichten denn interessant?“

Alana nickte. „Sie sind wunderschön und äußerst berührend.“

„Wie viele hast du denn schon gelesen?“, fragte er.

„Ich habe heute mit der dritten Geschichte angefangen. Sie ist aus der Zeit des Zweiten Weltkrieges.“

„Wovon handeln diese Briefe? Ist es Korrespondenz mit jemandem oder eher ein Tagebuch?“

„Es sind ihre eigenen Liebesgeschichten und Gedanken. Das hört sich vielleicht nicht spektakulär an, aber glaub mir, das ist es. Selbst große Liebesroman-Autoren hätten es nicht besser hinbekommen.“

„Jetzt hast du mich neugierig gemacht. Wenn du alle gelesen hast, würde ich sie mir auch sehr gern anschauen", meinte Dante.

Alana nickte, aber sie fragte sich, ob sie Dante auch so sehr berühren würden. Waren sie wirklich so außergewöhnlich, oder lag es eher daran, dass sie selbst sich so sehr nach genau so einer Liebe sehnte?

Dante stand auf und räumte alles zusammen.

„Soll ich dir helfen?", bot sie an.

Dante schüttelte den Kopf. „Nein, das mache ich nachher. Lass uns lieber noch zum Strand hinunter gehen."

Er nahm eine Decke, die auf einem der Stühle gelegen hatte, und sie spazierten hinunter zum Strand. Dante ergriff wie selbstverständlich ihre Hand und obwohl sich nur ihre Finger berührten, stiegen eine Wärme und ein Kribbeln in ihrem gesamten Körper auf. Es war wie ein elektrisches Knistern, das von seiner Hand in ihre floss.

Als sie den Strand erreichten, zogen sie ihre Schuhe aus und ließen sie einfach stehen. Sie würden sie auf dem Rückweg wieder einsammeln. Der warme Sand unter ihren Fußsohlen fühlte sich einfach wunderbar an. Als sie einen schönen Platz erreicht hatten, breitete Dante die Decke aus und sie machten es sich gemütlich.

Sie lehnte ihren Hinterkopf an seine Brust, schloss die Augen und reckte ihr Gesicht den warmen Sonnenstrahlen entgegen.

Ja, es war die richtige Entscheidung gewesen, hierher zu kommen. Genau, wie es ihre Großmutter prophezeit hatte, war sie zum ersten Mal im Leben wunschlos glücklich und fühlte sich frei. Hier zu leben, war wie ein nicht enden wollender Urlaub.

In diesem Moment spürte sie etwas Nasses über ihr Gesicht fahren. Sie stieß ein leises Quietschen aus und öffnete ruckartig die Augen.

Dante lachte schallend. „Ich glaube, da wollte jemand schauen, ob du noch wach bist."

Vor ihr hockte Chocolate und fuhr erneut mit seiner schlabberigen Zunge über ihre Wange.

Sie lachte ebenfalls und streichelte den Hund.

Dante stand auf, suchte ein Stück Treibholz und warf es für Chocolate. „Mal schauen, ob er apportieren kann", sagte er.

Er konnte es! Und er hatte sichtlich Spaß daran. Immer wieder rannte er hin und her, bis er vor Erschöpfung hechelte und sich neben Alana in den Sand sinken ließ.

Die Sonne ging langsam unter und tauchte den Strand in ein warmes orangerotes Licht. Alana sah Dante an, der sich vorbeugte und sanft seine Lippen auf ihre presste. Sie schloss die Augen und wollte sich dem Kuss ganz hingeben, als ein Klingeln ertönte. Verwirrt sah Alana auf.

„Entschuldige, das ist mein Handy. Da muss ich leider drangehen, ich habe Sofia gesagt, sie soll anrufen, wenn etwas ist."

„Kein Problem", erwiderte Alana.

Er nahm das Gespräch an und sie sah, dass er die Stirn runzelte, während er zuhörte.

Nach kurzer Zeit legte er auf. Er blickte sie bedauernd an. „Es tut mir so leid, aber Sofia sagt, Großvater ist vorhin wach geworden, fragt die ganze Zeit nach mir und wird immer aufgebrachter. Er ist einfach nicht zu beruhigen und ist extrem verwirrt. Manchmal hat er solche Phasen. Ich muss nach Hause. Ich hoffe, du bist mir nicht böse, dass ich unseren Abend so abrupt beenden muss."

Alana gab ihm einen zärtlichen Kuss auf die Wange und strich ihm übers Haar. „Du musst dich doch nicht entschuldigen. Ich finde es wunderbar, dass du dich um deinen Großvater kümmerst, und das hat immer Priorität. Wir können noch oft Zeit miteinander verbringen."

Sie standen auf, falteten die Decke zusammen und sammelten ihre Schuhe wieder ein.

Dann begleitete Alana Dante zum Haus zurück.

„Geh du schon mal rein, lass aber die Tür auf, ich räume schnell hier draußen auf", erklärte Alana.

Dante schüttelte den Kopf. „Nein, das musst du nicht, du warst mein Gast. Ich mache das nachher irgendwann."

„Keine Widerrede. Dein Großvater braucht dich und ich habe Zeit. Es dauert doch nur ein paar Minuten."

Widerwillig stimmte Dante zu. Er ging ins Haus und ließ die Haus- und die Fliegengittertür offen.

Alana entdeckte neben dem Grill ein Tablett und stapelte so viel wie möglich darauf. Dann folgte sie Dante ins Haus. Wenn dieses, wie sie vermutete, gleich geschnitten war, wusste sie ja, wo sich die Küche befand. Als sie diese betrat, entdeckte sie eine ältere Frau mit schwarzen Haaren, die einen Krankenschwester-Kittel trug.

Die Frau lächelte sie freundlich an. „Sie müssen Alana sein. Es freut mich, Sie kennenzulernen."

Sie schüttelte der Frau die Hand, nachdem sie das Tablett auf der Küchentheke abgestellt hatte. „Und Sie sind bestimmt Sofia. Freut mich ebenfalls, Sie kennenzulernen. Ich helfe Dante nur kurz beim Tisch abräumen."

„Warten Sie, ich komme mit, dann geht es schneller."

Gemeinsam hatten sie alles hereingetragen und Alana streckte kurz den Kopf ins Wohnzimmer und rief: „Ich gehe jetzt, bis bald." In diesem Moment flitzte Chocolate an ihr vorbei ins Wohnzimmer.

„Chocolate, stopp!" Sie wollte ihn am Halsband ergreifen, aber sie war nicht schnell genug.

Sie zögerte kurz. Dante hatte ihr erzählt, dass das Krankenbett seines Großvaters im Wohnzimmer stand, und sie wollte nicht einfach in die Privatsphäre des Mannes eindringen.

Sie trat vorsichtig ein und sah, wie der Hund auf das Krankenbett zulief.

Der alte Mann, der darin lag, befand sich außerhalb ihres Sichtbereichs, aber sie hörte, wie er freudig sagte: „Dante, schau mal, da sind Abigail und Buster."

Sie überlegte, ob sie ganz hereinkommen und ihm die Hand geben sollte, da sie nicht unhöflich sein wollte, aber vielleicht war es auch genauso unhöflich, als Fremde einfach so hereinzuplatzen. Bevor sie sich entscheiden konnte, was sie tun wollte, drehte sich Dante um und entdeckte sie. „Großvater, das ist Alana und ihr Hund Chocolate. Sie ist vor Kurzem ins Nebenhaus eingezogen."

Er ging zu Chocolate, nahm ihn an die Leine und brachte ihn zu Alana. „Es tut mir leid, Großvaters Demenz ist sehr weit fortgeschritten, und heute ist kein guter Tag. Er scheint dich mit jemandem zu verwechseln."

Alana runzelte die Stirn und sagte: „Er hat mich Abigail genannt. Vielleicht denkt er, ich bin meine Großmutter. Aber so alt sehe ich nun ja auch wieder nicht aus ... hoffe ich zumindest." Sie wollte die angespannte Situation ein wenig auflockern, und Dante schenkte ihr tatsächlich ein leichtes Lächeln.

„Ich wollte auch nicht stören, Chocolate ist mir nur entwischt, beim Hinausgehen. Ich wünsche dir noch einen schönen Abend." Dann sah sie noch einmal in Richtung des alten Mannes und verabschiedete sich auch von ihm.

Dante brachte sie noch zur Tür und sah ihr hinterher, als sie zu sich hinüberging.

Als sie zu Hause war, zog sie sich ein bequemes Schlafshirt an und schminkte sich ab, aber obwohl es schon recht spät war, war sie noch nicht müde. Sie beschloss, sich eine Portion Eiscreme zu gönnen und noch weiter in Allys Erinnerungen zu lesen. *War ihr Date ins Wasser gefallen, weil Coney Island geschlossen gewesen war?*

Sie füllte sich ein bisschen *Cookies-and-Cream*-Eis in eine Schüssel und gab Schokosoße und Schlagsahne dazu. Bei den Kalorien, die sie heute zu sich genommen hatte, würde das jetzt auch keinen Unterschied mehr machen.

Das leise Winseln zu ihren Füßen, erinnerte sie daran, dass sie nicht das einzige Süßmaul hier war. Sie nahm einen Löffel, auf den sie nur das Vanille Eis ohne die Cookie-Stückchen tat und gab ihn Chocolate. Sie

musste unbedingt aufhören, diesen Hund so zu ver-
wöhnen. Beim Essen bei Dante hatte er auch schon etwas abbekommen. Sie wusste, dass zu viel Menschen-
essen nicht gesund für Hunde war.

Kapitel 13

Sie gingen gemeinsam zur Couch und der Hund ließ sich dieses Mal direkt davor auf den Boden nieder und kroch fast unter das Möbelstück.

Sie steckte sich einen Löffel Eis in den Mund und nahm das Notizbuch zur Hand.

Es rührte mich zutiefst, dass er daran gedacht hatte, und es brach mir das Herz, dass er umsonst hierhergefahren war. Aber für mich war es die Geste, die zählte. Diese zeigte mir, dass er mir zuhörte und genau wusste, wie er mir eine Freude machen konnte.

Er wollte aussteigen und ich hielt ihn am Arm fest und erklärte ihm, dass der Park geschlossen sei. Er wollte mir nicht glauben und bestand darauf, selbst nachzusehen.

Als wir vor dem Eingang standen, war alles still und die Eisendrehkreuze, durch die man eintreten konnte, waren abgesperrt.

„Ist nicht schlimm, dann machen wir halt was anderes", sagte ich.

James schüttelte den Kopf und drückte nacheinander gegen die Drehkreuze. Das vierte bewegte sich plötzlich. „Komm mit, hier ist offen", sagte er grinsend.

Ich sah mich nervös um. „Aber wir können doch nich –"

Doch er ergriff meine Hand und zog mich hinter sich her.

Obwohl ich Angst hatte, dass wir erwischt werden würden, war es aufregend und faszinierend Coney Island außerhalb der Saison zu sehen. Es wirkte so, als würde der Park einen Winterschlaf halten. Alles erschien ohne die Besuchermassen so viel größer und beeindruckender.

Wir näherten uns dem Riesenrad, und James ging geradewegs auf eine der Gondeln zu. Ich hatte immer noch Angst erwischt zu werden, aber James sah so glücklich aus und ich wollte ihm den Spaß nicht verderben. Also kletterte ich zu ihm und wir schmiegten uns in der Gondel eng aneinander.

„Auch wenn es geschlossen ist, ist es wunderschön hier … weil ich mit dir hier bin." Ich schmiegte meinen Kopf an seine Schulter und verschränkte meine Finger mit seinen. Plötzlich gab es einen heftigen Ruck und die Gondel schaukelte hin und her.

„James, was hast du gemacht?", fragte ich erschrocken.

„Nichts", erwiderte er und grinste.

In diesem Moment gingen die Lämpchen an und das Riesenrad setzte sich in Bewegung. Ich stieß einen leisen Schrei aus.

„Wie hast du das gemacht?", fragte ich verwirrt.

„Ich habe da so meine Möglichkeiten", sagte James grinsend und deutete nach unten. Dort stand ein junger Mann am Bedienpult.

Ich starrte ihn einen Moment lang fassungslos an. „Das hast du für mich getan? Du hast das Riesenrad nur für uns öffnen lassen?"

Er nickte und sah mich liebevoll an. „Ich habe dir doch einen unvergesslichen Tag versprochen. Erinnerst du dich?"

Ich nickte stumm, denn mir fehlten die Worte. Als wir ganz oben waren, stoppte das Riesenrad, sodass wir einen wunderschönen Ausblick hatten. Die leichte Brise versetzte die Gondel in ein sanftes Schaukeln. Wir rückten noch näher zueinander und küssten uns. Nur anhand eines leichten Ruckens nahm ich wahr, dass sich das Riesenrad wieder in Bewegung gesetzt hatte. James hüllte mich in eine Umarmung ein und wir versuchten, uns mithilfe dieses Kusses alles zu sagen, was wir nicht auszusprechen vermochten.

Als wir nach mehreren Runden wieder unten angekommen waren, stoppte das Riesenrad und wir stiegen aus.

„Ich danke dir, das war eine einzigartige Überraschung", sagte ich überglücklich, während wir an den geschlossenen Ständen vorbeiliefen.

„Es ist noch zu früh, um sich zu bedanken, denn der Tag ist noch lange nicht vorbei", erklärte James.

Unser nächster Stopp führte uns zu dem altmodischen Pferdekarussell, das in meiner Kindheit mein absoluter Favorit gewesen war, was sich James anscheinend auch gemerkt hatte, obwohl ich ihm nur einmal davon erzählt hatte.

Auch hier stand wieder jemand, der es zum Leben erweckte. Ich stieß einen kleinen Jauchzer der Freude aus, als ich auf ein Pferd kletterte und sich das Karussell in Bewegung setzte. James hatte sich das Pferd neben meinem ausgesucht und während wir uns im Kreis drehten und die Pferde auf und ab stiegen, ließ er nicht eine Sekunde meine Hand los. Der Wind zerzauste meine Haare und wehte es mir ins Gesicht, und für einen kurzen Augenblick genoss ich einfach nur diese kindliche Freude und verdrängte jeden traurigen und bedrückenden Gedanken. Normalerweise hätte ich gedacht, dass dieser letzte Tag vor James Abreise traurig und melancholisch werden würde, doch James hatte es stattdessen geschafft, dass es ein Tag voller Freude und Spaß wurde.

Nach einer Weile stiegen wir ab und er ging mit mir zu einem Hotdog-Stand, wo ein weiterer junger Mann stand, der uns anlächelte und uns zwei Hotdogs überreichte. Während wir diese aßen, machte James unentwegt Scherze und brachte mich zum Lachen. Als ich aufgegessen hatte, stoppte er an einem Süßwarenstand, der ebenfalls erleuchtet war. Ein junges Mädchen kam hinter dem Stand hervor und streifte mir das Band eines Lebkuchen-Herzens über, auf dem stand: Du bist die Einzige für mich. Dann huschte sie wieder hinter die Theke und überreichte uns zwei Portion rosa Zuckerwatte.

Ich genoss den zuckersüßen Flaum auf der Zunge. „Wie hast du das bloß hingekriegt? Wie hast du es geschafft, das alles zu organisieren?"

„Du hast mir gesagt, deine schönsten Erinnerungen hängen mit Coney Island zusammen, also wollte ich, dass du auch welche mit mir dort hast. Zum Glück habe ich ein paar Freunde, die mir gern dabei helfen wollten, nachdem ich ihnen von meinem Plan erzählt habe."

„Dieser Tag ist einfach atemberaubend, den werde ich ganz bestimmt niemals vergessen."

„Ich werde ja leider eine Weile weg sein, und daher werde ich dich nicht ausführen können. Deshalb habe ich beschlossen, so viele Rendezvous in einen Tag zu packen, dass die Erinnerung daran, so lange anhält, bis ich wieder da bin", erklärte mir James.

Tränen stiegen mir in die Augen. Das war das Romantischste, was ich jemals im Leben gehört habe. „Hey, heute will ich nur Freudentränen sehen", sagte James.

Ich wischte mir hastig übers Gesicht. „Das sind Freudentränen. Ich bin so glücklich, dass du so etwas für mich tust", erklärte ich. Ich beugte mich zu ihm und gab ihm einen leidenschaftlichen Kuss.

„Oh, wenn ich dafür schon solche Küsse bekomme, was erwartet mich dann wohl hierfür?", fragte er und schenkte mir ein verschmitztes Lächeln.

Wir waren stehen geblieben und ich sah mich verwirrt um, hier gab es keine Essensstände, sondern nur ein Kino.

Er ergriff wieder meine Hand, öffnete die Tür und zog mich in das Foyer.

„Nein, das hast du nicht ...", stieß ich aufgeregt hervor.

Ein Kinoangestellter mit roter Weste und einem passenden Hut, überreichte mir einen Becher Popcorn und ein Getränk.

Dann führte er uns tiefer in das Kino hinein und brachte uns schließlich in einen Kinosaal, der menschenleer war.

Ich starrte ihn fassungslos an und er zog die Augenbrauen hoch. „Ihr Freund hat sich ganz schön ins Zeug gelegt."

„Ja ... ja, das hat er", sagte ich und konnte nicht glauben, dass er einen Kinobesuch für uns allein organisiert hatte.

„Gib es zu, du bist in Wirklichkeit ein berühmter Prinz oder ein Millionär", sagte ich lachend.

Er schüttelte ebenfalls lachend den Kopf. „Nein, nur ein Mann mit viele netten Freunden, die ebenfalls nette Freunde haben ... Such dir einen Platz aus."

Es war albern, aber sie brauchte dringend etwas Süßes für diese Geschichte, also stand sie auf und holte sich aus dem Gefrierfach eine Packung Eispralinen, die perfekt zu einem Kinobesuch passten.

Ich setzte mich mit James irgendwo in die Mitte und wartete gespannt, was für einen Film wir uns ansehen würden.

Als der Titel auf der Leinwand erschien, schaute ich ihn erneut fassungslos an. „Das ist mein Lieblingsfilm, den habe ich mir schon mehrmals angeschaut."

„Und als aufmerksamer Freund habe ich mir dieses Detail natürlich gemerkt."

Ich liebe Die Schwester der Braut. Es war eine Mischung aus Romanze und Liebeskomödie und damit genau das Richtige für diesen Tag. Cary Grant und Katharine Hepburn übertrafen sich in diesem Film selbst und die Zeit flog nur so dahin, während ich abwechselnd lachte oder leise seufzte, weil der Film so furchtbar romantisch war. James hatte seinen Arm um mich geschlungen und streichelte meine Hand und ich fütterte ihn mit Popcorn und gab ihm zärtliche Küsse auf die Wange.

Es kam mir so vor, als wäre höchstens eine halbe Stunde vergangen, als der Abspann über die Leinwand flimmerte, obwohl der Film anderthalb Stunden gedauert hatte.

Wir blieben noch ein paar Minuten sitzen, bis das Saallicht anging, und erst dann verließen wir das Kino.

Es war einfach unfassbar, was James für mich getan hatte.

Wir liefen Arm in Arm die Straße entlang und genossen die Gegenwart des anderen. Dann stieg James mit mir die Treppenstufen eines Pavillons hinauf.

„Was auf jeden Fall nicht in der Liste unserer Verabredungen fehlen darf, ist ein Tanzabend."

Genau in dieser Sekunde flammten unzählige Glühbirnchen auf und erleuchteten den gesamten Pavillon. Die Decke war ein Lichtermeer und auch um die Stäbe waren Lichterketten gewickelt.

James streckte die eine Hand nach mir aus und legte die andere sanft auf meinen unteren Rücken. Ich legte meine Hand auf seine Schulter. Im gleichen Moment setzte die Musik ein.

Es war Into Each Life Some Rain Must Fall, ein Song, der gerade erst erschienen war und im Radio rauf und runter gespielt wurde.

Das Lied von Ella Fitzgerald schien wie für mich und James geschrieben worden zu sein.

Sie sang, dass in jedes Leben etwas Regen fallen muss, doch bei ihr zu viel fällt zu viel. Dass in jedes Herz einige Tränen fallen müssen, doch dass eines Tages die Sonne wieder scheinen würde.

Ich hoffte inständig, dass dies auch für mich galt; dass jetzt die Zeit war, wo mein Herz mit Tränen erfüllt war, aber dass James wieder zu mir zurückkehren würde und die Sonne wieder für mich scheinen würde. Unsere Liebe war so etwas Einzigartiges, sie durfte nicht nach so kurzer Zeit schon enden.

Ein weiteres langsames Lied folgte und ich schlang die Arme um James Nacken und presste mich eng an ihn. Ich wünschte, wir könnten für immer so weitertanzen. Ich wünschte, es gäbe eine Parallelwelt, in die wir fliehen könnten, in der es keinen Krieg gab. In der wir zusammen ein Leben aufbauen und glücklich sein könnten.

Tränen liefen mir übers Gesicht und ich war froh, dass ich meinen Kopf in seiner Halsbeuge verstecken konnte, damit er meine Tränen nicht sah. Ich atmete seinen Duft ganz tief ein und versuchte, ihn mir einzuprägen.

Wir tanzten solange, bis es um uns herum dunkel geworden war und nur die Lichterketten unsere Umgebung erhellten.

Irgendwann wich James ein Stück zurück. „Ich könnte ewig mit dir tanzen, aber das nächste Rendezvous wartet bereits auf uns."

Wir verließen den Pavillon und gingen die Promenade hinunter, bis wir den Strand erreichten.

„Willkommen zu unserem nächsten Date: ein romantischer Strandspaziergang mit anschließendem Picknick im Mondschein", sagte James.

Früher hatte ich immer die Schuhe ausgezogen und war am Uferrand spazieren gegangen, sodass die Wellen meine Füße umspült hatten, aber dafür war es heute eindeutig zu kalt.

Doch die Wärme von James Umarmung machte die Kälte eindeutig wett. Während des Spaziergangs sagten wir gar nicht viel. Wir genossen einfach nur die Nähe des anderen und das war mehr als genug. In der Mitte des Strandes erwarteten mich eine Decke und ein großer Picknickkorb. Erneut fragte ich mich, wie James das alles organisiert hatte?! Wie viel Mühe und wie viel Arbeit hatte er investiert, um mir diesen unvergesslichen Tag zu bereiten! Als wir uns gesetzt hatten, packte er eine Vielzahl von meinen Lieblingsessen aus und schenkte uns heißen Kaffee zum Aufwärmen ein. Außerdem lag eine extragroße Decke bereit, in der er uns beide einhüllte. Wir betrachteten die Sterne und James erzählte mir, wie unser weiteres Leben aussehen würde, wenn er aus dem Krieg zurückkehrte. Nicht, falls er zurückkehren würde, sondern wenn.

Er war sich sicher, dass er das tun würde, denn schließlich gab es noch so viel, was er mit mir erleben wollte.

Ich kuschelte mich eng an ihn und schickte ein weiteres stummes Stoßgebet zum Himmel, dass Gott mir diesen wunderbaren Menschen nicht entreißen würde.

Es war schon fast Mitternacht, als wir uns erhoben, um zu gehen, denn es war inzwischen zu kalt zum Sitzen geworden, selbst mit Decke.

Als wir zurück zum Freizeitpark gingen und an den geschlossenen Buden zum Eingang, bedauerte ich es, dass dieser Tag schon vorbei war. Es war verrückt, James hatte so viele unvergessliche Verabredungen in ein Treffen gepackt, dass der Tag eigentlich gefühlt mehrere Tage gedauert hatte, aber es kam mir so vor, als wären die Stunden nur so dahingeflogen. Aber egal, wie lange diese Verabredung gedauert hätte, es wäre nie genug Zeit gewesen, denn was ich wollte, war nicht ein Tag, sondern ein ganzes Leben mit James. Und weil ich wusste, dass er morgen abreisen musste, war mir diese Zeitspanne noch endlicher vorgekommen als sowieso schon.

Wir hatten den Ausgang fast erreicht, als er stehen blieb und auf einen Wohnwagen der Schausteller deutete.

„Wenn du es auch willst, wäre dies unser letztes Rendezvous, denn ich möchte nicht nur den Tag, sondern auch die ganze Nacht mit dir verbringen. An dem Tag, an dem ich in den Krieg ziehen muss, sollst du das Erste sein, was ich beim Aufwachen sehe. Denn dein wunderschönes Lächeln und die Wärme in deinen Augen werden mir helfen, all das unbeschadet zu überstehen."

Wir betraten zusammen den Wohnwagen und ich stieß einen leisen Seufzer aus, denn das Innere war überfüllt mit roten Rosen und Kerzen. An jedem freien Platz standen entweder Vasen mit Rosen oder angezündete Kerzen. Das schmale Bett war mit Rosenblättern dekoriert und die Fenster mit Stoffen verhangen. Es war wie eine winzige Insel der Romantik.

Wir traten ein und James ging zu einem Plattenspieler hinüber und kurz darauf wurde der Raum von Musik erfüllt. Er zog mich in seine Arme und jetzt waren seine Küsse nicht mehr sanft und vorsichtig, sondern leidenschaftlich und temperamentvoll. Ich hatte mir unsere erste gemeinsame Nacht schon oft vorgestellt und war mir sicher gewesen, dass sie wunderschön werden würde, aber die Realität ließ die Fantasie verblassen. Ich hatte niemals damit gerechnet, was für Gefühle und Empfindungen James bei mir auslösen würde. Ich weiß, es klingt hoffnungslos übertrieben, aber er hob meine gesamte Welt aus den Angeln. Es war alles und doch so viel mehr, als ich mir erträumt hatte. Und in seinen Armen einzuschlafen war der perfekte Abschluss eines perfekten Tages.

Eigentlich hatten wir bis zur Hochzeit warten wollen, aber so war es viel besser, denn so hatte ich noch eine einzigartige Erinnerung an ihn. Und es ging dabei nicht nur um den Sex, der wunderschön gewesen war, sondern auch darum, dass wir buchstäblich miteinander schliefen. Auf diese Weise hatte er mir noch viele Extrastunden geschenkt, in denen er mir nah war, ich seine Wärme spüren und ihn einfach nur stumm betrachten konnte, während er schlief. Ich wünschte mir so sehr, ich könnte ihn beschützen, und dafür sorgen, dass er diesen Krieg unbeschadet überstand oder noch besser – er gar kein Soldat werden musste.

Sanft wie eine Feder fuhr ich durch seine Haare, um ihn nicht zu wecken. Ich wollte die ganze Nacht wachbleiben, denn ich wollte keine Minute dieser kostbaren Zeit vergeuden, aber als ich die Augen wieder aufschlug, drang Sonnenlicht durch die Stoffe des Fensters. Ich war doch eingeschlafen.

Ich rieb mir verschlafen die Augen und kratzte mich dabei schmerzhaft am Augenlid. Was war das? War mir ein Nagel eingerissen? Ich blinzelte ein paar Mal, um den Schlaf zu vertreiben, und betrachtete meine Hand. An meinem Ringfinger befand sich ein goldener Ring mit einem tropfenförmigen Diamanten.

Ich setzte mich ruckartig auf und bewegte meine Hand hin und her. Obwohl der Stoff das Licht dämpfte, verteilte der Ring funkelnde Prismen an der Wand.

„Gefällt er dir?“, fragte James leise und sanft.

Ich wusste nicht, was ich sagen sollte. Der Ring war wunderschön, und James hatte wieder einmal ganz genau gewusst, was mir gefiel. Er schien mich besser zu kennen als jeder andere Mensch auf der Welt.

„Ich habe die letzten Wochen an nichts anderes mehr gedacht. Eigentlich wollte ich dir den Heiratsantrag schon früher machen und dich bitten, mich vor meiner Abreise zu heiraten, aber meine Freunde sagten, das würde Unglück bringen.

Deshalb dachte ich, ich fragte dich erst heute. Dieser Ring ist mein Versprechen an dich, dass ich zurückkehren und dich heiraten werde. Immer wenn du diesen Ring ansiehst, sollst du an das gemeinsame Leben denken, dass wir zusammen führen werden. Also: Ally O-dair, möchtest du den Rest deines Lebens mit mir verbringen?“

Ich umarmte ihn stürmisch und überschüttete ihn mit Küssen. „Ja! Ja, ich will mein Leben mit dir verbringen. Ich könnte mir nichts Schöneres vorstellen.“

Kurz darauf war es Zeit zum Aufbruch und wir fuhren gemeinsam zum Bahnhof, wo seine Eltern und seine engsten Freunde schon auf ihn warteten, um ihn zu verabschieden. Ich blickte seine Eltern dankbar an, denn ich konnte mir vorstellen, dass sie den Tag vor der Abreise auch gern mit ihrem Sohn verbracht hätten. Es zeigte mir, woher James sein gutes Herz hatte.

Der Abschied war sehr schwer und tränenreich, aber das war nicht nur bei uns so. Der ganze Bahnsteig war voller angehender Soldaten und ihren Familien. Ich war so sehr auf unser Schicksal und unsere Trennung fixiert gewesen, dass ich die Tatsache, dass es Millionen

Familien in diesem Krieg ganz genau so ging und noch ganz genauso ergehen würde, komplett ausgeblendet hatte. Wie viele Freundinnen und Mütter beteten nachts dafür, dass ihre Liebsten unversehrt zurückkehren würden. Ich umarmte James ein letztes Mal und versuchte, all meine Liebe in diesen letzten Kuss zu legen.

Während ich unsere Liebesgeschichte niederschreibe, hier in diesem Haus in Hope, sind viele Monate vergangen und ich habe das Glück, dass ich regelmäßig Briefe von James bekomme.

Denn Briefe zu bekommen, bedeutet, dass James noch lebt und dass es ihm den Umständen entsprechend gut geht.

Während ich auf ihn warte, habe ich die Erinnerung an den einzigartigen Tag, den er mir geschenkt hat und an das Versprechen einer gemeinsamen Zukunft.

Und wenn er zurückkommt, habe ich ebenfalls ein ganz besonderes Geschenk für ihn.

Denn diese letzte Nacht, die wir miteinander verbracht haben, hat uns nicht nur durch den Heiratsantrag zu einer Familie werden lassen. Wenn ich James Bilder von mir schicke, sind es stets Porträtaufnahmen, damit er meinen gerundeten Bauch nicht sieht ... umso größer wird die Freude sein, wenn er heimkehrt.

Kapitel 14

Alana seufzte leise und starrte auf die Seite, die sie gerade gelesen hatte. Hatte James sein Baby in den Armen halten können? War ihnen dieses Glück vergönnt gewesen? Sie wusste, wie viele Soldaten gefallen waren im Zweiten Weltkrieg ... war James einer davon gewesen oder hatte es ein Happy End für sie gegeben?

Sie dachte an all die Dinge, über die sie sich schon verrückt gemacht hatte ... Dinge, die ihr so schlimm vorgekommen waren, aber wenn sie sich vorstellte, was Ally durchgemacht hatte ... Sie hatte dabei zusehen müssen, wie ihre große Liebe in den Krieg gezogen war, hatte sich jeden Tag Sorgen um ihn gemacht, und dann hatte sie eines Tages festgestellt, dass sie schwanger war. Gesehen, wie ihr Bauch wuchs, immer in dem Bewusstsein, dass dieses Baby seinen Vater vielleicht niemals kennenlernen würde, und dass sie es in den größten Wirren des Krieges allein großziehen müsste.

Sie hatte solches Mitleid mit Ally, als hätte sie diese persönlich kennengelernt.

Es war verrückt, aber obwohl sie all diese Paare nur aus den Briefen kannte, hatte sie das Gefühl, sie würde diese wirklich kennen. Sie konnte sie vor sich sehen und fühlte aus ganzem Herzen mit ihnen mit.

Chocolate lenkte sie ab, weil er mittlerweile ganz unter die Couch gekrochen war und unter ihrer Sitzfläche herumzappelte.

Sie beugte sich nach vorn, damit sie unter die Couch spähen konnte. „Was machst du denn da bloß? Steckst du fest?" Sie streckte die Hand aus und spürte etwas Gummiartiges.

Als sie die Hand hervorzog, erkannte sie, dass es ein kleiner roter Gummiball war. „Nanu, wo kommt der denn her? Den muss ich beim Putzen übersehen haben."

Chocolate kam hervor und sie warf den Ball in die andere Ecke des Zimmers. Er rannte hinterher und als er den Ball mit der Schnauze umfasste, gab dieser ein lautes Quietschen von sich.

Sofort brachte Chocolate ihr den Ball zurück.

„Na, da hast du ja das perfekte Spielzeug gefunden", sagte sie grinsend. Er hatte sich den Ball wieder geschnappt und ließ ihn mehrmals quietschen.

„Ich glaube, in Kürze werde ich bereuen, dass du ihn entdeckt hast." Genau in diesem Augenblick ließ der Hund ihn wieder mehrmals quietschen.

„Komm, jetzt ist es Zeit zum Schlafen", sagte sie und stand auf.

Sie nahm das Notizbuch hoch und wollte es gerade zu den gelesenen Briefen in den Karton packen, als etwas hinausfiel.

Sie bückte sich, und ihr Herz schlug schneller, als sie eine alte Schwarz-Weiß-Fotografie erkannte.

Als sie die Frau sah, wusste sie augenblicklich, dass es Ally war, denn genauso hatte sie sich diese vorgestellt. Sie trug ein Sommerkleid mit Blumen, lächelte breit und hielt ein wunderschönes Baby in den Armen. Doch das, was Alanas Herz einen Schlag aussetzen ließ, war der junge Mann, der neben ihr stand, den Arm um sie gelegt hatte und die beiden mit einem Blick reiner Liebe ansah. Er stützte sich auf einer Krücke auf und sah aus, wie der glücklichste Mann der Welt.

Er hatte es geschafft! Er war zurückgekehrt. Die beiden hatten tatsächlich das Leben führen können, was sie sich gewünscht hatten.

Ihr Herz wurde von Glück durchflutet und sie freute sich so sehr, dass sie ein triumphierendes „JAAA" ausstieß und kurzerhand den Hund umarmte und ihn fest drückte. Wenn sie jemand beobachtete, würde er sie wahrscheinlich für vollkommen verrückt halten.

Sie war Ally so dankbar dafür, dass sie dieses Foto hineingelegt hatte, und somit ihre Geschichte das Ende ihrer Geschichte aufgelöst hatte.

Es hätte sie wahnsinnig gemacht, nicht zu wissen, ob den beiden eine gemeinsame Zukunft vergönnt gewesen war. Bei Emanuela und Jonathan hatte sie es gelesen, aber was aus Eliza und Jeremiah geworden war, wusste sie nicht, und sie glaubte auch nicht, dass sie irgendwo Informationen über sie würde auftreiben können.

Jetzt würde sie viel besser schlafen können. Chocolate war schon vorgelaufen ins Schlafzimmer. Als sie im Dunkeln gegen einen Sessel lief und sich schmerzhaft den Zeh stieß, hatte sie das Gefühl, dieser Hund kannte sich hier besser aus als sie, aber vielleicht war Chocolate einfach nur nicht so tollpatschig. Konnten Hunde im Dunkeln gut sehen?

Sie ging ins Schlafzimmer und legte sich ins Bett. Das war ein wunderschöner Tag gewesen. Erst das Treffen mit Dante und dann diese wunderschöne Geschichte. Als sie die Augen schloss, sah sie unwillkürlich Dantes

Gesicht vor sich, seine wunderschönen warmen Augen und sein Mund, der zum Küssen einlud. In seiner Nähe fühlte sie sich wie ein Teenager, der zum ersten Mal verliebt war. Sie hatte sogar wieder Schmetterlinge im Bauch. Genau, wie sie vermutet hatte, schlief sie schnell ein.

***

Geweckt wurde sie am nächsten Morgen allerdings äußerst unsanft.

Sie schrak hoch und brauchte einen Moment, um im Halbschlaf die lauten Geräusche zu identifizieren.

Es waren Sirenen.

Sie sprang aus dem Bett und eilte ans Fenster. Hatte sich ein Jogger am Strand verletzt oder war jemand um diese frühe Uhrzeit ins Wasser gegangen und ihm war etwas zugestoßen? Sie suchte mit den Augen den Strand ab, konnte aber niemanden entdecken.

Dann kam ihr plötzlich ein schrecklicher Gedanke. Sie rannte hinunter in die untere Etage und sah aus einem der Wohnzimmerfenster, das in eine andere Richtung ging.

Ihre schlimmsten Befürchtungen wurden bestätigt – der Krankenwagen war nicht zum Strand gefahren, sondern zum Haus von Dantes Großvater!

Ihr Herz fing an zu rasen, und ihr erster Impuls war es, so wie sie war, in Schlafshirt und barfuß hinüberzurennen, aber sie wollte auf keinen Fall stören oder den Rettungskräften im Weg stehen. Also blieb sie regungslos am Fenster stehen und beobachtete das Haus. Nach einer gefühlten Ewigkeit öffnete sich die Haustür und zwei Sanitäter trugen eine Trage hinaus. Sie konnte nicht erkennen, wer darauf lag, aber da Dante hinterher eilte, musste es sich um seinen Großvater handeln. Sie war zu weit entfernt, um Dantes Gesicht sehen zu können, aber sie wusste, er machte sich bestimmt furchtbare Sorgen um seinen Großvater.

Die Sanitäter hatten den alten Mann jetzt in den Krankenwagen geschoben und Dante stieg ebenfalls ein. Mit Blaulicht und Sirene rasten sie davon.

Sie hastete ins Schlafzimmer zurück, zog sich Shorts und ein lockeres T-Shirt über und band ihre Haare hastig im Nacken zusammen. Dann rannte sie hinüber und hämmerte gegen die Tür. Wie sie gehofft hatte, war Sofia schon da.

„Was ist passiert?", fragte Alana atemlos, ohne sich mit einer Begrüßung aufzuhalten.

Sofia bedeutete ihr, einzutreten, und ging mit ihr in die Küche. „Hier, trinken Sie erst mal einen Schluck, Sie sind ja ganz aufgebracht", sagte die Pflegerin und schenkte ihr einen Becher Kaffee ein.

Dankbar nahm Alana ihn entgegen.

„Mr. Santangelo hatte sich gestern schon nicht wohlgefühlt und fragte fortwährend nach Dante. Es war so schlimm, dass ich Ihre Verabredung gestern ja leider stören musste. Sein Blutdruck war viel zu hoch, aber ich dachte, dass es von der Aufregung kommt. Demenz Patienten sind manchmal schwer zu beruhigen. Doch auch nachdem Dante hier war, ging es seinem Großvater nicht besser. Ich verabreichte ihm ein leichtes Schlafmittel, obwohl das bei einer Demenz nicht optimal ist, aber ich dachte, das würde ihm helfen. Aber heute Morgen war er nicht mehr richtig ansprechbar und eine Körperhälfte reagierte nicht mehr, ich befürchte daher, dass Mr. Santangelo einen weiteren Schlaganfall erlitten hat. Und dieser scheint noch verheerender zu sein als der erste."

„O mein Gott, das tut mir so leid."

„Ja, mir auch. Ich habe die beiden wirklich ins Herz geschlossen, seit ich hier arbeite. Sie sind immer sehr freundlich zu mir und scheinen beide gute Männer zu sein. Deshalb habe ich mich auch sehr gefreut, als mir Dante von Ihnen erzählt hat. Seit sein Großvater krank geworden ist, opfert sich Dante für ihn auf und hat sein Leben praktisch aufgegeben. Er verdient es, eine nette Frau wie Sie kennengelernt zu haben."

Alana wurde unwillkürlich rot und verlegen. „Wissen Sie, in welches Krankenhaus Mr. Santangelo gebracht wurde? Ich würde gern dort hinfahren. Ich weiß, ich kann nicht viel tun, aber die Vorstellung, dass Dante dort allein im Wartezimmer sitzt und sich Sorgen macht ..."

„Die Sanitäter sagten, sie bringen ihn ins Mercy Hospital in Hope, weil der Zustand zu kritisch ist, um ihn weiter weg zu transportieren. Denn sollte es wirklich ein Schlaganfall sein, wäre er in dem Krankenhaus in Charlotte eigentlich besser aufgehoben. Die haben eine spezielle Abteilung für so etwas."

Alana trank ihren Kaffee aus und bedankte sich bei Sofia. „Ich werde schnell eine Kleinigkeit zum Essen einpacken, mir ein Taxi oder ein Uber rufen und dort hinfahren, um Dante beizustehen."

Sofia drehte sich um, ging in den Flur und kam kurz darauf mit einem Schlüsselbund zurück. „Sie können

Dantes Wagen nehmen, das geht schneller. Er hat bestimmt nichts dagegen, ich benutze ihn auch immer zum Einkaufen."

„Meinen Sie wirklich?", fragte Alana.

Sofia nickte nachdrücklich, also schnappte sich Alana die Schlüssel, ging nach nebenan, schmierte schnell ein paar Sandwiches, und packte außerdem Obst, ein paar Schokoriegel und zwei Flaschen Eistee ein. Dann verabschiedete sie sich von Chocolate und eilte hinüber zu Dante Wagen.

Zum Glück wusste sie, wo sich das Mercy Hospital befand, denn sie war bei ihren Einkäufen in Hope schon ein paar Mal daran vorbeigekommen.

Sie parkte und eilte dann durch die großen Eingangstüren zum Warteraum der Notaufnahme. Zum Glück war Corona inzwischen vorbei, denn sonst hätte sie noch nicht mal das Krankenhaus, geschweige denn den Wartebereich betreten dürfen. Sie sah sich suchend um und entdeckte Dante hinten rechts. Bei seinem Anblick verkrampfte sich ihr Herz. Dieser große muskulöse Mann saß zusammengekauert auf seinem Sitz und starrte auf seine Hände, die er unentwegt nervös knetete.

Sie ging hinüber, doch er bemerkte sie nicht, selbst als sie sich direkt neben ihn setzte. Er schien mit seinen Gedanken meilenweit entfernt zu sein.

„Es tut mir so leid, Dante. Weißt du schon etwas Genaueres?"

Er hob den Kopf und sah sie aus roten, verquollenen Augen an. „Alana, was machst du denn hier?", fragte er überrascht.

„Ich habe den Krankenwagen gehört und als ihr weg wart, bin ich zu Sofia gegangen und habe nachgefragt, was los ist. Ich dachte, du möchtest vielleicht etwas Gesellschaft beim Warten haben“, erklärte sie und griff nach seiner Hand, so wie er es beim Tierarzt das erste Mal getan hatte.

„Das hättest du doch nicht tun müssen“, sagte er gerührt.

„Ich wollte es aber. Ich wünschte nur, ich könnte mehr tun.“

„Dass du bei mir bist, ist mehr als genug. Die Warterei macht mich nämlich wahnsinnig. Die Sanitäter sagen, es sieht nicht allzu gut aus.“ Er schluckte schwer. „Er darf nicht sterben.“

In diesem Moment bedauerte sie es, dass sie ihre Großmutter nicht gekannt hatte. Sie schien ein guter Mensch gewesen zu sein und hätte es verdient, dass sich jemand um sie sorgte, als es ihr schlechter ging, genau wie es Dante jetzt tat. Sie beneidete ihn natürlich nicht um diesen Schmerz, den er jetzt verspürte, sondern um die vielen schönen Erinnerungen, die dazu geführt hatten, dass er jetzt so fühlte.

Wie wäre ihr Leben verlaufen, hätte ihre Großmutter einen aktiven Part darin gespielt? Andererseits hatte das Schicksal es vielleicht gewollt, dass alles genau so kam, denn sonst wäre ihre Großmutter nicht nach North Carolina gezogen, hätte ihr das Haus nicht vermacht und sie hätte Dante nicht kennengelernt. Was ein furchtbarer Gedanke war. Denn alles in ihrem Leben hatte sich nach dem Testament ihrer Großmutter zum Besseren gewandelt.

Nachdem sie zwei Stunden gewartet hatten, griff Alana in ihre Tasche und holte ein Sandwich und eine Flasche Eistee hervor. „Du hast doch bestimmt noch nicht gefrühstückt. Du musst etwas essen."

„Das ist lieb von dir, aber ich bringe nichts runter, mein Magen fühlt sich an wie ein Stein", sagte Dante.

Das verstand sie natürlich. Ihr würde es wahrscheinlich genauso gehen, wenn es jemand wäre, den sie liebte. Sie hielt weiter Dantes Hand und redete ihm gut zu.

Nach weiteren anderthalb Stunden kam endlich ein Arzt, bat Dante mitzukommen und informierte ihn über den Zustand seines Großvaters. Als er zurückkam, sah er noch bleicher aus als vorher, falls das überhaupt möglich war.

„Er hat tatsächlich einen weiteren schweren Schlaganfall erlitten, der seine Motorik noch weiter einschränkt, und auch seine Atmung beeinträchtigt. Eine Maschine hilft ihm jetzt beim Atmen."

Alana schloss ihn fest in ihre Arme und streichelte ihm beruhigend über den Rücken. „Ich weiß, das hört sich schlimm an, aber er lebt, und das ist doch die Hauptsache. Vielleicht bessert sich sein Zustand ja noch, oder ihm kann durch Physiotherapie geholfen werden. Möchtest du zu ihm?"

Dante nickte an ihrer Schulter.

„Pass auf, du gehst jetzt zu deinem Großvater, und ich fahre nach Hause. Ich habe deinen Wagen genommen, er steht auf dem Parkplatz des Krankenhauses. Ich nehme jetzt ein Taxi nach Hause, dann kannst du nachher das Auto nehmen. Ich koche uns etwas, und um 19.00 Uhr komme ich zu dir rüber und wir schauen fern oder machen irgendetwas anderes, um dich abzulenken. Was hältst du von dieser Idee? Ist das okay für dich?"

Sie drückte ihm die Tasche in die Hand. „Ich hab auch Obst und was Süßes eingepackt, bitte versuch wenigstens, eine Kleinigkeit zu essen." Sie gab ihm einen sanften Kuss und verabschiedete sich dann von ihm.

Am Empfang bat sie darum, dass man ihr ein Taxi bestellte und nach zehn Minuten Wartezeit fuhr sie nach Hause.

Chocolate begrüßte sie so stürmisch, als wäre sie wochenlang weggewesen. Diese Euphorie tat ihr gerade unendlich gut und sie knuddelte ausgelassen mit dem Hund.

Sie schaute in den Kühlschrank und in den Gefrierschrank, um zu sehen, was sie noch an Vorräten da hatte für heute Abend, aber Dante würde wahrscheinlich sowieso kaum etwas runterbekommen. Das Ganze sollte eher eine Art Seelentröster sein.

Die meisten Renovierungs- und Putzarbeiten am Haus hatte sie bereits beendet, aber sie hatte beschlossen, das kleine Zimmer, in dem sie die Briefe entdeckt hatte, im Andenken an all die Frauen, die sie dort geschrieben hatten, hübsch einzurichten und es vielleicht auch als Schreibzimmer zu benutzen. Daher ging sie online und bestellte nach einigem Stöbern ein hübsches neues Metallbett, das gleichzeitig mit Rückenkissen als Sofa benutzt werden konnte, einen antik aussehenden weißen Schreibtisch mit passendem Stuhl, eine Stehlampe und einen kleinen gemütlichen Lesesessel samt Hocker sowie einen flauschigen weißen Teppich.

Außerdem entdeckte sie eine Seite, wo sie auch Tapeten und Zubehör bestellen und liefern lassen konnte. Sie entschied sich für eine ausgefallene schwarze Tapete mit großen weißen Lilienornamenten. Diese würde das Zimmer zu etwas ganz Besonderem machen. So war das Geld von ihrer Großmutter gut investiert, fand sie. Es war immer noch recht früh, und so beschloss sie, zur Bibliothek zu fahren, um sich dort endlich alles anzusehen, und zu erfahren, wann sie genau anfangen würde.

Kapitel 15

Als sie am Nachmittag wiederkam, hatte sie nicht nur alle Informationen, die sie über ihre Arbeit dort benötigte, sondern war auch stolze Besitzerin eines Bibliotheksausweises, den sie auch direkt genutzt hatte, um sich mit Büchern einzudecken. Beth, die Freundin ihrer Großmutter, hatte ihr lachend erklärt, dass es bei jedem Mitarbeiter so ablief, sie inklusive. Schließlich wählten nur richtige Bücherwürmer eine Bibliothek als ihren Arbeitsplatz.

Der Job hörte sich auf jeden Fall traumhaft an, und Beth und die anderen zwei Mitarbeiterinnen schienen auch sehr nett zu sein. Wieder einmal bedankte sich Alana innerlich bei ihrer Großmutter.

Sie hatte sich entschieden, eine Pizzasuppe für Dante zu kochen. Diese war nicht schwierig herzustellen und Suppe half einem irgendwie immer, sich besser zu fühlen.

Alana kochte die Suppe und ließ sie auf dem ausgeschalteten Herd stehen. Kurz bevor sie rüberging, würde sie diese noch einmal erhitzen.

Sie fing eines der Bücher aus der Bibliothek an, konnte sich aber nicht wirklich darauf konzentrieren, weil sie die ganze Zeit über mit den Gedanken bei Dante war. Wie schrecklich musste es sein, tatenlos dasitzen zu müssen und nichts tun zu können.

Sie entschloss sich, noch eines der Notizbücher zu lesen. Diese ließen sie immer in eine vollkommen andere Welt tauchen und sie machten sie außerdem glücklich, und genau so etwas brauchte sie gerade ganz dringend.

Alana nahm einen Schnellhefter zur Hand, von dem sie auch ohne ihn zu öffnen, sofort wusste, aus welcher Ära er stammte, denn auf der Vorderseite prangte ein großes Peace-Zeichen, das bunt ausgemalt war und darunter stand *Make Love not War.*

Alana war unheimlich gespannt, was für eine Geschichte sich darin verbarg, denn sie fand die Sechzigerjahre, die Hippiezeit, unglaublich faszinierend. Es musste toll gewesen sein, in dieser Zeit groß zu werden.

Sie schlug den Hefter auf und fing an zu lesen.

Mein Name ist Autumn Grey, ich bin einundzwanzig Jahre alt und lebe seit meiner Geburt in Hope. Ich war noch niemals weit weg, habe den Staat North Carolina noch nie verlassen. Mein Vater ist ein angesehener Arzt hier in der Stadt und er wünscht sich, dass ich in seine Fußstapfen trete, und seine Praxis übernehme, wenn er eines Tages in Rente geht. Dafür werde ich im Winter in Chapel Hill auf die UNC-Medical-School gehen und dort Medizin studieren.
Eigentlich wäre ich gern auf eine allgemeine Universität gegangen, denn ich hätte auch gern noch Kurse im kreativen Schreiben belegt, aber mein Vater war dagegen, denn es würde mich zu sehr vom anstrengenden Medizinstudium ablenken. Schreiben hat mir nämlich schon immer große Freude gemacht und ich habe schon viele Kurzgeschichten geschrieben und arbeite

gerade an meinem ersten Roman. Aber meine Eltern regen sich immer nur darüber auf. Sie sagen, dass dies nur ein Hobby ist, das außerdem auch noch viel Zeit frisst, die ich lieber in sinnvolle Dinge investieren soll, wie dem Lernen. Ich habe immer alles gemacht, was meine Eltern von mir verlangt haben, habe immer gute Noten nach Hause gebracht, den richtigen Umgang gehabt und versucht, sie stolz zu machen. Aber je näher das Studium rückt, desto unglücklicher werde ich. Der Besuch einer Universität sollte eigentlich mit Freude verbunden sein, mit dem Gefühl, ein neues, aufregendes Kapitel im Leben aufzuschlagen – aber ich habe eher das Gefühl, als würde mein Leben enden. Als würde die ganze harte Lernerei nur zu noch mehr Lernerei führen. Wenn die anderen draußen Spaß oder sich mit Freunden getroffen haben und ins Kino oder zum See schwimmen gegangen sind, habe ich zu Hause gesessen und gelernt. Ich will meine Eltern ja stolz und glücklich machen, aber manchmal habe ich das Gefühl, egal was ich tue, es ist niemals genug. Ich lebe schließlich in den Sechzigern, alle um mich herum demonstrieren und versuchen, sich selbst zu finden. Sie tragen Kleidung, die meine Eltern verurteilen und hören Musik, die sie schrecklich finden. Ich finde die Leute in meinem Umfeld frei und kreativ, sie hingegen zügellos und ohne Ziel im Leben. Also kleide ich mich dezent, und trage immer noch das, was mir meine Mutter aussucht, und höre meine geliebte Musik nur, wenn sie nicht in der Nähe sind. Ich vergöttere Janis Joplin und wünscht mir, genau wie sie zu sein. Außerdem liebe ich die Musik von Jimmy Hendrix, Bob Dylan, Elvis und all den anderen. Wenn mein Vater Songs wie *Mr Tambourine Man* hören würde, und ihm jemand erklären würde, worum es bei dem Song in Wirklichkeit geht, würde er wahrscheinlich augenblicklich einen Herzinfarkt kriegen.

Ich glaube, alle Eltern finden den Kleidungsstil und den Musikgeschmack ihrer Kinder scheußlich, aber bei meinen Eltern geht das Ganze tiefer ...

Sie waren beide sehr altmodisch erzogen worden und sie kamen mit der kompletten Ära nicht klar, in der ich aufwuchs. Sie würden niemals auf die Straße gehen und demonstrieren oder Sit-ins machen, und *Make Love not War*, war für sie etwas Obszönes. Sänger wie die Beatles und Elvis verdorben die jungen Mädchen und führten sie auf den falschen Weg.

Jungs wie Beaumont, der Sohn einer befreundeten Familie, waren eher nach ihrem Geschmack. Schon seit Monaten veranstalteten sie Treffen zum Kaffeetrinken, zum Grillen oder andere Feste, bei denen sie uns unauffällig zu verkuppeln versuchten.

Ich war natürlich stets höflich und nett, wenn wir uns sahen, aber der Letzte, den ich mir als Freund vorstellen konnte, war jemand wie Beaumont. Er stammte aus einer Anwaltsfamilie und würde im Winter das Jurastudium beginnen und er war todlangweilig. Stets sah er aus wie geschniegelt, mit seinen weißen oder hellblauen Hemden, dem Strickpullover über den Schultern und den nach hinten gekämmten Haaren. Und seine Gespräche drehten sich immer um die gleichen langweiligen Themen, sodass ich ständig gegen ein Gähnen ankämpfen musste. Er hielt auch nichts von

Rock 'n' Roll oder Popmusik und fand Demonstratio-
nen absolut unsinnig. Ich verstand durchaus, warum
meine Eltern so von ihm angetan waren – für sie war
er der Traum-Schwiegersohn. Wahrscheinlich würde
ich irgendwann einen solchen Mann heiraten müssen,
um meine Eltern zufriedenzustellen, genauso wie ich
das studierte, was sie glücklich machte. Aber ich fand,
wenn ich all das tat, stand mir wenigstens ein kleines
bisschen Freiheit zu.

Ich wollte richtig leben, bevor der Ernst des Lebens losging, und ich wusste auch schon genau wie. Genauso
wusste ich aber auch, dass meine Eltern für nichts in
der Welt ja sagen würden. Es war ein Abenteuer, und
genau das brauchte ich jetzt. Schon seit Monaten
konnte ich an nichts anderes mehr denken, und ich
hatte alles sorgfältig geplant.

Einmal im Leben würde ich tun, was ich wollte. Etwas
Verrücktes, von dessen Erinnerungen ich zehren können würde. Ich würde nach Woodstock fahren! Ich
würde dort unter freiem Himmel stehen und all den
Bands und Sängern zuhören können, die ich so liebte.
Das war für mich die Vorstellung von ultimativer Freiheit.

Da der Termin immer näher rückte, beschloss ich, das
Thema beim Abendessen anzusprechen.

Aber genau, wie ich es erwartet hatte, verboten es
meine Eltern rigoros. Ich versuchte, ihnen zu erklären,
dass ich volljährig war und meine eigenen Entscheidungen treffen konnte, und dass ich mein Leben lang
immer gemacht hatte, was sie wollten. Ich war immer
die brave, angepasste Tochter gewesen, die stets versuchte, ihre Eltern stolz zu machen. Und das würde ich

im Winter auch wieder tun, indem ich Medizin studierte. Das Einzige, was ich mir wünschte, war ein Besuch auf einem drei Tage dauernden Festival.

Es war ein Festival des Friedens, wo mir keine Gefahr drohte, und ich würde mit Freunden dort hinfahren, war also auch nicht allein. Mir würde nichts geschehen.

Doch meine Eltern regten sich furchtbar auf, sie bezeichneten Woodstock als Sodom und Gomorrha, wo Drogen genommen und Unzucht getrieben wurde.

Ich verdrehte die Augen. Wenn man sie so hörte, könnte man annehmen, sie wären fast hundert. Sie verstanden die heutige Zeit einfach nicht, sie verstanden nicht, worum es bei Veranstaltungen wie Woodstock wirklich ging.

Die nächsten Wochen verbrachte ich mit Diskussionen, Streitereien und sogar mit Betteln, aber es half alles nichts.

Sie blieben hart und damit war das Thema erledigt. Für gewöhnlich würde nicht fahren, wenn sie es mir verbieten würden, denn ich hatte noch nie gegen ihre Regeln verstoßen.

Aber dieses Mal würde es anders laufen – ich musste nach Woodstock! Ich konnte nicht erklären, warum, aber es war wie ein innerer Drang. Irgendetwas sagte mir, dass dieses Festival mein Leben verändern würde, und dass ich es mein Leben lang bereuen würde, dieses Abenteuer nicht gewagt zu haben. Aber mit solchen Gedanken konnte ich meinen durch und durch rationalen Eltern erst recht nicht kommen. Sie würden mir wahrscheinlich Drogenkonsum unterstellen.

Irgendwann gab ich es auf, mit meinen Eltern darüber zu diskutieren und am 11. August kletterte ich in der Nacht heimlich aus dem Fenster meines Zimmers. Ich hatte meinen Eltern eine Nachricht hinterlassen, in der ich ihnen mitteilte, dass ich nach Woodstock fahren würde, weil ich es tun musste und dass ich sie liebte.

Der Freund meiner Freundin Susan hatte einen kleinen VW-Bus, und wir würden mit mehreren anderen Freunden gemeinsam damit nach Woodstock fahren. Das Festival fand in New York statt, es wäre also eine längere Reise, aber das war uns egal. Es war ein heißer Sommer, und wir würden unterwegs unter freiem Himmel schlafen und uns über einem Lagerfeuer etwas zu essen machen.

Ich kletterte mit meinen Sachen in den Bus und begrüßte alle lächelnd. Wir waren zu sechst. Susan, ihr Freund John, Paul und Lisa und Dylan und ich. Susan und John kannte ich, die anderen nicht, aber sie wirkten alle sehr nett.

John fuhr und Susan blieb auf dem Beifahrersitz, wir anderen fingen an, uns zu unterhalten, um uns ein bisschen kennenzulernen.

Als sich ein Junge, der ein bisschen älter als ich war, vorstellte, rief ich begeistert: „Dylan? Wow, deine Eltern müssen klasse sein, wenn sie dich nach Bob Dylan benannt haben. Meine finden seine Musik furchtbar.“

Dylan stieß ein kehliges Lachen aus. „Ich wünschte, es wäre so. Manchmal erzähle ich es auch, aber die traurige Wahrheit ist, sie kennen Bob Dylan wahrscheinlich nicht mal. Ich wurde nach Dylan Thomas benannt, von ihm sind meine Eltern riesige Fans.“

Ich runzelte die Stirn. „Dylan Thomas? Den kenne ich gar nicht, was macht er für Musik?"
Dylan lachte noch heftiger. „Er ist ein Poet, er schreibt Gedichte."
„Oh", sagte ich nur und kam mir ungeheuer dumm vor. Doch auch keiner der anderen kannte ihn, und Dylan versicherte mir, dass ihm dies regelmäßig passierte.

Ich legte den Brief kurz an die Seite, um Chocolates Fressnapf und seine Wasserschüssel aufzufüllen, denn ich hörte, wie er nervös in der Küche herumschlich.

Und ich hatte Recht, als ich in die Küche trat, sah ich, wie er mit der Schnauze seinen leeren Fressnapf in meine Richtung schob. Dieser Anblick brachte mich so sehr zum Lachen, dass ich fast das Hundefutter verschüttet hätte.

Nachdem Chocolate zufrieden kaute, machte ich es mir wieder auf dem Sofa bequem.

Wir fuhren die ganze Nacht durch und stoppten erst am Vormittag, um an einer Raststätte aufs Klo zu gehen und uns etwas zu essen zu kaufen.
Wir setzten uns damit auf große Picknicktische und genossen die Sonne, die auf uns herabschien. Für die anderen war das vielleicht nichts Besonderes, aber für mich war auch dies schon ein Gefühl der Freiheit. Wir unterhielten uns, wir lachten und erzählten, auf wen wir uns in Woodstock am meisten freuten.
Dann fuhren wir weiter. Die reine Fahrzeit von Hope in North Carolina bis Bethel, New York, wo das Festival stattfand, betrug ungefähr zwölf Stunden. Aber wir

wollten gemütlich fahren, zwischendurch Pausen machen und auch schon einen Abend vorher, am 14. August dort eintreffen, damit wir gute Plätze bekamen.

Die Fahrt verging wie im Flug. Ich erfuhr, dass Lisa und Paul bereits auf der Universität waren und sie berichteten von Sit-ins und Frieden-Demos an denen sie und die anderen Studenten teilnahmen. Lisa hatte genauso goldblonde Haare wie ich und trug sie der Mode entsprechend glatt und lang mit einem Stirnband und einer Blume. Auch ihre Klamotten waren wunderschön, kein Vergleich zu meinen. Ich sah eher nach braver Vorstadthausfrau aus. Als wir unter vier Augen miteinander redeten, sagte mir Lisa, dass sie noch mehr Klamotten eingepackt hatte und sie mir welche leihen würde, damit ich in Woodstock entsprechend gekleidet war. Ich freute mich darauf, auch wenn ich nervös war, denn ich hatte mich noch nie so angezogen.

Als es dunkel wurde, suchten wir uns ein Feld und verbrachten dort die Nacht. Wir zündeten ein Lagerfeuer an und nachdem wir etwas gegessen hatten, holte John aus dem Bus eine Gitarre und fing an zu spielen. Er war gar nicht schlecht und bald darauf sangen wir ausgelassen unsere liebsten Songs zusammen. Ich weiß nicht, ob du es dir vorstellen kannst, aber unter dem Sternenhimmel an einem Lagerfeuer zu sitzen und zu singen, war das Schönste, was ich bis dahin erlebt hatte. Wenn ich das schon so sehr genoss, wie würde da erst Woodstock werden? Als John eine Pause machen wollte, hielt er die Gitarre in die Höhe und Dylan nahm sie entgegen.

Konnte er auch spielen?, fragte ich mich. Ja, und ob er das konnte. Aber es war nicht das Gitarre spielen, das mich beeindruckte, es war sein Gesang. Er hatte eine warme, beinahe heisere Stimme, die wie Honig klang. Ich konnte nicht mitsingen, denn seine Stimme löste ein Kribbeln und Wärme in mir aus. Ich kann es nicht beschreiben, aber wenn er sang, klang es so, als wenn er nur für mich singen würden, so als wenn er mich körperlich berühren würde. Ich hatte so etwas nie zuvor erlebt. Ich starrte ihn an und mein Herz raste in meiner Brust. Ging es den anderen auch so, oder hatte er nur auf mich diese Wirkung?

Als er aufhörte zu spielen, fühlte ich ein Gefühl des Verlusts, ich hätte ihm ewig zuhören können.

Die anderen wurden langsam müde und legten sich nacheinander in ihre Schlafsäcke, aber ich war so wach wie nie zuvor. Ich hatte gefühlt mein ganzes Leben verschlafen und wollte jede Minute dieser Reise ausnutzen. Dylan schien es ähnlich zu ergehen, denn irgendwann saßen nur noch wir beide am Lagerfeuer. Er, dicht an meiner Seite. Wir starrten auf die knisternden Flammen und unterhielten uns über jedes Thema, das uns einfiel. Dylan war ein interessanter Mensch und schien so unglaublich viel erlebt zu haben, in seinen jungen Jahren. Er war schon mit 17 von seinen Eltern weggezogen und hatte die Welt bereist. Er hatte in verschiedenen WGs gelebt und eine Zeit lang in einer Band gespielt.

„Und demnächst werde ich mit dem Friedenskorps nach Afrika gehen", erklärte er jetzt.

„Nach Afrika?", fragte ich beeindruckt. „Einfach so?"

„Warum denn nicht? Ich bin jung und habe mein ganzes Leben noch vor mir. Einen langweiligen Job kann ich mir auch später noch suchen, und sie machen wirklich wertvolle Arbeit. So habe ich die Möglichkeit, etwas Aufregendes und zugleich Gutes zu tun."

Ich nickte. Er hatte mit allem, was er sagte, recht. Der Friedenskorps war eine wundervolle Institution und fremde Länder zu bereisen klang atemberaubend. Aber dafür musste man mutig sein. Meine Eltern hatten mir schon eine Reise nach Woodstock verboten, was würden sie da zu solchen Plänen sagen?

„Was ist mit dir? Was sind deine Pläne?", fragte Dylan.

„Mein Vater ist Arzt, er hat eine eigene Praxis, und er wünscht sich, dass ich später in seine Fußstapfen trete, also werde ich im Winter mein Medizinstudium beginnen."

Dylan beäugte mich intensiv. „Jetzt weiß ich, was dein Vater will. Aber ich wollte wissen, was du möchtest."

Ich schluckte schwer. Er hatte recht. Ich hatte so lange immer nur versucht, es allen recht zu machen, dass ich irgendwann angefangen hatte zu glauben, dass es normal war, dass zu tun, was sich die anderen von mir wünschten. Mir wurde bewusst, dass Dylan der Erste war, der fragte, was ich wollte und wovon ich träumte.

„Ich würde gern die Welt bereisen und etwas erleben, und ich schreibe Kurzgeschichten und Bücher, und würde gerne Kurse im kreativen Schreiben belegen oder Schreibworkshops besuchen. Ich möchte kreativ sein und frei", sprudelte ich hervor.

„Und warum tust du das nicht?", fragte Dylan.

„Weil meine Eltern dann enttäuscht von mir wären", erwiderte ich traurig.

Er rückte näher zu mir und legte mir tröstend einen Arm um die Schulter. „Ich finde es weniger schlimm,

wenn Eltern vielleicht enttäuscht von einem sind, als wenn man selbst später auf sein Leben zurückblickt, und bedauert, was man alles nicht getan hat."
Ich lehnte mich gegen Dylan und war zutiefst beeindruckt von ihm. Er war gerade mal vierundzwanzig, schien aber weiser zu sein als viele Erwachsene, die ich kannte.
In seinem Arm, hier vor dem Feuer fühlte ich mich so geborgen wie noch nie zuvor. Er schaffte es mir zugleich ein Gefühl der Sicherheit und der Freiheit zu vermitteln.
Ich ließ den Blick über die anderen gleiten, die tief und fest schliefen. Wir hätten uns auch langsam hinlegen sollen, denn wir würden früh aufbrechen, aber ich wollte mich nicht aus Dylans Umarmung lösen. Wir redeten noch weitere zwei Stunden miteinander und er strich mir währenddessen sanft über den Rücken.
Wir schliefen in dieser Nacht nur wenige Stunden, aber das war mir egal, denn die Zeit, die ich mit Dylan verbracht hatte, war so viel wichtiger als Schlaf gewesen.

Alana schloss kurz die Augen und konnte sich diesen Abend bildlich vorstellen. Wie wunderschön und intim musste es sein, einfach im Freien an einem flackernden Lagerfeuer zu sitzen und mit einem anderen Menschen offen über seine Wünsche und Ziele im Leben reden zu können, ohne sich verstellen zu müssen.

Am nächsten Morgen brachen wir auf und machten nur kurze Pausen, um zu tanken, aufs Klo zu gehen oder etwas zu essen, und am Abend trafen wir am Woodstock-Festival ein. Ich hatte mich bei unserem letzten Stopp auf der Toilette umgezogen. Ich trug jetzt einen Wildlederminirock und dazu ein gehäkeltes bauchfreies Blumentop, meine Haare hatte ich geöffnet und Lisa hatte aus einem Seidenschal ein Stirnband für mich gemacht.

Ich fühlte mich wunderschön und der intensive Blick mit dem Dylan mich musterte, sagte mir, dass ihm mein neues Ich auch gefiel.

Schnell stellten wir fest, dass unser Plan, einen Tag früher auszureisen, um gute Plätze zu bekommen, idiotisch und blauäugig gewesen war. Eine gigantische Menschenmasse war hier bereits versammelt und als wir uns mit ein paar Leuten unterhielten, erfuhren wir, dass manche von ihnen, schon seit zwei Wochen mit Zelten hier campierten.

Später erfuhren wir, dass an dem Tag, als wir ankamen, bereits 150.000 Menschen dort waren. Es war überwältigend, vor allem, wenn man bedachte, dass das Festival noch gar nicht losgegangen war. Ich hatte gelesen, dass 200.000 Besucher erwartet wurden, aber ich war mir sicher, dass diese Zahl bei Weitem übertroffen werden würde.

Wir suchten uns einen Platz auf dem riesigen Feld und packten unser Essen aus, das wir bei unserem letzten Stopp gekauft hatten. Wir waren tatsächlich da, und morgen würde das Festival beginnen.

Wir hatten den gestrigen und den heutigen Tag damit verbracht, mit anderen Besuchern zu reden und zu feiern und jetzt war es endlich so weit. Um 17.00 Uhr wurde das Festival eröffnet.

Dylan und ich standen nebeneinander, als Richie Havens anfing zu singen. Wir umarmten uns ausgelassen und vor lauter Übermut gab mir Dylan einen schnellen Kuss. Das heißt, er wollte es, aber als sich unsere Lippen berührten, wurde aus dem Kuss der Freude etwas anderes. Wir schienen zu verschmelzen und die Menschen um uns herum verschwammen und wurden immer leiser. Inmitten von Hunderttausenden Menschen schienen wir plötzlich eine einsame Insel zu sein. Das waren nicht nur Gefühle des Überschwangs, die ich empfand, meine Gefühle gingen tiefer ... hatte ich mich etwa in Dylan verliebt? Aber konnte ich das nach so kurzer Zeit? Ich kannte ihn doch gar nicht richtig und er war das komplette Gegenteil von mir. Er war leidenschaftlich, abenteuerlustig und unkonventionell. Er folgte anscheinend immer seinem Herzen und tat das, was ihn glücklich machte, ganz anders als ich. Aber vielleicht war es auch genau das, was mich an ihm anzog.

Irgendwann beendeten wir den Kuss, aber er schlang seine Arme um mich und wir tanzten ausgelassen zu den Songs.

Um 2.00 Uhr nachts trat die letzte Band des Tages auf, und ich konnte nicht glauben, wie schnell die Zeit vergangen war. Wir legten uns zum Schlafen hin, und Dylan hielt mich fest in seinen Armen, während wir uns zärtlich küssten, bis uns die Augen zufielen.

Ich kann es nicht beschreiben, man muss da gewesen sein, um die Atmosphäre zu verstehen, die dort herrschte. Es war das Gegenteil von dem, was meine Eltern befürchtet hatten. Obwohl so viele Menschen an diesem Ort versammelt waren, herrschte Freude und Glückseligkeit. Es gab keine Schlägereien oder Streit, wir alle tanzten und lachten miteinander.

Dylan und ich kamen uns in diesen drei Tagen so nahe, wie manche Menschen wahrscheinlich ihr Leben lang nicht. Wenn wir nicht zur Musik tanzten oder sangen, redeten wir und erzählten uns unsere geheimsten Gedanken und Sehnsüchte. Was hinter und was vor uns lag … wer wir waren und wer wir sein wollten.

Ich vergrub meine Hände in Dylans wilden, längeren Haaren und während dieser kurzen Zeit wurden wir eins. Wir waren so unterschiedlich und doch schien uns gerade das zu ergänzen. Ich fühlte mich so verbunden mit ihm, als würden wir uns schon Jahre kennen.

Am letzten Tag, nach dem Auftritt von Joe Cocker, wurde der Himmel plötzlich schwarz, ein mächtiges Gewitter zog auf, und Platzregen setzte ein. Innerhalb kürzester Zeit waren die Wiesen und Felder schlammig und alle bis auf die Haut durchnässt, aber keinen kümmerte es. Wir tanzten einfach weiter und Dylan und ich reckten unsere Gesichter in den Himmel. Es war, als würde meine Vergangenheit von mir abgewaschen, mit jedem Tropfen, der mich traf. Wir küssten uns, während das Wasser an uns hinabrann und nahmen die Musik tief in uns auf.

Als wir am Sonntagnachmittag zurückfuhren, waren wir die gleichen Leute wie vorher, und doch waren wir vollkommen andere. Dieses Festival hatte uns alle verändert, doch mich am meisten. Ich schmiegte mich an Dylan, trug immer noch die feuchten Hippie-Klamotten, die Lisa mir geliehen hatte – sie hatte gesagt, dass sie mir so gut standen, dass ich sie behalten sollte – und zum ersten Mal machte mich die Aussicht auf meine Zukunft nicht mehr beklommen.

Paul und Lisa hatten wir bereits abgesetzt und jetzt hielten wir vor meinem Haus. Ich wusste, dass die nächsten Stunden nicht schön werden würden, denn meine Eltern würden fuchsteufelswild sein, das war mir klar, aber selbst das konnte meine Stimmung nicht trüben, denn dieses Abenteuer konnten sie mir niemals mehr nehmen, und auch nicht die Veränderung, die Woodstock und Dylan in mir ausgelöst hatten.

Ich küsste Dylan leidenschaftlich, bevor ich ausstieg und sagte, während ich schon in Richtung Haus ging: „Ruf mich morgen an, damit wir alles genau planen können."

Er sah mich fragend an. „Was denn planen?"

Ich grinste breit und antwortete: „Na, unsere gemeinsame Reise mit dem Friedenskorps nach Afrika. Bis zum Winter ist es schließlich nicht mehr lang hin."

Ich hörte Schritte hinter mir und als ich mich umdrehte, sah ich, wie Dylan aus dem Bus sprang, auf mich zu rannte und mich stürmisch hochhob. „Du kommst mit? Wir gehen zusammen dorthin?"

Ich nickte und küsste ihn abermals. Er schenkte mir ein strahlendes Lächeln und wirbelte mich ausgelassen im Kreis herum.

Wenn sich dir jemals die Chance bietet, etwas Verrücktes zu tun, dann ergreife sie. Meine Entscheidung, Woodstock zu besuchen, hat mein gesamtes Leben verändert. Sie hatte mir Liebe geschenkt und auch Glück. Dylan und ich waren tatsächlich in Afrika gewesen, und in anderen armen Ländern und wir haben die Arbeit dort geliebt. All das hat uns noch mehr zusammengeschweißt, und ich habe dabei mehr gelernt, als ich es bei irgendeinem Studium hätte tun können. Und nachdem wir irgendwann wieder zu Hause waren, habe ich kreatives Schreiben studiert und seitdem schon mehrere Romane geschrieben, und Dylan hat sich seinen Traum erfüllt und spielt in einer Band. Unsere Eltern sind immer noch nicht glücklich mit unserem unkonventionellen Lebensstil, aber sie haben es endlich akzeptiert, dass wir unseren eigenen Weg gehen wollen.

Und was Dylan und mich angeht: Wir haben geheiratet, und zwar ebenfalls auf unserer Art und Weise, unter freiem Himmel, mit einem Friedensrichter. Die Band hat auf unseren Wunsch hin Songs gespielt, die wir in Woodstock gehört haben. Wir haben mittlerweile zwei Kinder, die wir darin bestärken wollen, dass sie ihre Träume ausleben sollen und dass sie das machen sollen, was sie glücklich macht.

Nach all der Zeit sind Dylan und ich immer noch überglücklich, denn wir bestärken einander noch immer darin, unseren Träumen zu folgen und sind füreinander da.

Drei Tage, länger hat es nicht gedauert, um ein Leben voller Liebe und Glück zu finden.

Kapitel 16

Alana legte den Ordner beiseite und betrachtete das Peace-Zeichen. Sie freute sich für Autumn, dass diese so mutig gewesen war, nach Woodstock zu fahren. Eigentlich war es ihr nur um das Abenteuer und das Konzert gegangen, und sie hatte bestimmt nicht damit gerechnet, dort ihre große Liebe kennenzulernen oder dass es sie bis ins Innerste verändern würde.

Aber manchmal waren es gerade die Dinge, die einem Angst machten, die das Leben nachhaltig zum Besseren veränderten, wenn man mutig genug war.

Genau wie bei ihrer Großmutter und ihr. Für sie beide hatte der Umzug in ein anderes Land nur Glück bedeutet. Seit sie hierhergezogen war, war sie so glücklich wie noch nie zuvor im Leben ... und sonst hätte sie auch Dante nicht kennengelernt.

Bei diesem Gedanken warf sie einen Blick auf die Uhr, es war tatsächlich schon kurz vor neunzehn Uhr, deshalb ging sie hinüber zu Dante. Er war immer noch sehr blass und still, aber wenigstens aß er nach einigem guten Zureden einen Teller von der Suppe und ein Stück Baguette.

Sie sagte ihm, dass sie den Rest dalassen würde, damit er auch später noch davon essen konnte, falls er Hunger bekam.

Er hatte den gesamten Tag am Bett seines Großvaters gesessen, doch dieser war nicht ansprechbar gewesen.

„Es tut mir so unendlich leid für dich“, sagte Alana mitfühlend.

Sie hatten inzwischen auf der Couch Platz genommen und das leere Bett mitten im Wohnzimmer erinnerte sie unentwegt stumm daran, was passiert war. Vielleicht hätte sie ihn doch lieber zu sich einladen sollen.

„Ich habe, bevor ich gegangen bin, mit einem der Ärzte gesprochen, und er meinte, so wie es aussieht, würde mein Großvater jetzt eine Rund-um-die-Uhr-Pflege benötigen und eine intensivere medizinische Betreuung. Und das sei etwas, das man nicht zu Hause leisten könnte.“

Sie ergriff seine Hand und drückte sie fest. Sie wünschte, sie könnte mehr tun, aber sie wusste einfach nicht, was man in so einer Situation machen sollte. Also tat sie das Einzige, was ihr einfiel: Sie spendete ihm Trost und war einfach nur für ihn da. Ab und zu stellte sie Fragen und ließ Dante von seinem Großvater erzählen ... von den Sommern, die er hier verbracht hatte als Kind oder lustige Anekdoten. Er zeigte ihr auch ein Fotoalbum, das sein Großvater für ihn gemacht hatte, mit ganz vielen Kindheitsbilder, von den Ferien, die er hier erlebt hatte.

Um kurz vor Mitternacht verabschiedete sich Alana von Dante, da dieser morgen so früh wie möglich wieder zum Krankenhaus fahren wollte.

„Du kannst jederzeit rüberkommen, wenn etwas sein sollte, oder wenn du dich in dem Haus allein fühlst“, sagte sie ihm zum Abschied.

Er umarmte sie noch einmal lange und sie gab ihm einen sanften Kuss auf die Stirn.

Als sie wieder bei sich zu Hause war, musste sie an die Fotos von Dantes Großvater denken. Sie hatte leider keine solchen Erinnerungen mit ihrer Großmutter, aber ihr fiel ein, dass sie auf dem Dachboden einen Karton gesehen hatten, in dem auch Fotoalben gewesen waren. Vielleicht würde sie durch die Fotos ihre Großmutter ein wenig besser kennenlernen können.

Sie stieg hinauf auf den Dachboden. Es dauerte eine Weile und bescherte ihr einige Niesanfälle aufgrund des Staubes, aber dann fand sie den Karton, den sie gesucht hatte. Sie nahm vier dicke Fotoalben mit nach unten und machte es sich auf der Couch gemütlich. Das erste waren sehr alte Schwarz-Weiß-Fotos eines Babys und Kleinkinds, und Alana vermutete, dass dies ihre Großmutter gewesen war. Dann, etwas in der Mitte des Albums, verharrte sie verwirrt und starrte die Fotos verblüfft an. Das war sie! Das hieß, es war sie, aber in einer anderen Ära. Die Frisur und die Kleidung im Stil der Vierziger, Fünfziger oder Sechziger. Es war ganz offensichtlich ihre Großmutter, aber sie hätten Zwillinge sein können. Die gleiche Haarfarbe, die gleiche Augenfarbe, selbst das Gesicht sah fast gleich aus. Sie starrte ein Foto aus den Sechzigern an, das ihre Großmutter mit keckem Pferdeschwanz und mit Petticoat Rock zeigte und konnte nicht fassen, wie unglaublich ähnlich sie sich sahen. Hatte ihre Mutter das gewusst? Hatte sie diese alten Fotos ihrer Mutter gekannt? Sie schien also nicht nur viele Wesenszüge ihrer Großmutter zu besitzen, sondern auch ihr Ebenbild zu sein.

Plötzlich fiel ihr ein, dass Dantes Großvater sie Abigail genannt hatte, als er sie gesehen hatte. Hatte er ihre Großmutter schon als jüngere Frau gekannt, und wegen seiner Demenz gedacht, sie wäre Abigail?

Fasziniert betrachtete sie jedes Foto und studierte sie in allen Einzelheiten. Es war verrückt, jemanden zu betrachten, den sie eigentlich gar nicht kannte, aber der ihr doch so ähnlich zu sein schien.

Im nächsten Album entdeckte sie auch einige Fotos von sich, es waren die Bilder, von denen ihre Großmutter in ihrem Brief gesprochen hatte. Tauf- und Einschulungsfotos. Wichtige Ereignisse in Alanas Leben. Wo hatte sie diese Bilder nur alle herbekommen? Es gab auch Fotos von Alanas Eltern und von Alanas Mutter, als diese klein gewesen war. Sie konnte es immer noch nicht verstehen, dass ihre Mutter den Kontakt abgebrochen hatte. Ja, ihre Großmutter war in ein anderes Land gezogen und hatte einen neuen Lebensabschnitt begonnen, aber das war doch kein Grund, nie wieder mit ihr zu sprechen. Sie hatte sich damit nicht nur die Mutter genommen, sondern Alana auch die Chance, ihre Großmutter kennenzulernen.

Im letzten Album fand sie aktuellere Fotos, die ihre Großmutter hier in Hope zeigten. Sie war auch im Alter noch eine sehr schöne Frau gewesen. Was Alana aber besonders auffiel, war, dass sie auf jedem der Fotos pure Freude und Glück ausstrahlte. Es gab Bilder von ihr am Strand, bei Picknicks, auf der Terrasse dieses Hauses und viele Fotos mit dem Mann, den sie auch schon auf dem Bild in dem Brief gesehen hatte. Die beiden wirkten unfassbar glücklich. Alana musste eines der Fotos Dante zeigen, oder mit in die Bibliothek nehmen, denn sie wollte unbedingt herausfinden, wer dieser Mann war. Er kam ihr irgendwie bekannt vor ... vielleicht hatte sie ihn schon beim Spazieren gehen am Strand oder beim Einkaufen in Hope gesehen, die Stadt war immerhin sehr klein. Dieser Mann schien ihre Großmutter unfassbar geliebt zu haben, das hieß, er kannte sie wahrscheinlich besser als irgendjemand sonst. Wenn sie etwas über ihre Großmutter erfahren wollte, dann war er der richtige Ansprechpartner.

Auf einem Foto streckte ihre Großmutter breit grinsend einen Ring in die Kamera. Waren die beiden etwa verlobt gewesen? Es frustrierte sie, dass sie so wenig über Abigail Houlahan wusste. Aber der Mann, der ihn ihr geschenkt hatte, hatte definitiv Geschmack gehabt. Er war sehr ausgefallen, aber wunderschön. Sie brauchte einen Moment, bis sie wusste, woran der Ring sie erinnerte. Es war eine Miniaturversion des Coeur de la Mer – das Herz des Ozeans. Ein berühmtes Schmuckstück, das die heutige Generation vor allem aus dem Film Titanic kannte, wo Kate Winslet ihn als Kette getragen hatte. Es war ein tiefblauer Stein in Form eines Herzens, der von winzigen weißen Diamanten umrahmt war. Ein definitiv ausgefallener Verlobungsring, aber von überwältigender Schönheit. Sie würde diesen Ring ebenfalls abgöttisch lieben, gerade weil er anders war.

Was wohl aus dem Ring geworden war?

Ein paar Seiten weiter erwartete sie ein vertrauter Anblick, der aber nicht sein konnte.

Sie warf einen Blick auf Chocolate, der neben ihr döste und dann wieder einen Blick auf das Foto ihrer Großmutter. Diese umschlang auf dem Bild auf der Veranda ihres Hauses einen Hund, der ganz genauso aussah wie Chocolate. Sie schaute hin und her ... die beiden Hunde sahen absolut identisch aus.

Sie nahm das Foto aus dem Album, weil sie hoffte, dass sie auf der Rückseite vielleicht Informationen fand und tatsächlich stand dort etwas.

Buster und ich 2019.

Buster?
Buster! So hatte Dantes Großvater sie begrüßt ... Abigail und Buster. Er hatte in ihr eine junge Abigail erkannt und den Hund auf dem Bild. Aber es konnte nicht der gleiche Hund sein, das war nicht möglich. Schließlich war ihre Großmutter vor ihrem Tod noch eine Weile im Pflegeheim gewesen, so lange hätte Chocolate oder Buster nicht draußen überleben können. Aber wäre es nicht ein zu großer Zufall, wenn sie kurz nach dem Einzug hier einen Hund adoptierte, der Abigails Hund bis aufs Haar glich, und noch dazu sie ganz genauso aussah wie ihre Großmutter in jungen Jahren?
Sie gähnte herzhaft und bei einem Blick auf die Uhr stellte sie fest, dass es schon halb zwei war. Sie musste dringend ins Bett. Für solch komplizierte Gedanken war sie einfach schon zu müde. Sie würde morgen die Tierärztin anrufen, denn durch die Notsituation hatte sie ganz vergessen, bei ihrem Besuch dort zu fragen, ob Chocolate einen implantierten Chip besaß, durch den sie weitere Informationen erhielt.

Kapitel 17

Einen Monat später

Alana hatte sich inzwischen so sehr eingelebt, dass es ihr vorkam, als würde sie schon ewig hier leben. Das Haus war fertigrenoviert und modernisiert, und selbst das vordere Zimmer des Dachbodens hatte sie tapeziert und eingerichtet. Die anderen beiden Zimmerchen benutzte sie erst einmal als Abstellraum. Sie ging mittlerweile drei Mal die Woche zur Bücherei und hatte schon viele der Stammgäste kennengelernt. Ihr gefiel es sehr, dass man einander hier kannte. Beth konnte aus dem Stegreif sagen, welcher Besucher welches Genre oder welche Autoren am liebsten las, und reservierte Neuerscheinungen daher sofort für denjenigen. Auch im nahe gelegenen Kitchen Whisperer Café, in das Alana gern vor oder nach der Arbeit ging, wurden die Gäste mit Vornamen angesprochen und man redete über Gott und die Welt. Wenn sie in Bücher von solch amerikanischen Kleinstädten gelesen hatte, hatte sie immer gedacht, dass sie das alles bestimmt furchtbar nerven würde, aber das Gegenteil war der Fall. Sie fand es schön, Teil einer Gemeinschaft zu sein, und freute sich, wenn Colleen, die Kellnerin fragte, wie es ihr ging, oder was es Neues gab.

Und Chocolate hatte tatsächlich einen Chip implantiert, auf dem ein Tierheim als letzter Besitzer angegeben war. Sie war dort vorbeigegangen und nach dem sie die Unterlagen studiert hatten, hatten sie ihr erzählt, dass die Vorbesitzerin – eine reizende ältere Dame – ins Pflegeheim gemusst hatte, und ihn nicht dorthin hatte mitnehmen dürfen, und ihr Lebensgefährte wäre wohl körperlich nicht fit genug gewesen, um ihn aufzunehmen. Schweren Herzens hatte sie ihren Hund Buster schließlich ins Tierheim gegeben. Aber eines Tages, als sie mit den Hunden Gassi gegangen waren, war er entwischt und sie hatten ihn trotz intensiver Suche nicht finden können. Es freute sie sehr, dass er überlebt und ein neues Zuhause gefunden hatte. Sie erzählte den verblüfften Tierheimmitarbeitern daraufhin, dass er nicht irgendein Zuhause gefunden hatte, sondern *sein* Zuhause. Dass er den ganzen Weg bis zu seiner alten Wohngegend zurückgelegt hatte und dass sie die Enkelin der alten Dame war.

Chocolate war tatsächlich Buster. Deshalb war er ihr so vertrauensvoll gefolgt, deshalb hatte er sich so gut im Haus ausgekannt und das Spielzeug, das er unter der Couch gefunden hatte, war sein eigenes gewesen. Wahrscheinlich erinnerte Alana ihn an Abigail und deswegen hatte er sofort eine so enge Bindung zu ihr gehabt.

Es war ein Wunder, dass der Hund einen Weg zurückgefunden hatte, und dass er ausgerissen war, weil er seine Besitzerin so sehr vermisst hatte. Das ließ sie noch mehr Liebe für ihn empfinden.

Dante hatte sie so gut wie gar nicht gesehen, sie waren nur ein paar Mal spazieren gegangen oder hatten sich in der Stadt auf einen Kaffee getroffen. Es war eine äußerst stressige Zeit für Dante gewesen, denn er hatte seinen Großvater tatsächlich in einem Pflegeheim unterbringen müssen, denn selbst mit Sofia und weiteren Pflegekräften hätte er den Alltag mit seinem Großvater nicht meistern können. Er hatte ein Heim ganz in der Nähe gesucht, in Charlotte, sodass er ihn, so oft es ging, besuchen konnte, doch nach dem Schlaganfall war auch die Demenz schlimmer geworden, sodass er Dante an den meisten Tagen noch nicht einmal erkannte.

Sie brachte ihm ab und zu etwas zu Essen vorbei oder hörte ihm zu, aber sie wünschte, sie könnte mehr tun. Und wenn sie ehrlich war, vermisste sie Dante furchtbar. Es war absolut lächerlich, denn sie kannten sich noch gar nicht lange, und außer Küssen war nie etwas zwischen ihnen geschehen, aber sie vermisste ihn so sehr, als würde ein Teil von ihr fehlen. War das die Art Liebe, von der die Frauen in den Aufzeichnungen sprachen? Dass man sich so sehr verbunden mit jemandem fühlte, dass man sich nicht mehr vorstellen konnte, ohne ihn weiterzuleben? Aber das war doch verrückt, sie wusste doch kaum etwas von Dante. Vielleicht war es einfach nur körperliche Anziehung, weil sie lange mit niemandem mehr zusammen gewesen war.

Und warum hast du dann solches Mitleid mit ihm wegen seines Großvaters und kannst es nicht ertragen, dass er traurig ist?

Sie vermisste ihn, das stimmte, aber sie wollte auch nicht aufdringlich sein, denn für ihn war sie vielleicht einfach nur eine nette Nachbarin ... nichts weiter.

***

Eines Tages kam ihr eine Idee, die sie auch gleich in die Tat umsetzen wollte. Sie würde ihm ein Care Paket machen! Das war nett und aufmerksam, wirkte aber nicht stalkermäßig. Sie nahm einen Korb, den sie auf dem Dachboden gefunden hatte, und packte die Briefe, die sie schon gelesen hatte, hinein, dazu schrieb sie noch eine kurze Erklärung. Dann fügte sie ein paar Cookies hinzu, die sie gestern Abend gebacken hatte, und die ihr gut gelungen waren, und zu guter Letzt noch alles für einen gemütlichen Kinoabend ... eine DVD zum Lachen, eine Packung Mikrowellen-Popcorn und eine Flasche Wein.

Anschließend ging sie hinüber zu seinem Haus und stellte den Korb vor die Haustür. Wenn er später von seinem Großvater wieder kam, hatte er so ein paar Dinge, um sich abzulenken.

Nachdem sie mit Chocolate anderthalb Stunden am Strand herumgetollt war, gingen sie nach Hause und Alana sprang unter die Dusche, da an ihrem ganzen Körper Sand haftete. Als sie sich kurz danach abtrocknete, warf sie einen Blick in den Spiegel. Sie wohnte noch gar nicht so lange hier, und doch hatte sie sich auch äußerlich sehr verändert. Sie war eigentlich immer der Hauttyp Vampir gewesen, aber seit sie hier lebte, hatte sie einen wunderschönen goldschimmernden Teint bekommen und sie war durch die ganze Renovierung und das Herumtollen mit Chocolate schlanker und geschmeidiger geworden. Außerdem sah sie glücklicher aus. Jemand Fremden würde das gar nicht auffallen, aber sie selbst sah den Unterschied deutlich in ihrem Gesicht.

Sie zog sich bequeme Jazzpants und ein Spaghetti-Träger-Shirt an und rubbelte sich die Haare ab, damit sie nicht mehr tropften. Sie hatte sich angewöhnt, sie an der Luft trocknen zu lassen, da es hier so heiß war, dass es nicht lange dauerte.

Dann begab sie sich barfuß in die Küche. Sie warf einen Blick in den Kühlschrank und überlegte, was sie sich zu Essen machen sollte. Sie hatte eigentlich nicht viel Hunger und zum Kochen war es eh zu heiß.

In diesem Moment klingelte es an der Tür. Alana freute sich, denn das war bestimmt die Tagesdecke mit den passenden Kissen, die sie für das ehemalige Dienstbotenzimmer bestellt hatte. Sie hatte in Charlotte und Hope alles durchstöbert, aber einfach nicht das Passende gefunden, doch auf einer kleinen Website, auf der sie auch schon andere Dinge bestellt hatte, war sie schließlich fündig geworden.

Sie öffnete die Tür, aber es war kein Paketbote, es war Dante!

Und in diesem Augenblick wurde ihr bewusst, dass sie Joggingklamotten trug, ihre Haare nass waren und sie nicht den Hauch von Make-up trug. So lange hatten sie sich nicht gesehen und dann war es endlich so weit und sie sah absolut furchtbar aus.

Nervös strich sie sich die nassen Haarsträhnen hinters Ohr und zupfte an ihrem Top herum.

„Hi Dante, das ist ja eine Überraschung.“

Er lächelte sie warm an und hielt den Korb in die Höhe. „Als ich vorhin nach Hause kam, habe ich das vor meiner Haustür gefunden. Die Briefe werde ich nachher lesen, aber ich habe mich gefragt, ob wir den Filmabend auch zu zweit verbringen könnten, dann macht er mehr Spaß."

Ein Gefühl puren Glücks durchströmte sie. „Aber natürlich, das ist eine tolle Idee. Komm rein."

Er betrat das Wohnzimmer und stellte den Korb auf den Tisch. Chocolate begrüßte Dante ausgelassen. Die beiden hatten sich auch sofort gemocht.

„Ich ziehe mich schnell um, und dann mache ich uns das Popcorn", sagte Alana.

„Warum willst du dich umziehen?", fragte Dante.

„Ich wusste nicht, dass du vorbeikommst, und ich bin nicht geschminkt und hab nur bequeme Kleidung für zu Hause an."

Dante ließ den Blick über sie gleiten. „Du bist wunderschön, egal was du anhast. Und außerdem wollen wir einen Filmabend machen, da ist bequeme Kleidung genau das richtige."

Also zog sie sich nicht um, und bereitete in der Küche schnell das Popcorn vor und nahm noch eisgekühlte Cola und Gläser mit.

Dante hatte inzwischen schon den Fernseher eingeschaltet und die DVD eingelegt. Als sie sich zu ihm auf die Couch setzte, sprang Chocolate ebenfalls hoch und versuchte, sich nachdrücklich zwischen sie zu quetschen.

Beide lachten schallend. „Da bekommt der Begriff Anstands-Wauwau ja eine ganz neue Bedeutung", sagte Dante grinsend.

Alana kicherte und griff nach Chocolates roten Lieblingsball und warf ihn in Richtung seines Hundekörbchens. Als er hinterher eilte schloss Dante die Lücke zwischen ihnen schnell, sodass für den Hund keinen Platz mehr blieb.

Sie starteten den Film, und er war tatsächlich genauso lustig, wie ihn Alana in Erinnerung gehabt hatte, aber sie konnte sich nicht wirklich darauf konzentrieren, denn Dantes Nähe lenkte sie zu sehr ab. Sie spürte seinen Oberschenkel an ihrem und seine Hand, streifte federleicht ihre, wenn er in die Popcornschüssel griff. Irgendwann gab sie den Kampf auf und schmiegte ihren Kopf an seine Schulter ... ganz beiläufig, ohne ein Wort dabei zu verlieren.

Genauso beiläufig legte er kurz darauf den Arm um sie. Sie versuchte längst nicht mehr, sich auf die Handlung zu konzentrieren, denn das wäre sowieso vergebene Liebesmühe gewesen. Stattdessen atmete sie unauffällig den betörenden männlichen Duft ein, den Dante verströmte, eine Mischung eines holzigen Männerparfüms und Dante selbst. Sie musste an Emanuela denken, die sich zum Schlafen in Jonathans Schal gewickelt hatte, um seinen Duft um sich zu haben, und verstand sie plötzlich unheimlich gut.

Sie würde am liebsten komplett in Dantes Umarmung hineinkriechen, denn diese fühlte sich so warm an und sie sich so geborgen.

Kapitel 18

Verwirrt öffnete sie die Augen und blinzelte. Warum war es plötzlich dunkel um sie herum? Sie setzte sich auf und sah, dass der Fernseher ausgeschaltet war. Sie drehte sich und nahm Dantes Silhouette wahr. „Was ist passiert?", fragte sie durcheinander.

Er strich ihr sanft die Haare aus dem Gesicht. „Du bist eingeschlafen und ich wollte dich nicht wecken, also bin ich einfach sitzen geblieben."

Sie starrte ihn beschämt an. „Ich bin eingeschlafen? Wie lange denn?"

„Nicht lange. Vielleicht eine halbe Stunde."

„Eine halbe Stunde?", rief sie entsetzt. „Warum hast du mich denn nicht geweckt?"

„Weil ich es schön fand, dich in meinem Arm zu halten und zu spüren", sagte er sanft; seine Stimme klang seltsam rau.

Er ließ die Finger langsam an ihrem Rücken hinuntergleiten und schaute sie an. In der Dunkelheit konnte sie nur das Glitzern in seinen Augen sehen. Sie wusste nicht, ob es daran lag, dass sie kaum etwas sah, aber seine Berührung jagte ihr unfassbare Schauer über den Rücken, es schien so, als seien all ihre anderen Sinne verschärft worden.

Sie beugte sich vor und er küsste sie. Nicht zärtlich wie die Male zuvor, sondern leidenschaftlich und rau.

Seine Bartstoppeln piksten sie leicht, als er ihren Mund eroberte.

Mit seiner Zunge erforschte er ihren Mund, während seine Hände ihren Körper erkundeten. Sie stieß ein leises Stöhnen aus und zog ihm sein T-Shirt über den Kopf. Die Muskeln darunter waren fest und glatt. Bewundernd ließ sie ihre Handflächen darüber gleiten ... immer tiefer, bis sie an seinem Hosenbund angekommen war. Während sie seinen Gürtel löste, streifte er ihr Top herunter. Es war wie ein Tanz, und er war so fließend, als hätten sie ihn schon unzählige Male getanzt.

Als sie ihre Hände auf Wanderschaft schickte, stieß er eine Mischung aus rauem Stöhnen und Knurren aus. Er stand auf, hob sie kurzerhand auf seine starken Arme und trug sie ins Schlafzimmer. Während er das tat, führte er seine wilden Küsse fort.

Atemlos legte er sie schließlich aufs Bett und beugte sich über sie. Sie hatte nicht gewusst, wie sehr sie sich danach verzehrt hatte, bis es so weit war ... wie sehr sie sich nach ihm verzehrt hatte.

***

Sie schliefen in dieser Nacht zwei Mal miteinander und dann sanken sie zusammen in einen erschöpften, aber glückseligen Schlaf und als sie am Morgen aufwachten, liebten sie sich noch einmal. Genau wie bei den Küssen kam es ihr vor, als wenn sie ihre Körper in- und auswendig kannten. Sie verspürte eine unfassbar tiefe Verbundenheit mit Dante und diese Nacht und dieser Morgen waren absolut atemberaubend und einzigartig gewesen. Sie hatte so etwas noch nie zuvor gefühlt. Sie hatte noch nicht einmal gewusst, dass solche Gefühle überhaupt existierten. In ihren Liebesromanen standen oft Dinge, wie *Als sie kam, schien die Welt in Millionen Einzelteile zu zerspringen … Als der Gipfel der Lust sie überrollte, war es wie eine Welle, die sie unter sich begrub* oder *Die Welt schien für einen Augenblick stehen zu bleiben, bis sie sich in rasender Geschwindigkeit weiterdrehte*. Sie hatte diese Beschreibungen immer äußerst poetisch gefunden und das Talent der Autoren bewundert, so wunderschöne Beschreibungen für diesen Akt zu finden, aber sie hatte natürlich gewusst, dass Sex nicht imstande war, so etwas zu vollbringen, egal wie gut er auch war.

Sie hatte sich geirrt!

Denn es war all das gewesen und noch viel mehr. Sie waren tatsächlich eins gewesen. Nicht nur ihre Körper, sondern auch ihre Seelen waren eins gewesen. Sie hatte sich Dante in dieser Nacht näher gefühlt als irgendeinem Menschen jemals zuvor. Wenn das nicht Liebe war, was war es dann?

Nachdem sie am Morgen noch einmal miteinander geschlafen hatten, waren sie einfach Arm in Arm liegen geblieben. Sie sprachen nicht, denn das war nicht nötig. Ihre Zweisamkeit und Nähe war so vollkommen, dass es keiner Worte bedurfte. Heute war einer ihrer freien Tage und so konnte sie, solange sie wollte, im Bett liegen bleiben, aber Dante würde nachher bestimmt zu seinem Großvater fahren wollen.

Sie kuschelte sich an seinen nackten Oberkörper und küsste ihn sanft auf die Schulter und er schenkte ihr ein wunderschönes träges Lächeln.

In diesem Moment gab ihr Magen ein lautes Knurren von sich. Sie errötete. Nach dem Mittagessen gestern hatte sie nur ein bisschen Popcorn zu sich genommen.

„Ich glaube, es ist Zeit für ein ausgiebiges Frühstück", sagte Dante lächelnd.

„Ach, Essen wird überbewertet", sagte Alana und rekelte sich genüsslich in seinem Arm.

Dante stieß ein lautes Lachen aus und küsste sie überschwänglich. „Glaub mir, du brauchst die Kalorien, denn ich habe vor, diese Nacht noch oft zu wiederholen in nächster Zeit", sagte er heiser und fuhr mit seinen Fingern sanft über ihre Rippen. Alana erschauerte und stieß einen Laut aus, der beinahe an ein Schnurren erinnerte und der ihr selbst vollkommen fremd war.

„Du kannst gern kurz unter die Dusche springen, ich mache uns derweil Frühstück", sagte er.

„Sollte das nicht eigentlich umgekehrt sein?", fragte sie grinsend.

Er zog die Augenbrauen hoch. „Weil ich der Mann bin?"

Sie lachte. „Nein, weil das mein Haus ist und ich weiß, wo sich alles befindet."

Er lachte ebenfalls. „Kein Problem. Ich werde das schon hinkriegen."

Widerstrebend stand sie auf und beobachtete Dante als dieser sich eine Jeans überstreifte und mit nacktem Oberkörper in ihre Küche hinunterging.

Sie lief ins Badezimmer, duschte und zog sich eine lockere Sommerhose aus leichtem Stoff und ein Oberteil mit U-Boot Ausschnitt an. Die Haare ließ sie offen und legte nur ein wenig Make-up und Mascara auf. Als sie die Treppe hinunterlief, stieg ihr bereits ein verführerischer Duft in die Nase.

Der Küchentisch war gedeckt und sie starrte fassungslos auf das Festmahl, das er in so kurzer Zeit zubereitet hatte.

„Bist du ein Zauberer?", fragte sie, als sie Gläser mit Orangensaft, Pancakes, Waffeln und Zimtschnecken entdeckte.

„Wie hast du das in der Kürze der Zeit alles machen können und hatte ich all diese Zutaten im Kühlschrank?"

Sie wirkte so verwirrt, dass er einen Lachanfall bekam.

„Nein, keine Zauberei, nur das Glück, dass ich zufällig nebenan wohne. Ich habe dir doch gesagt, dass ich gerne koche, und backe und ich mache immer große Mengen und friere sie ein, sodass ich sie morgens nur kurz auftauen muss. Als du unter die Dusche gegangen bist, bin ich schnell rübergegangen und habe alles geholt, was man für ein perfektes Frühstück braucht."

Während er dies sagte, bat er sie Platz zu nehmen, holte eine Pfanne vom Herd und gab eine Portion Rührei mit Kräutern auf ihren Teller. Dann drehte er sich um, holte die Kanne und goss ihnen beiden frischen Kaffee ein, der einen starken aromatischen Duft verströmte.

Sie nahm einen großen Schluck Kaffee und häufte sich dann ihren Teller mit Leckereien voll. „Du bist offiziell als persönlicher Koch engagiert", sagte sie und stöhnte genüsslich auf.

„Wenn du dieses Geräusch noch öfter machst, wirst du nicht lange frühstücken können", erwiderte er und gab ihr einen leidenschaftlichen Kuss.

„Da bist du schuld. Warum kannst du auch noch hervorragend kochen?", sagte sie lachend.

Nachdem sie ausgiebig gefrühstückt hatten, gingen sie gemeinsam mit Chocolate zum Strand hinunter. Sie zog sich eine leichte Jacke über, denn langsam wurde es schon ein bisschen kühler. In Deutschland wäre dies hier wahrscheinlich noch ein Sommertag, aber sie hatte sie bereits so sehr an die heißen Südstaaten Temperaturen gewöhnt, dass sie ohne Jacke fröstelte.

Aber auch im Herbst und im Winter würde es wunderschön sein, hier in der Nähe des Strands zu leben.

Sie warfen Stöckchen für Chocolate und alberten herum, wie die zwei Frischverliebten, die sie ja waren. Erst am späten Nachmittag verabschiedeten sie sich voneinander, weil Dante zu seinem Großvater fahren musste.

Sie machten noch kein neues Treffen aus, da sie am nächsten Tag wieder in der Bücherei arbeiten musste. Wobei *musste* eigentlich das falsche Wort war, denn die Tätigkeit dort machte ihr so großen Spaß, dass sie diese gar nicht als Arbeit und Job betrachtete.

***

Als sie am nächsten Morgen das Haus verließ, klebte ein Zettel an ihrer Haustür.

Samstag, sechzehn Uhr?
Ich habe eine Überraschung für dich.

Sie fing bis über beide Ohren an zu grinsen. In Kürze hatte sie ein weiteres Date mit Dante. *Um was für eine Überraschung handelt es sich wohl?*

Sie strich über den Klebezettel. Es war verrückt, aber sie hatten noch immer nicht die Handynummer des anderen. Doch das fand sie fantastisch, denn es erinnerte sie an die Zeit in den Briefen. Jeremiah oder Jonathan hatten auch nicht mal eben anrufen können. Diese Art, sich Zettel zu hinterlassen oder einfach vorbeizukommen, hatte etwas Altmodisches, Intimes an sich, was sie wunderschön fand, und es passte perfekt zu Hope und ihrem Haus in der Nähe des Strandes, das ebenfalls aus der Zeit gefallen zu sein schien.

Kapitel 19

Nach der Arbeit machte sie sich etwas zu essen, das allerdings bei Weitem nicht an Dantes Kochkünste heranreichte und beschloss danach, erneut ihrer Lieblingsbeschäftigung nachzugehen.

Sie würde wieder in eine neue Liebesgeschichte eintauchen. Diese war allerdings vom Format her, vollkommen anders als die anderen, denn sie befand sich auf Kassetten.

Zum Glück hatte ihre Großmutter auf dem Dachboden einen Kassettenrekorder gehabt. Sie fragte sich, ob er ein Überbleibsel von früher war, oder ob ihre Großmutter ihn für ebendiesen Zweck angeschafft hatte, denn ganz bestimmt hatte sie die Kiste auch gefunden und war in die Geschichten eingetaucht.

Ein Gefühl der Nostalgie kam in ihr auf, als sie Seite A der ersten Kassette einlegte. Sofort fühlte sie sich in ihre Teenagerjahre zurückversetzt.

Sie drehte die Lautstärke hoch, schnappte sich einen Schokoriegel und machte es sich auf der Couch gemütlich.

„Hallo, mein Name ist Elizabeth, aber alle nennen mich nur Liz. Als wir hier eingezogen sind, habe ich beim Renovieren die Briefe gefunden und sie haben mich tief gerührt, aber vor allem haben sie mir geholfen, denn sie haben mir gezeigt, dass Liebe nicht immer

nur einfach ist und dass sie vieles überwinden kann. Am Anfang habe ich mich hingesetzt und angefangen zu schreiben, aber ich habe schnell gemerkt, dass das nicht der richtige Weg für mich ist. Worte sind stark und die Geschichten von Eliza, Emanuela, Ally und Autumn sind so plastisch beschrieben, dass ich das Gefühl gehabt habe, dabei zu sein. Aber wenn ich an meine Geschichte denke, dann denke ich an das gesprochene Wort – an die Stimme meines Mannes. Und das Letzte, was vielen Menschen von ihren Liebsten an diesem Tag hinterlassen wurde, sind Nachrichten auf Mailboxen und Anrufbeantwortern.

Tommy und ich waren gerade frisch verheiratet, und ich meine wirklich frisch, es war erst vier Wochen her, dass wir uns das Ja-Wort gegeben hatten, und wir waren erst vor einer Woche aus unseren Flitterwochen in Hawaii zurückgekehrt. Wir schwebten immer noch auf Wolke Sieben, und die Reise war so schön gewesen, dass es beinahe unreal war, wieder im regnerischen New York zu sein.

Man denkt immer, dass Tage, die das ganze Leben verändern und es komplett aus den Angeln heben, irgendwie besonders sein müssten, aber der 11. September war ein vollkommen gewöhnlicher Herbsttag, nichts daran war anders als in den Tagen davor. Natürlich war alles daran anders, denn dieser Tag war für immer in die Geschichte eingegangen, und selbst heute, Jahrzehnte später brauchte man nur dieses Datum ohne Jahreszahl zu nennen und selbst Kinder wussten, was passiert war. Aber für uns war es ein ganz gewöhnlicher, etwas hektischer Septembermorgen. Tommy war Feuerwehrmann und schon früh aufgebrochen, um mit den öffentlichen Verkehrsmitteln zur Wache zu fahren. Ich hatte ein Frühstückstreffen mit Kunden, das kurzfristig an einen anderen Ort als in die City verlegt worden war, irgendwo in einem Vorort, zu dem ich mit der U-Bahn schlecht hinkam.

Wir frühstückten also nicht gemeinsam, wie wir es sonst eigentlich immer taten, sondern machten uns hektisch fertig. Tommy gab mir einen hastigen Kuss auf die Wange, den ich kaum wahrnahm, ich rief ihm zu, dass er nicht vergessen sollte, den Müll mit runterzunehmen und weg war er. Kurz darauf brach ich ebenfalls auf. Während des Treffens schaltete ich mein Handy aus. Als ich wieder auf dem Rückweg war, schaltete ich es ein und sah verwundert, dass ich eine Mailbox-Nachricht von Tommy hatte. Dieser meldete sich tagsüber normalerweise nicht bei mir, außer er musste länger arbeiten. Ich stöhnte leise auf, denn wir hatten eigentlich in einem angesagten Restaurant essen wollen, in dem wir schon vor unseren Flitterwochen einen Tisch hatten reservieren müssen.

Doch es ging um etwas ganz anderes."

In diesem Moment verstummte Liz' Stimme und Alana vernahm ein kurzes Knacken und dann die Stimme eines Mannes, bei dem es sich wahrscheinlich um Tommy handeln musste.

„Hi Schatz, in der Innenstadt hat es ein großes Unglück gegeben. Ein Flugzeug ist aus Versehen in den Nordturm des World Trades Centers geflogen. Fahr also nicht in die Stadt, da herrscht gerade Chaos. Ich muss jetzt los. Ich liebe dich."

Erneut ertönte ein Knacken und Liz sprach wieder.

„Ich habe Tommys Nachrichten bis heute aufbewahrt, und ich dachte, dass du, lieber Hörer, sie auch anhören solltest, damit du dir all das besser vorstellen kannst.

Ich erschrak, machte mir aber keine allzu schlimmen Sorgen. Wenn man einen Feuerwehrmann heiratete, wusste man, worauf man sich einließ. Alle Leute rannten aus brennenden Gebäuden hinaus, er rannte hinein. Natürlich hatte ich bei jedem Einsatz Angst um ihn, aber ich wusste, dass er nicht leichtsinnig war, und vertraute auch seinem Team, dass sie gut aufeinander achtgaben.

Ich wollte unbedingt nach Hause, um den Fernseher einschalten zu können, weil ich wissen wollte, ob darüber berichtet wurde. Heutzutage ist das so viel einfacher, da könnte ich per Smartphone bereits in der U-Bahn nach aktuellen Videos googeln, oder sogar Live-Feeds egal welcher Katastrophe anschauen, doch es war 2001. Es gab zwar schon Handys, aber diese waren nicht zu vergleichen mit den heutigen Smartphones. Doch ich hörte während der Fahrt bereits aufgeregte Gespräche über das Unglück.

Als ich zu Hause ankam, schaltete ich sofort den Fernseher ein, allerdings war ich mir nicht sicher, ob die Nachricht groß genug war, um auf CNN oder anderen Nachrichtensendern zu kommen.

Schockiert sah ich, dass sämtliche Kanäle darüber berichteten. Nicht nur die Nachrichtensender, sondern auch andere Sender ließen zumindest einen Newsbalken während des Programms laufen. Als ich CNN einschaltete, sog ich erschrocken die Luft ein. Das Flugzeug war tatsächlich mitten in das Gebäude gerast. Ich fragte mich, wie das hatte passieren können? Hatte der Pilot einen gesundheitlichen Zwischenfall erlitten? Das Bild blendete eine andere Ansicht des Turms ein. Es dauerte einige Momente, in denen ich mich fragte, warum der Einschlagswinkel so anders aussah, bis ich realisierte, dass dies eine Aufnahme des Südturms war. Es waren also Flugzeuge in beide Türme hineingeflogen.

Aber das konnte doch nicht stimmen. Dann war es kein gesundheitliches Problem, sondern es musste etwas mit der Luftkoordination schiefgegangen sein. Irgendein furchtbarer technischer Defekt. Aber selbst wenn das der Fall war, hätten die Piloten doch bestimmt versucht auszuweichen, die Türme waren ja schließlich nicht zu übersehen.

Vollkommen fassungslos starrte ich auf die Bilder der Zerstörung, als mein Telefon klingelte. Ich ließ es fast fallen, vor lauter Aufregung, weil ich hoffte, dass es Tommy war, der sich noch einmal meldete. Aber das war unwahrscheinlich, denn sie hatten bestimmt gerade alle Hände voll zu tun. Doch es war meine Mutter, die das Ganze ebenfalls im Fernsehen mitbekommen hatte.

Sie fragte mich, ob es mir gut ginge, da sie wusste, dass ich einen Termin in der City hatte. Sie schien richtig besorgt, da ihr die Bilder zusetzten.

Ich sagte ihr, dass ich schon wieder zu Hause war, und der Termin verlegt wurde, sodass ich heute gar nicht in der City war. Anschließend musste ich schwer schlucken. Aber ich erzählte ihr, dass Tommy mit seiner Mannschaft dorthin gefahren war.

Gott sei Dank, bist du zu Hause. Tommy kann schon auf sich aufpassen, und dort sind bestimmt ganz viele Rettungskräfte, meinte sie daraufhin.

Ich sagte: Mom, ich muss jetzt auflegen, falls Tommy anruft. Aber ich melde mich bei dir.

In dem Moment, wo ich auflegte, bekam ich das Zeichen, dass jemand auf die Mailbox gesprochen hatte.

Verdammt!

„Schatz, ich kann nicht lange sprechen, wir sind jetzt vor Ort, es ist absolut furchtbar und es herrscht ein unbeschreibliches Chaos. Sie sagen, die Türme stürzen vielleicht ein, und wenn das passiert, dann … ja, ich komme sofort … Schatz, ich muss Schluss machen, ich liebe dich.“

Ich ärgerte mich so sehr, dass ich Tommys Anruf verpasst hatte. Es war schön, seine Stimme zu hören, aber ich hätte ihm auch gern gesagt, dass ich ihn liebte und dass er auf sich aufpassen sollte.

So blieb mir nichts anderes übrig, als mich vor den Fernseher zu setzen, und alles live zu verfolgen.

Und es wurde von Minute zu Minute schlimmer. Ich weiß nicht, ob es dir lieber Hörer auch so ging damals, aber das Ganze kam einem so unreal vor. Als bekannt wurde, dass es ein Terroranschlag war, konnte man damit irgendwie nichts anfangen. Terroranschläge kannte man bis dahin nur aus dem Nahen Osten, es war unvorstellbar, dass so etwas hier passierte. Niemand würde doch ein Flugzeug voller Menschen entführen und damit wissentlich in ein Gebäude, das ebenfalls voller Menschen war, rasen.“

Alana nickte zustimmend. Ihr war es damals ganz genauso gegangen. In Deutschland war es kurz nach fünfzehn Uhr gewesen und sie hatte den Fernseher nebenbei laufen gehabt, als es passiert war. Heutzutage war man traurigerweise an Attentate und Terroranschläge gewöhnt, doch damals war es etwas vollkommen Unvorstellbares gewesen. Sie war so schockiert gewesen, dass sie stundenlang am Stück vor dem Fernseher gegessen hatte und sich nicht wegbewegt hatte.

„Immer wenn man dachte, es könnte nicht schlimmer kommen, kamen neue Hiobsbotschaften. Ein Flugzeug, das ins Pentagon gestürzt war, ein weiteres entführtes Flugzeug, auf den Weg wohin auch immer und dann stürzte der erste Turm ein. Ich sah diese unvorstellbare Wolke aus Schutt und Asche in sich zusammensacken und konnte nur denken: O mein Gott, geht es Tommy gut?

Ich weiß, es klingt egoistisch. So viele Menschen haben an diesem Tag ihr Leben verloren, aber ich konnte nur an Tommy denken, an meine große Liebe, mit der ich doch erst vier Wochen verheiratet war. Ihm durfte nichts geschehen.

Kurz darauf stürzte der zweite Turm ein, und ich wurde von widersprüchlichen Gefühlen geplagt. Einerseits war ich dankbar dafür, dass das Fernsehen live vor Ort war, sodass ich alles haargenau verfolgen konnte und auf dem neuesten Stand war, aber auf der anderen Seite verfluchte ich die Tatsache, dass ich all diese schrecklichen Bilder der Zerstörung sehen konnte. Denn sonst könnte ich mir vielleicht einreden, dass alles gar nicht so schlimm war. Dass das Ganze bestimmt ein stressiger Einsatz wäre, der vielleicht auch so lange dauerte, dass Tommy unser Abendessen verpasste, aber dass er nicht lebensgefährlich wäre.

Doch was ich jetzt sah, war ein Trümmerfeld. Das Ganze schien nicht New York zu sein, sondern ein Kriegsschauplatz weit entfernt. Vollkommene Zerstörung, wohin ich auch blickte.

Ich griff nach meinem Handy und wählte Tommys Nummer, aber er nahm nicht ab. Ich versuchte, mich nicht verrückt zu machen. Er konnte nur deshalb nicht ans Telefon gehen, weil er dabei war, Menschen zu retten. Es ging ihm bestimmt gut.

Als wenn mich die Stimme der Nachrichtensprecherin Lügen strafen wollte, sagte sie in diesem Moment: „Uns erreichte die Nachricht, dass sich zum Zeitpunkt, als die Türme einstürzten, noch zahlreiche Menschen und auch Rettungskräfte, die zu deren Hilfe geeilt waren, in den Türmen befunden hatten."

Ich schluchzte laut auf und begann haltlos zu weinen; ich hoffte und betete, dass Tommy nicht darunter wäre.

Wie konnten Menschen so etwas nur tun, wie konnten sie mutwillig so viele Leben auslöschen? Und warum hatten die Feuerwehr-Captains ihre Mannschaft in diese Todesfalle gehen lassen?

Weil niemand, inklusive mir selbst, gedacht hatte, dass diese imposanten gewaltigen Türme tatsächlich einstürzen könnten.

Wie viele Menschen hatten sich zum Zeitpunkt des Einsturzes noch darin befunden?

Panisch wählte ich wieder die Nummer von Tommys Handy, aber nicht nur, dass er nicht dranging, jetzt ertönte eine Durchsage, die verkündete: Zurzeit ist das

Handynetz überlastet, bitte versuchen Sie es zu einem späteren Zeitpunkt noch einmal.

Was ja verständlich war. Wahrscheinlich hatten gerade alle Menschen zu diesem Zeitpunkt versucht, ihre Angehörigen zu erreichen, die in den Twin Towers gearbeitet hatten oder in der Nähe in der Stadt gewesen waren. Und auch die Menschen dort versuchten, ihre Familie zu Hause anzurufen, um ihnen zu sagen, was passiert war oder wie es ihnen ging.

Ich rief meine Mutter vom Festnetz aus an und brachte sie kurz auf den neuesten Stand. Keiner von uns sprach es aus, aber wir beide machten uns jetzt wahnsinnige Sorgen um Tommy. Das war kein normaler Einsatz, das war etwas, was noch nie vorgekommen war. Etwas, was die Feuerwehr auch nicht hatte trainieren können.

Ich verabschiedete mich von meiner Mutter und legte auf. Es machte mich wahnsinnig, nichts tun zu können und nicht zu wissen, wie es Tommy ging. Wären unsere Flitterwochen doch nur länger gegangen, dann wäre er heute nicht im Dienst gewesen und nicht dorthin gefahren.

Ich versuchte es wieder und wieder bei ihm, aber die Netze waren komplett überlastet. Ich probierte es vom Festnetz aus, aber er ging nicht dran.

Dann hatte ich eine Idee. Ich wühlte im Schrank herum, bis ich das kleine schwarze Adressbuch fand. Darin standen die Nummer der Wache und auch die Handynummer des Captains.

Zuerst rief ich auf der Wache an. Schon nach dem ersten Klingeln wurde abgenommen.

Es war Gladys, die ich sofort atemlos fragte, ob sie mir schon etwas Neues sagen konnte, und ob sie wusste, wie es den Jungs ging.

Sie war vollkommen betroffen und versicherte mir, wie leid es ihr tat und das das Ganze einfach schrecklich war. Sie konnte mir aber leider auch nicht viel mehr sagen als das, was sie im Fernsehen zeigten. Die Jungs wären heute Morgen losgefahren, als der Notruf reinkam. Mittlerweile hätten sie einen Aufruf gemacht, dass alle Feuerwehrleute, egal ob Berufs- oder Freiwillige Feuerwehr dorthin kommen sollten, genauso wie Rettungskräfte, medizinisches Personal ... sie brauchten wirklich jede Hand. Sie hatte eine Nachricht bekommen, dass sie angekommen waren und dass es dort wie im Krieg zugehen sollte, seitdem hatte sie auch nichts mehr gehört. Sie fragte, ob ich es bei Tommy auf dem Handy probiert hatte.

Ich erzählte ihr, dass er sich zwei Mal bei mir gemeldet hatte, aber dass es war, bevor die Türme eingestürzt waren, und ich nicht, ob er vielleicht ... ich hatte es nicht aussprechen können und hatte stattdessen versucht ein Schluchzen zu unterdrücken, aber es hatte nicht funktioniert.

Sie versicherte mir noch einmal, wie leid es ihr tat und dass sie sich sofort bei mir melden und mich anrufen würde, wenn sie etwas Neues wüsste.

Ich bedankte mich bei Gladys und legte auf.

Als Nächstes rief ich Tommys Captain an, etwas, das ich im Normalfall nicht machen würde, schließlich befanden sie sich gerade mitten in einem Einsatz. Aber meine Sorgen um Tommy ließen mich alle Konventionen vergessen. Es klingelte so lange, dass ich mir sicher war, dass er auch nicht rangehen würde, und wollte gerade auflegen, als er sich meldete.

Im Hintergrund war es infernalisch laut, jeder schien zu schreien und Befehle zu brüllen.

Ich sagte: „Entschuldigen Sie, dass ich Sie belästige, aber Tommy geht nicht an sein Handy und ich dachte, vielleicht können Sie mir etwas sagen.“

Der Captain brüllte irgendjemandem etwas zu, dann sagte er mir, dass dort die Hölle los war und dass er so etwas in seiner ganzen Laufbahn noch nicht erlebt hatte. Alle waren offenbar kreuz und quer verteilt, und der Funkkontakt brach dauernd zusammen. Es waren Unzählige tot, verletzt oder verschüttet.

Mein Herz blieb einen Augenblick stehen.

Er berichtete mir aber, dass er meinen Mann vor Kurzem noch gesehen hatte, als dieser sich um einen Verletzten gekümmert hatte.

Mein Herz fing wieder an zu schlagen.

„Danke, Captain. Vielen, vielen Dank. Ich bete für Sie alle“, sagte ich daraufhin und legte auf.

Er hatte Tommy gesehen, also ging es ihm gut und er war nicht verschüttet. Gott sei Dank.

Es wäre wahrscheinlich besser gewesen, wenn ich mich abgelenkt hätte, aber das konnte ich nicht. Ich drehte den Ton des Fernsehers lauter und saugte jedes Nachrichtenfitzel auf. Irgendwann klingelte es an der Tür. Es war meine Mutter und mein Vater, die genau wussten, was gerade in mir vorging, und für mich da sein wollten. Meine Mutter setzte Kaffee auf und machte ein paar Sandwiches, aber ich brachte nichts hinunter. Am liebsten wollte ich Tommy anrufen und ihm sagen, dass er sofort nach Hause kommen sollte.

Ich liebte ihn dafür, dass er mit Leib und Seele Feuerwehrmann war, aber heute wünschte ich mir inständig, er wäre stattdessen lieber Buchhalter.

Wobei, seit heute war das anscheinend auch kein ungefährlicher Job mehr, wenn man an all die Büroangestellten in den beiden Türmen des World Trade Centers dachte. Wenn man als Feuerwehrmann arbeitete, musste man sich darüber im Klaren sein, dass dieser Job lebensgefährlich war, aber als Schreibtisch-Mitarbeiter?

Die Bilder, die gezeigt wurden, waren absolut grauenerregend und ich fragte mich, ob man jetzt, wo alles zusammengestürzt war, überhaupt noch Menschen lebendig bergen konnte.

Irgendwann klingelte das Festnetz und ich sprang so schnell vom Sofa auf, dass ich über meine eigenen Füße stolperte und nur mit Mühe das Gleichgewicht halten konnte.

„Tommy, bist du das?", rief ich ins Telefon.

Die Geräuschkulisse sagte mir sofort, dass der Anruf vom World Trade Center kam.

Doch es war Captain Aimes.

Ich schluckte nervös. Hatte er Neuigkeiten?

Ich fragte: „Ja? Was ist los?"

Er sagte mir mit betrübter Stimme, dass es ihm leidtat, und er mir mitteilen müsste, dass sie seit über zwei Stunden den Funkkontakt zu Tommy, Juan, Peter und Gavin verloren hatten. Sie hofften, dass es ihnen gut geht, aber es hatte sie auch seitdem keiner mehr gesehen. Aber dort würde eine unvorstellbare Situation herrschen und es konnte gut sein, dass sie einfach nur ihr Funkgerät verloren hatten und irgendwo Ersthilfe leisteten.

„Ich verstehe das nicht", sagte ich tonlos.

„Ich weiß, es ist schwer zu begreifen, aber ...", erklärte er mir.

„Nein, das meinte ich nicht. Ich habe doch vor einer halben Stunde angerufen und da sagten Sie mir, dass Sie Tommy gerade eben noch gesehen hätten", sagte ich zu ihm.

Der Chief schwieg einen Augenblick lang, dann sagte er zu mir, dass es ihm leidtat, aber dort wäre es so unfassbar laut, dass man kaum etwas verstehen würde. Als ich angerufen hatte, dachte er, ich wäre die Frau von Johnny.

Es fühlte sich an, als würde Eiswasser durch meine Adern laufen als ich entgegnete: „Das heißt, Sie haben Tommy seit über zwei Stunden nicht mehr gesehen oder gehört?"

Er erzählte mir daraufhin, dass die vier als Team losgezogen waren, bevor die Türme eingestürzt waren, und seitdem hatten sie jeglichen Funkkontakt verloren. Normalerweise wurde bei Einsätzen ganz genau besprochen, wer welche Aufgaben übernahm und man konnte die Männer leicht orten, aber bei diesem Einsatz war alles anders. Alle Feuerwehrmänner und Rettungskräfte arbeiteten zusammen und halfen, wo sie gerade gebraucht wurden. Er wusste daher bei dem Großteil seiner Männer nicht, wo sie gerade waren, aber die meisten meldeten sich zwischendurch bei ihm. Doch von Tommy, Juan, Peter und Gavin hatte keiner mehr etwas gehört und die anderen hatten sie auch in den letzten zwei Stunden nicht gesehen, daher fand er es angebracht, mich und die anderen anzurufen. Aber er wies mich daraufhin, dass immer noch alles ganz harmlos sein konnte, doch in so einer Situation wie dieser ...

Der Captain musste es nicht aussprechen. In so einer Situation wie dieser muss man sich auf das Schlimmste einstellen.

Ich merkte gar nicht, dass ich weinte, bis mir meine Mutter ein Taschentuch entgegenstreckte. Er versprach mir, dass er mich wieder anrufen würde, sobald er etwas Neues wusste.

Ich sackte direkt neben dem Telefontischchen zusammen und flüsterte: „Tommy wird vermisst!"

„O mein Liebes!", rief meine Mutter, setzte sich neben mich auf den Boden und nahm mich in den Arm. Ich weinte haltlos und wünschte, ich könnte die Zeit zurückdrehen. Vor vier Wochen hatten wir zusammen vor dem Altar gestanden und uns ewige Treue geschworen. Unser gemeinsames Leben, unsere Ewigkeit, konnte doch nicht nur vier Wochen dauern. Wir hatten doch noch so viel vor, hatten so viel als Ehepaar zu erleben. Wir hatten doch noch gar keine in guten und schlechten Zeiten und in Krankheit und Gesundheit gehabt. Das konnte nicht schon alles gewesen sein. Unser Eheleben hatte doch nicht gar nicht richtig begonnen. Wir waren noch nicht einmal als Ehepaar mit einem anderen Ehepaar ausgegangen. Wir hatten heute Morgen noch nicht einmal zusammen gefrühstückt, und uns nicht richtig geküsst. Das Letzte, was ich zu ihm gesagt hatte, war, dass er den Müll nicht vergessen sollte. Ich schloss gequält die Augen. Das durfte nicht das Letzte sein, was wir zueinander gesagt hatten.

*Wie viele Menschen hatten sich heute Morgen acht-
los von ihrer Liebe verabschiedet, ohne zu ahnen, dass
es das letzte Mal sein würde. Ohne Kuss, ohne ein liebes
Wort, ganz in der Hektik des Alltags gefangen. All diese
Menschen, in den Türmen, in den Flugzeugen ...“*

Kapitel 20

Alana stoppte den Kassettenrekorder und wischte sich ebenfalls Tränen von den Wagen. Sie brauchte unbedingt eine kurze Pause. Liz Geschichte ging ihr unfassbar nahe.

Und Liz hatte recht mit dem, was sie sagte. Mit so etwas rechnete man doch nicht.

Aber die Menschen hatten versucht, sich zu verabschieden. Alana hatte einmal eine Serie gesehen, in der es um die Frage ging, ob es noch Hoffnung für die Menschheit gab, in der nur noch Hass und Terror zu herrschen schien. Und diese Frage wurde mit einem klaren Ja beantwortet, und dabei wurde auf den 11. September Bezug genommen. Tausende Menschen in den Türmen und in dem entführten Flugzeug hatten letzte Telefonate geführt oder Nachrichten geschickt und jede einzelne davon war ein Zeugnis der Liebe gewesen. Es waren keine Nachrichten des Hasses gewesen. Man hatte mit niemandem abgerechnet, oder sich Luft gemacht, man hatte die Menschen angerufen oder angeschrieben, die man liebte. Tausende Verabschiedungen und Liebesbekundungen, die Alana beim Hören das Herz zerrissen hatten. Menschen, die gewusst hatten, dass sie das Ganze vielleicht nicht überleben würden, aber ihre Angehörigen beruhigt oder getröstet hatten und ihnen noch einmal versichert hatten, was sie ihnen bedeuteten. Liz hatte recht gehabt, mit dem, was sie am

Anfang der Aufnahme gesagt hatte. So etwas zu lesen, war etwas vollkommen anderes, als es zu hören. All die Emotionen, die Trauer und die Liebe aus der Stimme desjenigen heraushören zu können. Auch sie konnte sich Liz und Tommy viel bildlicher vorstellen, seit sie ihre Stimmen gehört hatte.

Sie musste sich erst ein bisschen mit etwas anderem beschäftigen, bis sie wieder weiterhören konnte. Das Schicksal der beiden Jungvermählten berührte sie so sehr. Wie schrecklich musste es sein, seine große Liebe zu heiraten und nur vier Wochen später, um dessen Leben und ihre gemeinsame Zukunft bangen zu müssen. Die Angst, die Liz an diesem Tag empfunden hatte, kam ihr unvorstellbar vor, dabei waren es Zehntausende Menschen gewesen, denen es an diesem Tag genauso ergangen war, und sie wusste, wie viele Menschen ihr Leben gelassen hatten.

Aufgrund von Liz und Tommys Geschichte zog sie das Internet zurate und forschte nach.

411 Helfer, Feuerwehrmänner, Rettungssanitäter und Polizisten hatten an diesem Tag ihr Leben gelassen, als sie versucht hatten, andere Leben zu retten.

Hoffentlich war Tommy keiner von ihnen gewesen. Sie war kurz versucht, seinen Namen zu googeln, aber sie widerstand dem Drang. Sie würde die Geschichte erst zu Ende hören. Bei allen anderen hatte sie schließlich auch nicht das Internet zurate ziehen können.

Sie wollte die Geschichte aus Liz Mund hören, sie wollte mit ihr mitbangen, um ihre große Liebe.

Plötzlich verspürte sie das Bedürfnis, ihre Mutter anzurufen, und sie zu fragen, wie es ihr ging, deswegen schnappte sie sich ihr Handy. Sie telefonierten eine halbe Stunde, und das Gespräch lief besser als die vorherigen. Vielleicht gewöhnte ihre Mutter sich ja langsam an den Gedanken, dass sie hier lebte und dass sie glücklich war. Sie erzählte ihr sogar von Chocolate und von Dante.

Als sie aufgelegt hatte, machte sie sich etwas zu essen und dekorierte das obere Zimmer zu Ende. Es war wunderschön und gemütlich geworden. Was wohl Emanuela dazu sagen würde? Dort hätte sie wahrscheinlich gerne gewohnt.

Sie beschloss, den Rest der Geschichte hier oben zu hören, denn hier fühlte sie sich den Frauen besonders nahe, denn sie alle hatten hier oben in diesem Zimmer gesessen und ihre Geschichten erzählt. Es waren keine fiktiven Romancharaktere in einer fiktiven Stadt, sondern wirkliche Frauen, die genau hier gesessen hatten, wo auch sie gerade saß. Die vor mehr als einem Jahrhundert genau an diesem Strand einen Heiratsantrag bekommen hatten, hier um ihren Liebsten gebangt hatten, oder sich von ihm hatten verabschieden müssen. So viele Emotionen hatte dieses Haus schon erlebt, und sie war überglücklich, dass ihre Großmutter es ihr vermacht hatte, sodass all diese Geschichten weiterleben konnten.

Sie ging hinunter, holte sich etwas zu trinken und den Rekorder samt Kassetten und setzte sich in den Sessel, den sie hier hinauf geschleppt hatte. Sie atmete noch einmal tief durch und schickte ein Stoßgebet zum Himmel, dass diese Geschichte gut ausging. Sie würde es nicht ertragen können, wenn Tommy starb und Liz nach vier Wochen Ehe als Witwe zurückblieb.

Aber natürlich war das sinnlos, denn das Ganze war schon Jahrzehnte her. Wie hatte Dickens es noch so perfekt beschrieben? Es waren nur die Schatten der Dinge, die geschehen waren, und sie selbst konnte sie leider nicht ändern.

Sie lehnte sich zurück und machte sich bereit, Liz schrecklichsten Tag gemeinsam mit ihr zu durchleben.

„Irgendwann stand ich auf und lief rastlos im Wohnzimmer hin und her. Immer und immer wieder wählte ich Tommys Nummer, aber er ging nicht dran. Ich dachte an die Frauen und Freundinnen der anderen vermissten Feuerwehrleute und überlegte sie anzurufen, aber was würde das bringen? Wir würden uns wahrscheinlich nur gegenseitig verrückt machen.

Die Fernsehnachrichten konnten mir auch nichts Neues sagen. Irgendwann ließ ich meine Eltern stehen, eilte ins Arbeitszimmer und druckte etwas aus. Als ich wieder ins Wohnzimmer kam, dankte ich ihnen, dass ihr hier gewesen waren, aber sie nun gehen mussten, weil ich jetzt loswollte.

Meine Mutter sah mich verwirrt an und fragte mich: „Wo willst du denn hin? Du musst doch am Telefon bleiben, falls jemand anruft.“

Ich schüttelte den Kopf und antwortete: „Ich werde hier noch wahnsinnig. Hier kann ich nichts tun. Ich muss dorthin.“

Jetzt sah sich mich an, als hätte ich den Verstand verloren. „Du kannst nicht dorthin. Dort herrscht totales Chaos und es ist gefährlich. Du könntest verletzt werden.“

Ich präsentierte ihr das Bild, das ich ausgedruckt hatte. Es zeigte Tommys Gesicht, komplett mit Feuerwehrhelm. Tommy erklärte: „Ich werde nicht untätig hier herumsitzen, während mein Mann vielleicht in Lebensgefahr schwebt. Ich werde alles tun, was in meiner Macht steht, sogar wenn das bedeutet, dass ich selbst in den Trümmern graben muss!"

Meine Mutter streckte beruhigend die Hand nach mir aus. „Ich verstehe es ja, dass du Angst hast und auch, dass du dich machtlos fühlst, aber es ist zu gefährlich. Bleib lieber hier und warte auf Neuigkeiten."

Ich schüttelte vehement den Kopf. „Es ist erst vier Wochen her, dass ich Tommy versprochen habe, in guten wie in schlechten Zeiten bei ihm zu sein.

Erinnert ihr euch noch an unseren Trauspruch? Liebe ist stark wie der Tod. Ihre Glut ist feurig und eine Flamme des Herrn, sodass auch viele Wasser die Liebe nicht auslöschen und Ströme sie nicht ertränken können. *Und auch Attentäter und zusammenstürzende Gebäude werden unsere Liebe nicht auslöschen können. Ich werde dorthin fahren und ich werde nicht eher von dort weggehen, bis ich weiß, dass es Tommy gut geht. Unsere Liebe ist stärker als das!"*

Mein Vater versuchte, noch etwas zu sagen, doch ich gab beiden einen Kuss und verabschiedete mich von ihnen.

Bis in die Innenstadt kam ich, aber zum World Trade Center zu gelangen, kostete mich viel Anstrengung und Zeit. Alles war abgesperrt und voller Polizisten.

Schon in einiger Entfernung hing ein Staubnebel in den Straßen. Als ich endlich dort ankam, blieb ich erst einmal für zwei Minuten regungslos stehen. Das Fernsehen hatte mich nicht im Mindesten auf diesen Anblick vorbereitet. Alles war vollkommen zerstört. Der Begriff Kriegsschauplatz schien am ehesten zuzutreffen, aber ich lebte in New York, nicht im Iran oder Irak. Noch nie im Leben hatte ich so ein Ausmaß an Zerstörung mit eigenen Augen gesehen. Der Staub war so intensiv, dass ich die ganze Zeit husten musste und meine Augen tränten. An unzähligen Stellen brannte oder qualmte es. Und die Geräuschkulisse war unvorstellbar. Verletzte schrien vor Schmerzen, Rettungskräfte brüllten Befehle, Nachrichtenmoderatoren versuchten, sich Gehör zu verschaffen.

Es waren wahre Berge von Trümmern, die sich vor mir erhoben und wie kleine Ameisen, sah ich überall Hunderte Menschen darin herumklettern, auf der Suche nach verschütteten Personen.

Meine Hoffnung sank und mein Herz fühlte sich an, als würde es von der Hand eines Riesen zerquetscht. Wie sollte ich Tommy hier jemals finden? Oder überhaupt jemanden von seiner Mannschaft? Hier waren wahrscheinlich nicht nur die Rettungskräfte der ganzen Stadt, sondern auch die, aus der weiteren Umgebung. Wahrscheinlich hatte sich jeder, der von dem Terroranschlag gehört hatte, auf den Weg gemacht, um irgendwie zu helfen. Ich ging bis zu einer Absperrung, die die Zivilsten vom Unglücksort fernhalten sollte. Schnell stellte ich fest, dass es zwar auch viele Schaulustige waren, aber die meisten waren Angehörige wie ich. Menschen, deren Familienmitglieder in den Türmen gearbeitet hatten und die auf Nachrichten warteten. Die es genau wie ich, nicht ausgehalten hatten, tatenlos vor dem Fernseher zu verharren. Doch ich hatte nicht mit diesem Ausmaß gerechnet, die Bilder im Fernsehen hatten nicht so … gewaltig gewirkt. Man sah nur Zerstörung und Schutt, so weit das Auge reichte. Später sagte man, dass es 43.941 Tonnen Schutt gewesen seien. Schutt, deren kleinste Partikel all die Rettungskräfte bei ihrer Arbeit unentwegt eingeatmet hatten, wodurch so viele von ihnen später an Krebs erkrankt waren.

Ich versuchte, den Polizisten, die an der Absperrung Wache hielten, Tommys Foto zu zeigen, aber sie waren zu beschäftigt. Für sie war ich nur eine von vielen, die einen Angehörigen suchten, aber Tommy war nicht irgendjemand. Er war mein Mann, meine große Liebe, die Person, der ich vor einem Monat „bis an mein Lebensende" versprochen hatte.

Ich wartete einen günstigen Moment ab und schlüpfte dann unter der Absperrung hindurch. Die nächsten Stunden verbrachte ich damit alle Rettungskräfte, die ich sah, nach Tommy zu fragen, aber keiner hatte ihn gesehen. Das hier war eine absolute Ausnahmesituation. Man hatte nicht die Zeit, sich einander vorzustellen. Jeder half jedem, und Gesichter und Namen waren bedeutungslos.

Irgendwann entdeckte ich eine Art improvisierte Einsatzzentrale, und anhand der Farbe der Feuerwehrhelme, wusste ich, dass sich dort anscheinend die Captains der einzelnen Wachen versammelt hatten, um alles zu koordinieren. Wenn ich Glück hatte, war Captain Aimes darunter, der mir etwas Neues sagen konnte.

Ich eilte hinüber und sah mich suchend um. Nach kurzer Zeit entdeckte ich den Captain, der sich gemeinsam mit einem anderen über einen Bauplan oder etwas Ähnliches beugte.

Ich rief nach ihm.

Der Captain einer anderen Feuerwache versperrte mir den Weg und fragte, was ich hier tat, und dass dies ein abgesperrtes Gebiet war, das ich nicht betreten dürfte. Er forderte mich auf, mich wieder hinter die Absperrung zu begeben.

Der Captain blickte hoch, erkannte mich und kam näher. Er erklärte dem anderen Captain, dass das schon okay war, da ich die Frau von einem seiner Männer war.

Leiser hatte er dann noch hinzugefügt, dass es sich dabei um einen der aktuell vermissten Feuerwehrmänner handelte.

Der andere Captain hatte nur stumm genickt und daraufhin den Weg frei gegeben.

Ich fragte den Captain nun hoffnungsvoll, ob es etwas Neues gab.

Das letzte Mal, dass wir uns gesehen hatten, war auf unserer Hochzeit gewesen. Wir hatten Champagner getrunken, gelacht und sogar miteinander getanzt ... und jetzt? Wie hatte sich unsere Welt in nur vier Wochen so sehr verändern können ... in vier Wochen? An einem einzigen Tag.

Er sagte mir, dass ich nicht hätte herkommen sollen, weil er mir doch versprochen hatte, mich anzurufen.

„Ich konnte nicht einfach so dasitzen, ich muss hier sein, in seiner Nähe ... vielleicht spürt er es ja ...", hatte ich ihm geantwortet und meine Stimme war dabei gebrochen.

Er hatte mittlerweile mit den anderen Männern des Teams gesprochen. Die gute Nachricht war, dass Tommy und die anderen drei nicht bei denen gewesen waren, die in den Treppenhäusern hochgestiegen sind. Das war eine sehr gute Neuigkeit, denn diese Männer ...

Der Captain musste nicht weitersprechen. Wer irgendwo im dreißigsten oder vierzigsten Stock gewesen war, als die Türme in sich zusammenstürzten, hatte keine Chance gehabt.

Michael und Sean hatten ihm gesagt, dass sie die vier zuletzt vor dem Eingangsbereich gesehen hatten, als diese dort Verletzte versorgt hatten. Das hieß, sie sind vielleicht gar nicht verschüttet worden, oder wenn, lagen sie nicht unter unzähligen Stockwerken begraben.

Unwillkürlich sah ich ein Bild vor mir, wie Tommy unter massiven Gesteinstrümmern begraben war und bekam keine Luft mehr, als wenn auf mir Tonnen von Steinen lägen, aber dann klammerte ich mich an die Worte des Captains, dass Tommy und die anderen nicht im Treppenhaus gewesen waren, wie so viele andere und vielleicht sogar nicht einmal in einem der Türme. Immer wieder sprach ich mir Gedanken zu: Tommy kann das überleben! Tommy wird das überleben!

„Ich danke Ihnen, Captain Aimes. Wenn es Ihnen nichts ausmacht, bleibe ich hier. Ich kann nicht nach Hause. Ich will da sein, wenn er gefunden wird", antwortete ich.

Der Feuerwehr-Captain nickte und tätschelte meine Schulter. Er bat mich, auf mich aufzupassen, dass ich *mich nicht verletzte, und dass ich die Männer auf keinen Fall bei ihrer Arbeit behindern durfte.*

Er drehte sich um und sprach in sein Funkgerät. Ich beschloss, wieder herumzulaufen und den Rettungskräften Tommys Foto zu zeigen. Vielleicht hatte ihn ja doch einer gesehen. Wenn ich wüsste, wo genau sie Tommy zuletzt gesehen hatten und ob er wirklich verschüttet war, würde ich dorthin gehen und mit meinen bloßen Händen den Schutt abtragen, um ihn zu befreien. Ich würde alles für ihn tun. Es gab immer Menschen, die Unüberlebbares überlebten, man sprach dann von einem Wunder, Gottes Gnade oder Schicksal. Liebe konnte Berge versetzen, sagte man, warum also nicht auch Trümmer? Ich war hier und würde mit meiner ganzen Liebe darum beten und dafür kämpfen, dass Tommy das Unüberlebbare überlebte. Unsere Liebe reichte für ein ganzes Leben, und das würden wir führen. Wir würden irgendwann Kinder haben, und Enkelkinder und alle Höhen und Tiefen durchmachen, die zu einer Ehe dazugehörten.

Ich lief durch die Trümmer, bis ich das Gefühl hatte, dass mich meine Füße nicht mehr tragen konnten, und sprach jeden an und zeigte ihm Tommys Foto. Ich flehte sie weinend an, meine große Liebe zu retten.

Obwohl ich unbedingt wissen wollen ... wissen musste, wie es weiterging, musste ich die Aufnahme kurz stoppen, denn das Ganze ging mir so unfassbar nahe, dass ich angefangen hatte zu weinen, und sich mein ganzer Hals zuschnürte. Ich hatte das Gefühl, den Schmerz und die Angst von Liz beinahe körperlich spüren zu können. Ich atmete mehrmals tief ein und aus und versuchte mich wieder zu beruhigen. Ich holte mir ein Taschentuch, putzte mir die Nase, und schaltete den Rekorder wieder ein.

Irgendwann stolperte ich vor Erschöpfung und Schwindel und ein Rettungssanitäter führte mich zu einem improvisierten Essens-Zelt, wo es Getränke, Suppe und Hotdogs für die Helfer gab. Es fing an, dunkel zu werden, und als mich eine Helferin fragte, wann ich zuletzt etwas gegessen hatte, wurde mir bewusst, dass es irgendwann um kurz nach acht gewesen war. Man nötigte mich dazu, etwas zu essen, damit ich nicht umkippte, und ich nahm einen Bissen von dem Hotdog. Als ich darüber nachdachte, dass Tommy vielleicht irgendwo lag, sich nicht rühren konnte und schrecklichen Hunger hatte, blieb mir der Bissen im Hals stecken und ich musste würgen. Die Ungewissheit machte mich vollkommen verrückt.

Irgendwann war es stockfinster, aber die Rettungskräfte arbeiteten weiter. Selbst mit Taschenlampen und aufgestellten Lampen sah man fast nichts. Aber Feuerwehrleute und Polizisten waren wie eine Familie. Wenn einer von ihnen vermisst wurde, gaben sie nicht auf. Nach einiger Zeit setzte ich mich im Zelt der Captains auf den Boden und lehnte mich gegen den Segeltuchstoff. Ich konnte nicht weiter draußen herumlaufen, sonst würde ich mir wahrscheinlich die Knochen brechen, aber ich würde nicht nach Hause fahren, bis sie Tommy gefunden hatten.

Ich rief meine Eltern an, damit sie sich keine Sorgen machten, und verfolgte die unerbittlichen Bemühungen der Rettungskräfte, die hier im Dunkeln ihr eigenes Leben riskierten, um unter den Trümmern nach Überlebenden zu suchen. Keiner ging nach Hause, denn alle wussten, dass jede Minute zählte. Und tatsächlich wurden immer wieder Leute geborgen und in die umliegenden Krankenhäuser gebracht. Ich freute mich über jedes einzelne gerettete Leben, doch bei jeder Meldung betete ich darum, dass es Tommy und seine Kollegen waren, die gefunden worden waren. Die Nacht verging und der Morgen brach an. Ich stand auf und reckte meine schmerzenden Knochen. Immer wieder hatte man mir gesagt, dass ich nach Hause gehen sollte, aber ich weigerte mich. Ich wollte da sein, wenn Tommy gefunden wurde, und er sollte wissen, dass ich die gesamte Zeit über ganz in seiner Nähe gewesen war. Dass ich ihn in dieser furchtbaren Lage nicht allein gelassen hatte. Sobald es richtig hell war, lief ich wieder mit meinem Foto herum, und hatte auch die Gelegenheit, mit einem seiner Kollegen zu sprechen, die ihn vor dem Gebäude zuletzt gesehen hatten. Er umarmte mich fest und versicherte mir, dass sie alles tun würden, um Tommy und die anderen zu finden.

Es war bereits früher Nachmittag, als der Chief mich zu sich winkte. Mit rasendem Herzen ging ich zu ihm und wagte es nicht, zu atmen. Würde er mir sagen, dass sie Tommys Leiche gefunden hatten? Ich war überzeugt davon, dass mein Herz dann ebenfalls aufhören würde zu schlagen.

Er sah mich ernst an und sagte mir, dass sie ein Lebenszeichen der vier bekommen hätten. Juan hatte einen Funkspruch absetzen können, und ihnen erklärt, wo sie sich befanden. Die vier waren alle am Leben und in einem Hohlraum eingeschlossen. Sie hatten ihren Freunden eine recht genaue Beschreibung geben können, sodass diese jetzt wussten, wo genau sie suchen mussten. Das bedeutete, dass sie noch lebten. Dass Tommy noch lebte!

Ich brach weinend zusammen, als die Anspannung der unzähligen Stunden von mir abfiel.

„Ich will mit, nehmen Sie mich mit", flehte ich nachdrücklich.

Doch der Captain schüttelte den Kopf und erklärte mir, dass dies zu gefährlich war. Sie mussten mit schwerem Gerät arbeiten und den ganzen Schutt beiseiteschaffen. Das würde eine ganze Weile dauern.

Ich atmete mehrmals tief ein und aus. „In Ordnung, ich warte hier, aber wenn Sie die Vier rausholen, will ich dabei sein!", erklärte ich ihm nachdrücklich.

Der Captain verließ das Zelt und ich blieb allein zurück. Ich wurde fast wahnsinnig. Ging es Tommy gut, oder war er schwer verletzt? Würden sie die Vier rausholen können?

Ich rief erneut meine Eltern an und erzählte ihnen alles. Sie waren überglücklich zu hören, dass Tommy lebte.

Ich sah andauernd auf die Uhr, aber die Zeit schien quälend langsam zu vergehen. Der Nachmittag ging in den frühen Abend über und es dämmerte bereits, als der Chief endlich zu mir kam und mir mitteilte, dass sie sie nun rausholen würden.

Ich eilte hinter ihm her und kletterte über die Trümmer, um zu Tommy zu gelangen. Mein Herz raste so schnell, dass ich das Gefühl hatte, gleich einen Herzinfarkt zu bekommen.

Als Erstes wurde Gavin herausgezogen, und dann Juan. Beide hatten zahlreiche Verletzungen, aber sie lebten.

Dann kam die nächste Trage nach oben und ich stieß einen Schrei der Freude und Erleichterung aus.

Es war Tommy. Ich wartete ungeduldig, bis die Trage in meiner Nähe war und ich Tommys Gesicht sehen konnte. Es war voller Kratzer und Dreck, aber er hatte die Augen geöffnet und war wach. Ich beugte mich über die Trage und küsste ihn überschwänglich. „Ich liebe dich! Ich liebe dich so sehr!"

Er hob schwach eine Hand und strich mir übers Gesicht. „Ich habe gespürt, dass du da bist", sagte er kaum hörbar, mit kratziger Stimme, und bevor ich etwas erwidern konnte, war die Trage auch schon an mir vorbei. Die Helfer hatten eine schier endlose Kette gebildet, um die Tragen der Verletzten nach vorne zu den Rettungsfahrzeugen transportieren zu können. Ich rannte hinter Tommys Trage her und stieg zu ihm in den Rettungswagen. Dort versorgte man ihn mit einer Kochsalzinfusion, da er komplett dehydriert war, und verabreichte ihm Schmerzmittel. Die Erschöpfung oder die Medikamente hatten dafür gesorgt, dass er einschlief, und ich ließ ihn in Ruhe, obwohl ich mich am liebsten neben ihn auf die Trage gelegt und mich an ihn geschmiegt hätte.

Im Krankenhaus sprach man von einem Wunder. Er hatte einen Arm- und Beinbruch erlitten, zahlreiche Prellungen und Abschürfungen, aber keine schwerwiegenden Verletzungen.

Auch den anderen drei gingen es ähnlich gut.

Ich zog einen Sessel zu Tommys Krankenbett, nahm seine Hand in meine und legte meinen Kopf auf die Matratze, um mich kurz auszuruhen.

Ich musste wohl eingeschlafen sein, denn ich wurde von Tommys sanfter Berührung wach, als er über mein Haar streichelte.

Ich hob den Kopf und sah ihn blinzelnd an.

„Du bist zu mir zurückgekehrt ... ich wusste, dass unsere Liebe stark genug ist, um dich zurückzuholen", flüsterte ich.

Er hob meine Hand an seinen Mund und küsste sie zärtlich. „Als ich dort unter dem ganzen Schutt eingeschlossen war, konnte ich nur an dich denken. Daran, dass vier Wochen nicht genug sind. Ich will mein ganzes Leben mit dir verbringen", sagte er zu mir. Ich erinnere mich noch bis heute an jedes einzelne seiner Worte.

Nachdem Tommys Bein und Arm verheilt waren, haben wir beschlossen, in die Südstaaten zu ziehen, wo auch Tommys Eltern leben. Ich konnte den Anblick der Hochhäuser einfach nicht mehr ertragen. Alles an New York erinnerte mich an diesen schrecklichen Tag. Hier in Hope geht alles einen gemächlicheren Gang und wenn Tommy zu der kleinen Feuerwache des Ortes fährt, verkrampft sich nicht mein ganzer Körper vor Angst. Wir können uns tagsüber zum Mittagessen oder zum Kaffeetrinken treffen und abends sitzen wir auf der Veranda oder am Strand. Hier habe ich alles, was ich mir vom Leben gewünscht habe. Tommy ist zu mir zurückgekehrt und nun hat unser gemeinsames Leben erst richtig begonnen.

Kapitel 21

Als Alana nur noch Rauschen hörte, drückte sie die Stopp-Taste. Sie kuschelte sich in den Sessel und starrte auf die Wand, in der sie all diese Zeugnisse der Liebe gefunden hatte. Sie hatte die Stelle bewusst nicht repariert und auch nicht darüber tapeziert. Es war wie eine Art Zeitkapsel der Liebe, die sie nicht zerstören wollte.

Wenn sie irgendwann alles gehört und gelesen hatte, würde sie den Karton ordentlich verschließen und ihn wieder an Ort und Stelle verstecken. Momentan hatte sie nicht vor, wieder von hier wegzuziehen, aber wer wusste schon, was in Jahrzehnten war, oder vielleicht würden ihn irgendwann ihre Kinder oder Enkel dort finden. Sie lächelte, dieser Gedanke gefiel ihr. So wie ihre Großmutter ihn ihr hinterlassen hatte.

Umso länger sie hier wohnte, umso mehr bedauerte sie es, dass sie ihre Großmutter nicht kennengelernt hatte. Während der Arbeit in der Bibliothek hatte Alana immer mal wieder Zeit, mit Beth oder den anderen einen Kaffee zu trinken, und dabei hatte Alana sie natürlich über ihre Großmutter ausgefragt. Sie alle hatten sie sehr gemocht und waren untröstlich gewesen, als sie in ein Pflegeheim gegangen war, und nicht mehr ehrenamtlich in der Bibliothek hatte arbeiten können. Sie hatten sie ihr als warmherzige und humorvolle Frau geschildert. Als jemanden, der Bücher leidenschaftlich liebte und stundenlang über dieses oder jenes Buch diskutieren konnte.

Durch Chocolate wusste sie außerdem, dass sie tierlieb gewesen war, und die Einrichtung des Hauses sprach für einen guten Geschmack. Außerdem wusste Alana, dass sie eine Romantikerin und Idealistin gewesen war, denn auf ihren Fotos hatte sie trotz ihres hohen Alters unglaublich verliebt ausgesehen, und sie hatte ihr ihr Haus vermacht, weil sie sich gewünscht hatte, dass ihre Enkelin ebenfalls Liebe und Glück hier fand.

Das waren eigentlich eine ganze Menge Dinge, die sie mittlerweile über ihre Großmutter erfahren hatte. Aber dennoch war sie irgendwie zweidimensional für sie geblieben. Abigail Houlahan war für sie wie eine Buchfigur, bei der es der Autor nicht geschafft hatte, sie so lebendig zu beschreiben, dass man sie wirklich vor sich sah und eine Bindung zu ihr aufbaute. Für sie war sie weiterhin eine Fremde, die zwar wahnsinnig nett klang, aber zu der sie nicht wirklich eine Beziehung aufbauen konnte. Das fand sie unheimlich traurig, denn von dem, was sie gehört hatte, waren sie und ihre Großmutter sich unglaublich ähnlich gewesen. Nicht nur vom Aussehen her, sondern auch vom Wesen. Wie schön wäre es in ihrer schwierigen Teenagerzeit gewesen, jemanden zu haben, der einen verstand, und der für einen da war. Der einen so akzeptierte, wie man war. So wie es ihre Großmutter in ihrem Brief geschrieben hatte. Vielleicht wäre ihr Leben dann ganz anders verlaufen. Sie wäre selbstbewusster geworden und hätte in der Liebe und im Berufsleben andere Entscheidungen getroffen.

Aber Vergangenheit war Vergangenheit und ihre Großmutter hatte ihr mit diesem Haus ein unglaubliches Geschenk gemacht. Wer hätte gedacht, dass sich innerhalb von so kurzer Zeit das Leben komplett ändern konnte. Sie musste an Liz Worte denken: Hier habe ich alles, was ich mir vom Leben gewünscht habe.

Auch ihr ging es so. In diesem Moment musste sie unwillkürlich an Dante denken. Es machte ihr beinahe Angst, wie stark ihre Gefühle ihm gegenüber waren. Wie hatte sie so schnell eine so tiefe Liebe ihm gegenüber entwickeln können? Wenn er nicht da war, so wie heute, fehlte ihr etwas. Sie fühlte sich unvollständig.

Aber morgen hatten sie ja ein Treffen und sie war wahnsinnig neugierig, was er geplant hatte.

Sie las noch ein bisschen und sah sich dann einen Film an. Es war schon nach zehn, als es an ihrer Tür klopfte. Chocolate bellte aufgeregt und rannte zu Tür. Sie fragte sich, wer das so spät sein konnte. Als sie einen Blick durch das Fenster neben der Tür warf, fing sie an zu lächeln und Wärme breitete sich in ihr aus.

Sie hatte die Tür kaum geöffnet, als sie auch schon in Dantes Armen lag und er sie lang und leidenschaftlich küsste. Als er sich kurz von ihr löste, sagte er: „Ich konnte nicht mehr bis morgen warten, ich habe dich zu sehr vermisst."

Sie wollte etwas erwidern, aber er hatte ihren Mund schon wieder mit seinem verschlossen.

Er hatte sie auch vermisst! Er hatte es ohne sie nicht mehr ausgehalten.

Es war ein wunderschöner Abend, sie kuschelten sich zusammen auf die Couch und unterhielten sich über ihre jeweiligen Kindheiten, über ihre Teenagerzeit und über ihre früheren Beziehungen. Dante hatte einige Beziehungen gehabt, aber es war nie die große Liebe gewesen. Mit seiner letzten Freundin war er zwei Jahre lang zusammen gewesen, aber als die Zeit gekommen war, dass der nächste logische Schritt eine Verlobung gewesen wäre, war ihm klar geworden, dass er Carla zwar sehr mochte, aber dass sie nicht die Frau war, mit der er sein restliches Leben verbringen wollte. Als sein Großvater erkrankte, und er beschloss hierherzuziehen, war er beinahe froh, dass er so einen guten Grund hatte, die Beziehung zu beenden, ohne Carla zu verletzen.

Sie redeten stundenlang und anschließend übernachtete Dante bei ihr.

Im Bett seine Nähe und Wärme zu spüren, gab ihr ein wunderbar geborgenes Gefühl, und seinen leisen Atemzügen zu lauschen und sein Gesicht zu betrachten, während er schlief, hatte etwas unglaublich Intimes an sich.

***

Als sie am Morgen aufwachten, bot er wieder an, Frühstück zu machen, und sie stimmte begeistert zu.

„Wer bin ich, dass ich so ein kulinarisches Meisterwerk ablehnen würde?", sagte sie und küsste ihn auf die Wange.

Er stieß ein tiefes Lachen aus. „Wenn du ein einfaches Frühstück schon als kulinarisches Meisterwerk betrachtest, muss ich dich definitiv öfter bekochen."

„Das wäre schön", sagte Alana. „Und falls dein Angebot mit den Kochstunden noch steht, würde ich das auch gerne in Anspruch nehmen. Dein Unterricht ist bestimmt interessanter als jedes Kochbuch, das ich mir kaufen könnte."

„Wenn du morgen Zeit hast, könnten wir zusammen ein Mittagessen kochen", erwiderte er.

Sie lächelte glücklich, denn da sie heute schon ein Date mit ihm hatte, bedeutete das, dass sie das gesamte Wochenende zusammen verbringen würden.

Während er kurz nach drüben huschte, um alle Sachen zu holen, duschte sie schnell, zog sich aber nur eine alte verwaschene Jeans und ein Top an. Nach dem Frühstück würde sie sich richtig für ihr Date fertigmachen.

Auch das war etwas, das ihr zeigte, wie wohl sie sich bei Dante fühlte. Er gab ihr das Gefühl, immer wunderschön zu sein, auch wenn sie kein Make-up trug und sich nicht sorgfältig zurechtmachte. So hatte sie sich noch niemals gefühlt, selbst in ihrer Teenagerzeit hatte sie sich immer unwohl mit ihrem Körper gefühlt, und irgendwelchen Idealen entsprechen wollen.

Nach dem Frühstück, bei dem sie gefühlt zwei Kilo zugelegt hatte, verabschiedete er sich kurz von ihr, um im Supermarkt die Zutaten für die morgige Kochstunde zu kaufen, da ihr Date erst nach vierzehn Uhr losgehen könnte, sagte er geheimnisvoll.

Ihr war das ganz recht, so hatte sie die Zeit, sich schön für ihr Treffen zu machen. Sie schminkte sich sorgfältig, benutzte den großen Lockenstab, um ihren Haaren sanfte Wellen zu verleihen, und dann zog sie das Kleid an, das sie sich vor Kurzem extra für diesen Anlass in Charlotte gekauft hatte. Es war zwar schon fast Herbst und die Tage wurden langsam kühler, aber für heute war ein sonniger Tag vorausgesagt worden. Als sie das Kleid gesehen hatte, hatte sie sofort gewusst, dass es das richtige war. Es war von einem warmen Sonnengelb mit kleinen weißen Pünktchen, hatte eine Art Bustier-Oberteil und einen leichten fließenden Rock, der bis zu den Knöcheln ging. Es war zugleich sexy und weiblich, aber auch locker und luftig. Dazu trug sie weiße Converse Chucks, da sie nicht wusste, ob sie heute viel laufen musste. Gelbe Creolen vervollständigen den Look. Anschließend sprühte sie ihr Lieblingsparfüm auf.

Kapitel 22

Sie hatte es gar nicht bemerkt, aber es war schon nach ein Uhr und eine Viertelstunde, nachdem sie fertig war, klingelte auch schon Dante an ihre Tür.

„Wow! Ich denke immer, noch schöner kannst du nicht aussehen, und schon haust du mich wieder komplett aus den Socken. Du siehst wunderschön aus und sexy. Wenn wir nicht losmüssten ...“ Er grinste verheißungsvoll und ließ seine Hände über ihre Taille und Hüften gleiten.

„Wohin entführst du mich denn?“, fragte sie neugierig, nachdem sie in sein Auto gestiegen und losgefahren waren.

„Es wird eine Art Reise in die Vergangenheit“, erklärte er.

Sie schaute ihn verwirrt an. „Eine Art Reise in die Vergangenheit?“

„Du wirst es verstehen, wenn wir da sind.“

Alana hatte nicht die geringste Ahnung, was das bedeuten sollte, aber sie freute sich darauf, den Tag mit Dante zu verbringen, egal, was sie unternehmen würden. Einfach nur in seiner Nähe zu sein und Zeit mit ihm zu verbringen, reichte ihr vollkommen.

Er fuhr in Richtung Charlotte und dann noch eine halbe Stunde weiter. Dabei wurde ihr bewusst, dass sie noch viel zu wenig von North Carolina gesehen hatte. Vielleicht könnte sie mit Dante an den Wochenenden

Ausflüge in die Umgebung machen, er hatte in seiner Kindheit und Jugend schließlich viel Zeit hier verbracht, sodass er bestimmt viele schöne Fleckchen kannte.

Sie hatte nie gewusst, wie wunderschön diese Gegend war. Sie sah aus dem Fenster und betrachtete die Bäume. Der Sommer vergilbte langsam zu Herbst und der Herbst würde, ehe sie sich versah, zu Winter gefrieren.

Sie fragte sich, ob es hier auch richtig kalt werden würde, wie in Deutschland. Weiße Weihnachten würde es ganz bestimmt nicht geben, dafür war das Klima hier nicht geschaffen, was schade war, denn sie liebte Schnee, gerade an Weihnachten. Sie freute sich dann immer wie ein kleines Kind.

„Schneit es hier in North Carolina auch mal?", fragte sie Dante.

„Nein, leider nicht. Im Dezember und Januar ist es ungefähr zehn Grad. In strengen Wintern kann es auch schon mal nur ein paar Grad über null sein, aber auf Schnee wirst du verzichten müssen. Magst du ihn denn gern?"

Alana nickte und erzählte ihm von all den richtigen Wintern ihrer Kindheit, als es eigentlich jedes Jahr weiße Weihnachten gegeben hatte. Von Schlittenfahrten, Schneeengeln und dem Bauen von Schneemännern, und nicht zu vergessen die Schneeballschlachten. Dann war man durchgefroren nach Hause gekommen und hatte sich unter eine Decke gekuschelt und heißen Kakao getrunken.

„Klingt wirklich schön, da hast du recht", stimmte ihr Dante zu.

Sie unterhielten sich so intensiv, dass Alana erst merkte, dass sie angekommen waren, als Dante stoppte und der Motor des Wagens verstummte.

„Überraschung", sagte er lächelnd.

Sie blickte aus dem Fenster und das Erste, was sie entdeckte, war ein bunt leuchtendes Riesenrad.

„Ein Jahrmarkt!", quietschte sie voller Freude.

„Es ist zwar nicht Coney Island, aber es ist der größte Jahrmarkt in der Gegend, und ich dachte, du möchtest vielleicht Allys Erinnerungen mit mir gemeinsam wiedererwecken."

„Das ist eine wunderschöne und absolut perfekte Idee. Du hast die Briefe also gelesen? Wie fandest du sie?"

„Ja, ich wollte erst mal nur einen gelesen, aber dann konnte ich einfach nicht mehr aufhören. Du hast recht, die Geschichten sind absolut fesselnd und so lebendig geschrieben, dass man sie alle vor sich sehen kann. Und als ich die Geschichte von Ally und James gelesen habe, musste ich sofort an den Jahrmarkt denken. Also auf zur ersten Station: Das Riesenrad."

Alana folgte Dante über den Jahrmarkt und sog den wunderbaren und einzigartigen Geruch nach Zuckerwatte, Hotdogs und Eis in sich hinein. Sie kauften sich ein Ticket und kurz darauf stiegen sie mit der Gondel in die Höhe. Sie stellte sich Ally vor, an diesem Tag auf Coney Island, als der Jahrmarkt unter ihnen still dagelegen hatte. Wie sie sich gefühlt hatte ... überglücklich wegen des wunderschönen Tages, aber tief in sich traurig und ängstlich, weil sie wusste, dass es der letzte Tag war, den sie mit James verbrachte ... vielleicht sogar für immer.

Doch schon bald vergaß sie alle Gedanken an Ally, denn Dante legte seinen Arm um sie und sah sie so intensiv an, dass sie das Gefühl hatte, nicht einmal mehr ihren eigenen Namen zu wissen. Mit der anderen Hand strich er zärtlich über ihre Wange und küsste sie. Es war unglaublich, wie viele verschiedene Facetten von Küssen er beherrschte. Dieser hier war federleicht und unfassbar zärtlich, und er schien pure Liebe auszudrücken. Sie schloss die Augen und genoss den Kuss und das Gefühl der Schwerelosigkeit in dieser leicht hin und her schaukelnden Gondel.

Nach einigen Runden stiegen sie aus und genau wie in Allys Geschichte war ihre nächste Station ein altmodisches Pferdekarussell. Sie kannte es aus zahlreichen Filmen und Büchern, war aber noch nie auf einem gewesen, da es diese auf deutschen Jahrmärkten nicht gab. Sie suchten sich zwei Pferde nebeneinander aus, und genau wie James streckte auch Dante seine Hand nach ihr aus. Im Gegensatz zu damals waren dieser Jahrmarkt und auch das Pferdekarussell gut besucht und um sie herum jauchzten und schrien Kindern und überall ertönte Lachen. Doch sobald sie Dantes Hand ergriff und er sie mit diesen funkelnden grünen Augen ansah, verblasste alles um sie herum und die Welt verstummte. Es schien nur noch sie zwei zu geben. Der Bann wurde erst gebrochen, als er sich zu Alana hinüberbeugte, dabei fast das Gleichgewicht verlor und vom Pferd fiel und sie beide einen Lachanfall bekamen, der gar nicht mehr aufhören wollte.

Anschließend kauften sie sich der Geschichte gemäß einen Hotdog und Zuckerwatte.

Während sie Hand in Hand durch die Gassen schlenderten, machte sie sich bewusst, was für ein Glück sie hatte. Alana lebte in einer Zeit, in der sie lieben konnte, wen sie wollte, egal welcher Hautfarbe, Geschlecht oder Abstammung derjenige war und sie musste keine Angst haben, dass Dante in einen Krieg ziehen musste, aus dem er nicht zurückkehrte. Wir neigten dazu, solche Dinge als selbstverständlich zu nehmen, aber das waren sie nicht. Was hätten Eliza, Emanuela oder Ally darum gegeben, jetzt und hier zu leben?

Sie beugte sich zu Dante hinüber und gab ihm einen Kuss. „Danke", sagte sie.

„Wofür?", fragte er überrascht.

„Für alles … für diesen besonderen Tag … für dich … dass du so bist, wie du bist."

Er lächelte sie an. Es war dieses spezielle Lächeln, das sein ganzes Gesicht zum Strahlen brachte, seine Augen funkeln und kleine Fältchen drum herum entstehen ließ. Sie war sich sicher, dass er auch in dreißig Jahren noch ein überaus attraktiver Mann sein würde, aber sein Aussehen war für sie gar nicht so entscheidend, es war sein Herz. Dass ihn diese Geschichten genauso berührt hatten wie sie und dass er ihr diesen Tag geschenkt hatte, zeigte ihr, was für ein Mensch er war. Sie war glücklich, dass er langsam wieder lachen konnte. In der Anfangszeit, als sein Großvater ins Heim gekommen war, hatte er sich große Vorwürfe gemacht, weil er versprochen hatte, sich zu Hause um ihn zu kümmern, aber die Ärzte hatten ihm erklärt, dass es einfach nicht mehr möglich war, und dass sein Großvater sich mittlerweile in einem Zustand befand, in dem er nicht mehr wusste, wer er war, geschweige denn wo.

Dennoch ging Dante ihn regelmäßig besuchen.

Sie blieben noch eine ganze Weile auf der Kirmes, und es war fast Abend, als sie nach Hause fuhren.

Dante brachte sie zu ihrem Haus und gab ihr einen langen Kuss, dann verabschiedete er sich von ihr.

Sie gab Chocolate gerade Futter, als es an der Tür klopfte. Sie runzelte die Stirn. Hatte er etwas vergessen?

Als sie die Tür öffnete, stand tatsächlich Dante vor ihr. „Hast du etwa gedacht, der Abend wäre schon zu Ende? Da fehlt doch noch so einiges.“

Er präsentierte ihre eine DVD, einen Beutel Popcorn, Schokolade und eine Flasche Cola.

„Ich hätte dich auch gern ins Kino ausgeführt, aber der Film ist ein winziges bisschen zu alt, um gerade zu laufen, deshalb habe ich ihn uns als DVD besorgt“, erklärte er.

Sie fiel ihm stürmisch um den Hals und küsste ihn, Chocolate ließ sich von der Aufregung anstecken und streifte bellend um ihre Beine herum.

Sie hatte den Film tatsächlich noch nie gesehen und er war absolut fantastisch. Sie lachte und seufzte, genau wie Ally es so viele Jahre zuvor getan hatte, und Dante hielt sie im Arm, so wie James damals Ally im Arm gehalten hatte. Als der Film zu Ende war, führte Dante sie nach draußen, wo es bereits dunkel geworden war. Er zog sein Handy hervor und kurz darauf erklang ein langsamer Love-Song. Direkt vor dem Haus zog er sie in seine Arme und begann zu tanzen. Als der Refrain erklang, wurde ihr klar, dass er sogar das Lied, das Ally genannt hatte, für sie herausgesucht hatte. Sie schloss die Augen, schmiegte sich an Dantes Schulter und wünschte sich, dass dieser Abend niemals enden würde. Alles daran war absolut perfekt, doch dann geschah etwas, was es noch perfekter machte. Dante wich ein wenig zurück und hob sanft ihr Kinn. „Ich liebe dich, Alana! Ich habe noch nie zuvor so für einen Menschen gefühlt."

Ihre Kehle wurde eng, daher konnte sie nur flüstern: „Und ich liebe dich."

Auch das Picknick hatte er nicht vergessen, er hatte es unten am Strand hergerichtet, genau wie es James getan hatte. Und Ally hatte recht gehabt, es fühlte sich an, als würde dieser wundervolle Tag niemals enden. Es waren Ally und James Erinnerungen und doch waren es jetzt auch ihre eigenen. Erinnerungen, von denen sie einst ihren Kindern würde erzählen können.

Irgendwann ließ er Alana kurz allein, und kehrte zehn Minuten später wieder zurück. Sie fragte sich, was er getan hatte.

Als sie ins Haus zurückkehrten und das Schlafzimmer betraten, wurde ihre Frage beantwortet – er hatte auch den letzten Punkt nicht vergessen: die romantische Liebesnacht in dem Raum voller Kerzen und Blumen. Sie sah sich fassungslos um. Es war unfassbar, wie er das Zimmer in nur zehn Minuten verwandelt hatte. Es wirkte wie ein vollkommen fremder Ort. Die Nacht, die nun folgte, war so einzigartig, dass Alana es nicht vermochte, sie in Worte zu fassen. Denn wenn sie es tat, würde sie nur wieder in Versuchung geraten, Sätze zu verwenden, die sich wie aus einem Liebesroman anhörten. Sätze, von denen ihr niemand glauben würde, dass sie wahr waren. Aber das waren sie.

Als sie am Morgen aufwachte, sich an Dantes nackten Körper schmiegte, und sein friedliches Gesicht betrachtete, war sie sich sicher, dass niemand auf der Welt so glücklich sein konnte, wie sie es gerade war.

Von klein auf hatte man ihr beigebracht, dass es das vollkommene Glück nicht gab, und dass man im Leben nun mal nicht alles haben konnte, aber das stimmte nicht. Sie war vollkommen glücklich und sie hatte alles, was sie sich jemals gewünscht hatte.

Sie blieben bis mittags im Bett und dann duschten sie gemeinsam, bevor sie sich bequeme Sachen anzogen und in die Küche gingen, um die versprochene Kochstunde abzuhalten.

Selbst das Kochen machte mit Dante wahnsinnigen Spaß und mehr als einmal mussten sie innehalten, weil sie vor lauter Lachen keine Luft mehr bekamen. Alana gab sich wirklich Mühe, aber sie war von jeher eher tollpatschig veranlagt und das führte in der Küche des Öfteren zu kleinen Katastrophen.

„Ich würde ja sagen, du kannst schon mal das Gemüse klein schneiden, aber das nächste Krankenhaus ist ein ganzes Stück entfernt", meinte Dante lachend.

Alana streckte ihm die Zunge raus und gemeinsam alberten sie herum, während Dante ihr alles, was er tat, Schritt für Schritt erklärte.

Er bewegte sich selbstbewusst und geschmeidig in der Küche, und konnte, ohne ins Schwitzen zu geraten, drei Dinge gleichzeitig erledigen. Und obwohl Alana noch einiges lernen musste, machte ihr der Unterricht riesigen Spaß, was wahrscheinlich zum größten Teil an dem fantastischen Lehrer lag.

Als das frittierte Hühnchen, die Okra und die Backkartoffeln mit Kräuterquark fertig waren, nahmen sie alles mit nach draußen und gingen hinüber zu Dantes Picknicktisch.

Es war erst ein paar Monate her, dass sie hier zum ersten Mal zusammen gegessen hatten, aber Alana kam es vor, wie ein halbes Leben, denn so viel war seit ihrem Umzug hierher geschehen. Es war ein komplett anderes Leben, das sie führte, eines, das so viel besser war als ihr altes.

Nachdem sie aufgegessen hatten, gingen sie noch ein bisschen am Strand entlang und dann fuhr Dante seinen Großvater besuchen. Doch er versprach danach wieder zu ihr zu kommen.

Kapitel 23

Sie räumte alles in die Spülmaschine und beschloss dann, dieses perfekte Wochenende dafür zu nutzen, die letzte Geschichte zu lesen. Einerseits hatte sie damit warten wollen, denn es war nun mal die letzte, und sie genoss das Lesen so sehr, aber andererseits war dieser Tag genau passend dafür.

Sie war gespannt, was sie erwartete. Liz Geschichte war von 2001, das hieß, die letzte Geschichte musste relativ aktuell sein. Wahrscheinlich von den Mietern oder Vorbesitzern nach Liz und Tommy.

Es war mittlerweile abends so kühl, dass sie sich eine leichte Decke nahm und sich darunter einkuschelte, um die letzte Aufzeichnung zu lesen. Diese war wieder in einem kleinen Notizbuch verfasst. Es war wunderschön, und sah aus, als wenn es in Seide gebunden wäre, die Ecken hatten kleine Metallverzierungen.

Sie schlug die erste Seite auf.

19. Februar 2018

In alter Tradition beginne ich damit, mich bei dir lieber Leser vorzustellen. Mein Name ist Abigail Houlahan und ich bin bislang die älteste Schreiberin.

Ihre Großmutter hatte den letzten Brief geschrieben! Warum war es ihr bisher nie in den Sinn gekommen, dass ihre Großmutter ebenfalls einen Brief für die Nachwelt hinterlassen hatte?

Sie hatte doch in ihrem Anwaltsbrief geschrieben, dass sie hier Liebe und Glück gefunden hatte. Da war es so absolut logisch, dass sie ihre Geschichte ebenfalls niedergeschrieben hatte.

Sie fuhr mit den Fingerspitzen behutsam über den Einband. Jetzt war diese letzte Geschichte noch ungleich wertvoller für sie geworden, denn durch dieses Vermächtnis würde sie ihre Großmutter endlich richtig kennenlernen, so wie sie es sich immer erhofft hatte.

Sie vertiefte sich wieder in die Zeilen.

Als ich hierherzog, 2010, war ich einundsiebzig Jahre alt. Man könnte also denken, dass meine Liebesgeschichte schon viele Jahrzehnte zurückliegt, aber so ist es nicht. Sie findet jetzt gerade statt. Alles begann mit dem Tod meines Mannes ... ja, ich war verheiratet, aber er ist nicht die Liebe, von der ich hier schreiben werde. Wir waren insgesamt fast vierzig Jahre verheiratet, und ich will nicht sagen, dass mein Leben schlecht war, denn das war es nicht. Wir hatten viele schöne Tage zusammen, aber es war nie diese allumfassende, verzehrende Liebe. Ich erlebte das, was so viele Frauen, gerade meines Alters durchlebt hatten. Ich wurde schwanger von einem Mann, den ich nicht wirklich liebte, und tat nach dem Drängen meiner Eltern das, was man in so einer Situation eben tat: Ich heiratete den Kindsvater. Wir hatten schon nach kurzer Zeit gemerkt, dass uns nicht viel verband. Wir sahen die Welt einfach mit an-

deren Augen. Ich war idealistisch, romantisch und äußerst kreativ. Außerdem war ich abenteuerlustig. Ich wollte die Welt bereisen, alle möglichen Dinge ausprobieren und meiner Kreativität nachgehen. Helmut hatte einen tristen Bürojob, dem er gern nachging und verbrachte seine freie Zeit am liebsten vor dem Fernseher, um Sport oder Krimis zu schauen. Er fand meine Buchleidenschaft albern und Geldverschwendung und wir interessierten uns für vollkommen andere Dinge. Doch damals war eine Ehe etwas Bindendes, Lebenslanges und wenn man erst einmal verheiratet war, musste man sich mit dem Partner arrangieren. Und ehe ich mich versah, hatte ich noch ein Kind bekommen, sie wurden größer und die Jahre zogen an mir vorbei. Man merkt es zunächst nicht, aber wenn man in so einer Ehe gefangen ist, dann verliert man sich Stück für Stück. Es sind fortwährend kleine Teile, die der andere nimmt, und die dafür sorgen, dass man nicht mehr der Mensch ist, der man einst war. Ich ging nicht mehr ins Theater, in Museen, ich malte immer weniger, ich wurde stiller und zog mich mehr und mehr in mich zurück.

Und irgendwann, als die Kinder groß waren, war nichts mehr von mir übrig. Abigail Houlahan war nicht mehr da, Abigail Konrad hatte sie komplett assimiliert. Mein Körper war noch da, aber das, was mich ausgemacht hatte, war verschwunden.

Dann, als ich Siebzig war, starb Helmut überraschend an einem schweren Herzinfarkt. Natürlich trauerte ich, immerhin hatte ich den Großteil meines Lebens mit ihm verbracht, und nachts konnte ich nicht mehr schlafen, weil ich es nicht gewohnt war, dass die Bettseite neben mir leer war. Aber mein Schmerz ging nicht so tief, wie er sollte. Ich hatte nicht das Gefühl, dass ich mit ihm sterben wollte, oder dass mein Leben keinen Sinn mehr hatte. Ich hatte diese Gefühle, die die anderen Frauen in ihren Briefen und Kassetten beschrieben hatten, niemals empfunden. Statt Trauer, die mich in ein tiefes Loch zu stürzen drohte, empfand ich etwas, worüber ich mit niemandem sprechen konnte: Das Gefühl, endlich wieder frei zu sein. Als hätte mir jemand eine schwere Eisenkugel abgenommen, die ich jeden Tag mühsam mit mir herumgeschleppt hatte. Ja, ich war siebzig, aber ich beschloss, mich auf eine Reise zu begeben, um mich selbst wiederzufinden. Ich fing wieder mit dem Malen an, trat einem Buchclub bei und ging ins Theater und in die Oper. Aber das alles schien nicht genug zu sein. Ich versuchte, mich zu erinnern, wann ich am glücklichsten gewesen war in meinem Leben, und stellte fest, dass es in meiner Kindheit in North Carolina gewesen war. Spontan buchte ich einen Urlaub in einem kleinen Städtchen namens Hope, wo ich früher die Sommer verbracht hatte. Und was soll ich sagen, ich kam an und ich war zu Hause. Ich weiß nicht, ob es dir lieber Leser auch so ergangen ist, als du hierhergekommen bist, aber ich wusste in der Sekunde, als ich den Strand betrat, dass ich nirgendwo anders mehr leben wollte. Jetzt musste ich das nur noch meiner Familie beibringen, und ich wusste, das würde kein Zuckerschlecken werden. Mein Sohn führte sein eigenes Leben und meldete sich nur sporadisch bei mir, aber meine Tochter kam extrem nach meinem Mann, was bedeutete, dass sie durch und durch rational veranlagt war. Sie würde das alles nicht verstehen können. Für sie waren mein Mann und ich glücklich verheiratet gewesen und ich war eine alte Frau, die ihr Leben gelebt hatte.

Als ich wieder nach Deutschland kam, und ihr meinen Entschluss mitteilte, erntete ich wie befürchtet vollkommenes Unverständnis. Ich versuchte, ihr meine Beweggründe, so gut es ging zu erklären, aber es war hoffnungslos. Irgendwann war es so schlimm, dass wir uns jedes Mal stritten, wenn das Thema zur Sprache kam. Ich versuchte, ihr zu erklären, dass wir regelmäßig telefonieren könnten, ich zu den Feiertagen nach Deutschland fliegen könnte und sie zu mir in den Ferien nach North Carolina; dass es etwas Aufregendes und Schönes war. Doch sie nannte mich verrückt und drohte, dass sie dann den Kontakt abbrechen würde. Es tat mir in der Seele weh, aber ich hatte vierzig Jahre lang zugelassen, dass jemand Teile von mir nahm, bis irgendwann nichts mehr da war, das würde ich nicht wieder mit mir machen lassen. Dafür war mein verbleibendes Leben einfach zu kurz. Ich versuchte es wieder und wieder, doch die Fronten verhärteten sich immer mehr.

2010 zog ich schließlich nach North Carolina und hoffte, dass sich meine Tochter wieder beruhigen würde. Für uns, aber auch für meine Enkelin Alana, die nicht ohne Großmutter aufwachsen sollte. Ihr würde es hier bestimmt genauso gut gefallen wie mir. Doch statt besser wurde es schlimmer. Meine Tochter sprach nicht mit mir und alle Briefe und Pakete, die ich schickte, kamen ungeöffnet wieder zurück.

Auch wenn es mir sehr weh tat, bereute ich meinen Entschluss nicht eine Sekunde. Wenn man so alt ist wie ich, liegen irgendwann alle großen Meilensteine hinter einem. Sein erster Kuss, sein Schulabschluss, sein erster Freund, sein erster Job, heiraten, Kinder kriegen, die Kinder großwerden sehen, diese bekommen Enkelkinder. Irgendwann wacht man auf und stellt fest, dass die Meilensteine alle hinter einem liegen, ein riesengroßer Berg und die Steine vor einem sind kaum noch der Rede wert. Doch durch meinen Umzug hierher hatte ich plötzlich viele neue Meilensteine geschaffen und einer der größten, von dem ich gedacht hatte, dass er meinem Weg gar nicht bestimmt war, wartete ebenfalls auf mich: Die Liebe und mit der Liebe eine Zukunft und Glück. Alles Dinge, die ich zu erleben nicht mehr erhofft hatte.

Alles hier war so neu und aufregend. Zum ersten Mal konnte ich ein Haus nur nach meinem eigenen Geschmack einrichten, ich konnte kochen, was ich gern aß und wann immer ich wollte am Strand spazieren gehen oder einen Stadtbummel machen. Ich erfüllte mir außerdem meinen großen Traum und nahm einen wunderschönen, intelligenten Hund namens Buster bei mir auf. Helmut hatte Hunde nicht gemocht, also hatte ich keinen haben dürfen, egal, wie sehr ich ihn mir auch gewünscht hatte. Und Buster ist der beste Hund, den man sich vorstellen kann, er weicht nie von meiner Seite und er ist ein richtiger Freund für mich geworden.

Nach ein paar Wochen entdeckte ich die Bibliothek von Hope und da ich Bücher schon immer geliebt hatte, beschloss ich, dort ehrenamtlich zu arbeiten, und das werde ich wahrscheinlich solange tun, wie es meine Gesundheit zulässt, denn es macht mir so großen Spaß, anderen Menschen Bücher näherzubringen, oder mit ihnen über dieses und jenes Buch zu plaudern. Außerdem lernt man auf diese Weise unglaublich viele nette Menschen kennen.

Einer dieser netten Menschen ist Lorenzo. Man spricht oft leichtfertig von einer Fügung des Schicksals oder von Bestimmung, aber dass wir uns getroffen haben, war beides. Denn der Mann, der eines Tages in die Bibliothek spazierte, um sich Bücher über den Anbau von Gemüse auszuleihen, kam mir vom ersten Augenblick an vertraut vor, was seltsam war, denn ich hatte ihn nie zuvor in der Stadt gesehen. Aber diese Augen, dieses Lächeln, all das löste etwas in mir aus. Es war ein ähnliches Gefühl, wie das, das ich das erste Mal hier in Hope empfunden hatte ... ein Gefühl des Nachhausekommens. Ich war vollkommen verwirrt, und wusste nicht, warum ein fremder Mann solche Gefühle in mir auslöste.

Doch als er zu mir an die Theke kam, und wir uns unterhielten, fand ich heraus, warum. Er war kein Fremder für mich.

Es war Lorenzo ... der kleine Junge, der immer im Haus neben unserem Ferienhaus gewohnt hatte, und mit dem ich in den Ferien jeden einzelnen Tag verbracht hatte. Wir hatten am Strand oder im Wasser getobt, Eis gegessen oder Sandburgen gebaut. Und kurz bevor wir nach Deutschland ausgewandert waren, ich war gerade dreizehn Jahre alt gewesen, war er der Junge gewesen, von dem ich meinen allerersten Kuss bekommen hatte. Es war ein unschuldiger Kuss gewesen, ein

Kuss zwischen zwei Teenagern, die beide furchtbar aufgeregt gewesen waren, aber dennoch wunderschön. O mein Gott, ich hatte so lange nicht mehr an diesen Kuss gedacht und auch nicht an Lorenzo. Ich erzählte ihm, dass ich ein Haus in der Nähe des Strandes gekauft hatte, wo wir uns immer getroffen hatten, und er erzählte mir, dass er nach dem Tod seiner Eltern wieder in das Haus gezogen war, in dem er als kleiner Junge gelebt hatte. Wir waren wieder Nachbarn und ich hatte es nicht gewusst. Wer weiß, wie oft wir uns in den letzten Wochen schon unbewusst über den Weg gelaufen waren. Das Ganze war unfassbar.

Wir freuten uns beide so sehr, uns wiedergefunden zu haben nach all den Jahrzehnten, dass wir uns direkt für den Nachmittag in einem Café in der Nähe verabredeten. Ich war plötzlich aufgeregt wie ein junges Mädchen, das eine erste Verabredung hatte. Ich fühlte mich um Jahrzehnte jünger und konnte den ganzen Tag an nichts anderes mehr denken.

Lorenzo und ich hatten uns sehr gemocht, und ich war todunglücklich gewesen, als wir uns hatten verabschieden müssen. Aber mit den Jahren ... Jahrzehnten war meine Erinnerung mehr und mehr verblasst, bis ich irgendwann gar nicht mehr an ihn gedacht hatte.

Doch heute, als ich diese warmen braunen Augen und das verschmitzte Lächeln gesehen hatte, hatte mein Herz darin sofort unwillkürlich den wunderschönen dreizehnjährigen Jungen erkannt.

Als ich das Café betrat, war Lorenzo bereits da und hatte uns einen Tisch reserviert. Wir bestellten uns jeder ein Stück Torte und Kaffee und waren schon kurz darauf in ein angeregtes Gespräch vertieft. Wir redeten dreieinhalb Stunden ohne Pause, aber es kam mir nur einen Bruchteil so lang vor. Die Zeit verflog einfach, ohne dass wir es bemerkten. Immerhin hatten wir Jahrzehnte aufzuholen. Ich erzählte ihm von meinem Leben, von meiner Ehe und meinen Kindern und Enkelkindern und meinem Entschluss, wieder an diesen Ort zurückzukehren. An den Ort, an dem ich einst so glücklich gewesen war. Danach erzählte er mir von sich. Auch seine Frau war vor einigen Jahren gestorben, aber er schien eine glücklichere Ehe geführt zu haben als ich. Das freute mich aufrichtig für ihn. Doch genau wie ich hatte er stets Sehnsucht nach diesem Ort empfunden, und als seine Eltern gestorben waren, war er hierher zurückgezogen.

Irgendwann schloss das Café und wir mussten gehen, aber wir hatten uns noch so viel zu erzählen, dass wir uns für den nächsten Tag wieder verabredeten. Ich weiß, heutzutage lässt man den anderen gern zappeln, und es wird als Zeichen der Verzweiflung angesehen, wenn man sich zu schnell meldet, aber wir beide waren zu alt für so etwas. Ich wollte nicht noch mehr Zeit vergeuden.

Am nächsten Tag trafen wir uns am Strand und gingen dort spazieren, und Lorenzo führte mich zu einer versteckt gelegenen Stelle, an der er einen kleinen zusammenklappbaren Tisch und Stühle aufgestellt hatte.

„Ein Picknick am Strand, für alte Knochen", sagte er grinsend und ich musste lachen.

Wir setzten uns mit dem Blick zum Wasser hin und ließen weiterhin unser Leben Revue passieren, und dann schweiften wir zu unserer gemeinsamen Vergangenheit ... wie einfach und schön das Leben zu dieser Zeit *gewesen war und dass alle Meilensteine noch vor uns gelegen hatten. Wir redeten, bis es anfing zu dämmern und die Sonne das Meer in ein warmes Orangerot tauchte.*

Ich blickte durchs Fenster hinaus in Richtung Strand, und hatte das Gefühl, meine Großmutter fast dort sitzen sehen zu können. Ich freue mich so sehr für sie, dass auch sie hier das Glück gefunden hatte.

Und dann musste ich unwillkürlich an Dante denken ... wie ich mit ihm am Strand gewesen war, und ob meine Großmutter bei Lorenzo wohl genauso Schmetterlinge im Bauch gehabt hatte, wie ich bei Dante.

Von nun an trafen wir uns jeden Tag, wir gingen essen, Kaffeetrinken, ins Kino oder wir fuhren nach Charlotte und besuchten dort das Theater, Museen oder die Oper. Lorenzo schien an Kunst ebenso interessiert zu sein wie ich. Er erklärte mir, dass ihm dies sozusagen in die Wiege gelegt worden sei, denn seine Mutter, eine Künstlerin, hatte ihn nach dem berühmten Bildhauer Gian Lorenzo Bernini benannt, der unter anderem den Petersplatz und Dom und den Vierströmebrunnen entworfen hatte.

Das hatte ich gar nicht gewusst, aber andererseits war das auch nichts, worüber Kinder oder Teenager sprachen. Ich genoss jede Minute mit ihm, denn er war ein absolut wunderbarer Mann. Er war äußerst attraktiv für sein Alter und wirklich geistreich, lustig und intelligent.

Nach zwei Wochen küsste er mich das erste Mal, als er mich nach Hause brachte, und ich hatte das Gefühl, als würde ich eine Zeitreise machen. Plötzlich war ich wieder dreizehn Jahre alt und so viele glückliche Momente lagen noch vor mir. Der Kuss war wunderschön und er ließ die Liebe, die als sanfte Knospe in mir entstanden war, vollends erblühen.

Als Helmut gestorben war, hatte ich keine neue Beziehung mehr eingehen wollen, denn ich war so unglaublich froh gewesen, dass niemand mehr da war, der mich zu verändern versuchte, doch mit Lorenzo war das etwas vollkommen anderes. Umso länger wir zusammen waren, umso mehr merkte ich, wie ich wieder zu meinem ganz alten Selbst wurde. Er mochte meine übersprudelnde Art, er hörte mir gern zu, wenn ich von Gott und der Welt erzählte, und seine Fragen zeigten mir, dass er mir wirkliches Interesse entgegenbrachte, und er versuchte nicht, mich zu verändern. Ganz im Gegenteil, er unterstützte und bestärkte mich in allem, was ich tat. Durch ihn entdeckte ich meine Kreativität erneut und malte wieder regelmäßig, ich sah die Welt wieder bunt. Es war, als hätte ich all die Jahrzehnte geschlafen, und wäre erst jetzt wieder richtig aufgewacht. Wir überlegten zusammenzuziehen, weil das irgendwie der nächste logische Schritt zu sein schien, aber wir beide liebten unsere Häuser und die Tatsache, dass wir so auch einfach mal für uns sein konnten. Wir hatten beide lange Ehen hinter uns und wussten daher, dass man sich leicht auf die Nerven fiel, wenn man vierundzwanzig Stunden an einem Ort zusammen war. Also beschlossen wir, alles so zu belassen, denn das war perfekt für uns. Wir wohnten beide nah beieinander und wir verbrachten sowieso jeden Tag zusammen, und *falls der eine nach dem anderen Sehnsucht hatte, kam er einfach vorbei.*

Lorenzo schenkte mir eine Liebe, von der ich gar nicht gedacht hatte, dass sie existieren könnte. Etwas so Tiefes und Echtes, dass es mir manchmal beinahe Angst machte. Es war nicht nur so, dass ich in seiner Nähe ich selbst sein konnte, nein, ich war ein besseres Selbst.

Ich hätte nie gedacht, dass das Leben auch so sein könnte ... so glücklich und so unbeschwert. Ich arbeitete in der Bibliothek, ich ging mit Buster am Strand spazieren und ich verbrachte jede freie Minute mit Lorenzo. Aber auch wenn wir zusammen waren, ließ er mir Freiraum. Manchmal kam er zu mir herüber und setzte sich stumm mit einem Buch auf die Veranda, wo ich gerade malte. Wir sprachen kein Wort miteinander, aber das war auch nicht nötig. Die Anwesenheit des anderen genügte uns voll und ganz, und machte unseren Tag perfekt. Lorenzo nahm keine Teile von mir, er fügte neue hinzu.

Es ist jetzt acht Jahre her, dass ich hierhergezogen bin, und acht Jahre bin ich mit Lorenzo zusammen und es fühlt sich wie ein Wimpernschlag an. Ich bin immer noch überglücklich und stehe morgens mit einem Lächeln auf. Mein Leben war noch nie schöner, als in den letzten acht Jahren und ich hoffe, dass dir dieser Ort, der mir manchmal beinahe magisch erscheint, genauso viel Glück und Liebe bringen wird, lieber Leser.

P.S.: Lorenzo hat mir einen Heiratsantrag gemacht. Mein erster Heiratsantrag bestand daraus, dass Helmut sagte: „In Ordnung, dann heiraten wir eben wegen des Babys."

Lorenzo hingegen hatte von meiner Leidenschaft von den Briefen erfahren, die ich hier im Haus gefunden hatte und wie sehr sie mich berührt hatten.

Eines Abends ging er mit mir im Dunkeln hinunter zum Strand und mir stockte der Atem, denn ich kannte diese Szene. In der Mitte des Strandes lag ein Ruderboot im Sand und drumherum waren unzählige Laternen mit Kerzen darin verteilt. Genauso hatte Jonathan Emanuela den Heiratsantrag gemacht.

Lorenzo ging zum Boot und streckte mir die Hand entgegen, um mir hineinzuhelfen.

Er würde doch nicht ... hatte ich gedacht und in diesem Moment präsentierte er mir den wunderschönsten Ring, den ich je gesehen hatte. Ein Ring, der zeigte, dass mir Lorenzo immer zuhörte und mich besser als jeder andere kannte.

„Ich würde mich ja hinknien wie Jonathan, aber dann würde ich nicht mehr hochkommen, und all die Romantik wäre dahin", sagte Lorenzo.

„Es ist perfekt so", flüsterte ich atemlos.

„Abigail, ich weiß, wir sind nicht mehr die Jüngsten, aber ich habe so lange gebraucht, um dich wieder zu finden, dass ich nicht mehr eine Minute ohne dich leben möchte. Du bist der Teil, der mir die ganze Zeit noch zu meinem Glück gefehlt hat. Du machst mein Leben vollkommen. Wenn ich mit dir zusammen bin, fühle ich mich wieder jung und so, als würde das ganze Leben noch vor mir liegen, und das tut es ... ein Leben mit dir, der Liebe meines Lebens. Also Abigail Houlahan, willst du meine Frau werden und mein Leben zu einem Leben machen, das es wert war, gelebt zu werden?"

Mir stiegen Tränen in die Augen, als ich den Ring über-
streifte und Lorenzo einen Kuss gab.
„War das ein Ja?", fragte er unsicher.
Ich lachte und rief: „Ja" und küsste ihn. „Ja", und küsste
ihn ein zweites und ein drittes Mal.
Ich, eine 78-jährige frisch Verlobte, kann dir also sagen:
Man ist niemals zu alt, um ein neues Leben zu beginnen
und die große Liebe zu finden. Man muss manchmal
nur den Sprung ins kalte Wasser wagen.

Kapitel 24

Alana schloss das Notizbuch und war tief beeindruckt. Sie presste das kleine Büchlein an ihr Herz. Bisher hatte sie ihre Großmutter nie wirklich bildlich vor sich gesehen und sich ihr Wesen und ihre Art nicht vorstellen können, trotz der Gespräche, die sie mit den Menschen hier geführt hatte, aber dieses Notizbuch hatte sie ihre Großmutter wirklich kennenlernen lassen. Und sie war ihr so unfassbar ähnlich gewesen. Sie freute sich so sehr für sie, dass sie am Ende ihres Lebens noch so viel Glück und sogar die große Liebe erlebt hatte. Aber es tat ihr so leid, dass Lorenzo und Abigail nicht mehr geheiratet hatten. Vor ihrem Tod hatte sie ja noch ein Jahr in einem Pflegeheim verbracht und davor war es ihr wahrscheinlich gesundheitlich schon so schlecht gegangen, dass eine Hochzeit nicht möglich gewesen war. Aber es tröstete sie, dass ihre Großmutter nicht allein gewesen war, sondern dass jemand, den sie liebte, am Ende bei ihr gewesen war. Sie musste unbedingt herausfinden, wer dieser Lorenzo war und ob er noch in der Gegend lebte, denn sie wollte mit ihm unbedingt über Abigail und über deren gemeinsame Liebe reden. Außerdem würde sie ihm gern den Brief zeigen, den ihre Großmutter geschrieben hatte.

Ins kalte Wasser zu springen, war die beste Entscheidung gewesen, die Abigail Houlahan je getroffen hatte, und sie hatte sich gewünscht, dass dieser Ort für ihre Enkelin genauso viel Glück und Liebe bereithielt.

Wie gern hätte sie ihrer Großmutter für deren Geschenk gedankt, und ihr gesagt, dass sich all das, was sie sich für ihre Enkelin gewünscht hatte, erfüllt hatte.

Kapitel 25

Weihnachten stand vor der Tür, aber so richtige Weihnachtsstimmung wollte bei Alana einfach nicht aufkommen. Sie war immer noch überglücklich und ihre Beziehung mit Dante war wunderbar, das Leben war absolut perfekt.

Aber so sehr sie North Carolina und das Leben in der Nähe des Strandes auch liebte, momentan fehlte ihr das deutsche Klima. Sie hatte Weihnachten schon immer geliebt und alles, was dazu gehörte, die Kälte und den Schnee ...

Aber sie hatte das Haus weihnachtlich geschmückt und auch einen Tannenbaum aufgestellt. Und es war wenigstens so kalt, dass man eine Jacke anziehen musste.

Sie hatte kurz überlegt, nach Deutschland zu fahren, aber es war das erste Weihnachtsfest, das sie mit Dante verbringen würde, und sie freute sich schon unglaublich darauf. Sie würde stattdessen im Februar zum Geburtstag ihrer Mutter dorthin reisen. Alana hatte auch schon alle Geschenke besorgt. Chocolate bekam natürlich auch etwas.

Aber sie war sich sicher, wenn sie das Fest mit Dante verbrachte, würde ihr das Wetter vollkommen egal sein.

Er würde gleich rüberkommen und sie würden das gesamte Weihnachtsmenü zusammen kochen. Es würde eine Mischung aus deutschen und amerikanischen Festtagsdingen geben, und sie freute sich auf die Zubereitung fast so sehr wie auf das Essen.

Sie hatte sich mit ihrem Outfit heute ganz besondere Mühe gegeben. Sie trug ein festliches Kleid aus dunkelgrünem Samt und sie hatte ihre lockigen Haare luftig hochgesteckt, sodass sie ihr Gesicht umrahmten. An den Füßen trug sie zur Feier des Tages hohe Absätze und für ihre Lippen hatte sie einen sinnlichen Rotton gewählt.

Als Dante klopfte, öffnete sie die Tür und er starrte sie schweigend an.

„Was ist?", fragte sie unsicher.

„Entschuldige, ich war kurz sprachlos. So habe ich dich noch nie zuvor gesehen und ..." Er hob die Augenbrauen und ließ seine Hände langsam über ihren Körper gleiten. „... mir ist plötzlich ganz heiß geworden."

Sie errötete und musterte ihn. Er hatte sich ebenfalls schick gemacht und trug eine schwarze Stoffhose und ein elegantes weißes Hemd. Es sah zugleich festlich und sexy aus, und er duftete unwiderstehlich. Als sie in der Küche nebeneinanderstanden, fiel es ihr schwer, sich zu konzentrieren, weil seine bloße Nähe sie immer noch ablenkte und Herzklopfen bei ihr verursachte.

Während das Essen kochte, setzten Dante und sie sich auf die Couch und schauten sich die Muppets Weihnachtsgeschichte an. Dies war auch seine Lieblingsversion der Dickens Geschichte, was ihn in ihren Augen noch liebenswerter machte. Sie kuschelte sich in seinen Arm und genau pünktlich zum Ende des Films war auch das Essen fertig.

Sie hatte alles bereits festlich gedeckt und zündete jetzt auch Kerzen zum Essen an. Da es Dantes Rezepte waren, schmeckte alles absolut fantastisch.

Nach dem Nachtisch blieben sie noch eine Weile am Tisch sitzen und fütterten Chocolate beim Reden mit den Resten. Danach räumten sie die Spülmaschine ein und setzten sich wieder ins Wohnzimmer. Es war mittlerweile dunkel geworden und die Lichter des Tannenbaums tauchten das Zimmer in ein warmes und gemütliches Licht. Sie spielten sich gegenseitig ihre Lieblings-Weihnachtslieder vor, wobei Alana fast alle der amerikanischen kannte, aber Dante kein einziges deutsches. Anschließend erzählten sie sich von den Weihnachten ihrer Kindheit und von ihren schönsten Erinnerungen an das Fest.

Sie hatten beschlossen, die Bescherung schon am Abend des 24. zu machen, anstatt morgen früh.

Aufgeregt überreichte Alana Dante ihre Geschenke. Sie hatte ein Fotoalbum für ihn erstellt, mit Fotos, die sie gemeinsam zeigten, oder Bilder, die sie in unbeobachteten Momenten von ihm geschossen hatte. Außerdem hatte sie ihm ein Le Creuset Topf-Set gekauft, das er sich schon ewig gewünscht hatte, für das er aber immer zu geizig gewesen war. Er freute sich wie ein kleines Kind darüber, sprang auf und umarmte sie so fest, dass sie hintüber fiel. Sie lachte, bis ihr die Tränen kamen, als er sie mit Küssen überhäufte und Chocolate prompt angerannt kam und sie ausgelassen abschleckte.

Sie war so unendlich glücklich, dass sie das Gefühl hatte, ihr Herz müsste zerbersten.

Auch Chocolate freute sich laut bellend über seine Geschenke. Gerührt sah sie, dass Dante ebenfalls ein Geschenk für ihn besorgt hatte: einen Quietschknochen. Dass er dem Hund etwas schenkte, weil er wusste, wie sehr sie an Chocolate hing, ließ ihre Liebe zu ihm noch ein Stückchen mehr wachsen, falls das überhaupt möglich war.

Sie fragte sich, was Dante ihr schenken würde. War es etwas Selbstgemachtes oder etwas Gekauftes? Es ging ihr nicht um das Geschenk an sich, sondern eher um die Liebe, die dahintersteckte. Sie fand immer, dass Geschenke offenbarten, wie gut man jemanden wirklich kannte. Die Geschenke ihrer Mutter zum Beispiel waren stets praktisch und nie persönlich gewesen. Nichts, was sie in den letzten zehn Jahren von ihr bekommen hatte, war etwas, was sie sich wirklich gewünscht hatte.

Während sie vor sich hingrübelte, stand Dante auf. „Bleib genau hier sitzen und rühr dich nicht von der Stelle, ich bin gleich wieder da."

Alanas Aufregung wuchs. Warum hatte er das Geschenk nicht gleich mitgebracht und unter den Baum gelegt?

Er ging hinaus und sie versuchte, sich abzulenken, indem sie Chocolate den Spielknochen zuwarf.

Nach ein paar Minuten kam er bereits wieder und überreichte ihr einen Schal. Sie schaute ihn verwirrt an, er war schön, aber es war offensichtlich ein Männerschal. *War das ihr Geschenk?*

„Er ist hübsch. Danke schön", sagte sie zögerlich.

Dante lachte laut. „Das ist nicht dein Geschenk." Er trat hinter sie, ergriff den Schal und band ihn um ihren

Kopf, sodass sie nichts mehr sah. Sofort wurden ihre Sinne schärfer und sie konnte sein männliches Eau de Toilette riechen.

„Was hast du vor?", fragte sie nervös.

„Lass dich überraschen", sagte er nur geheimnisvoll, ergriff jetzt ihre Hand und zog sie vom Sofa hoch.

Vorsichtig führte er sie, und sie hörte das Geräusch der Haustür.

„Gehen wir zu dir?", erkundigte sie sich.

Dante lachte. „Warte einfach ab."

Er führte sie ein paar Schritte weiter und dann die Veranda hinab.

Sie spürte etwas Seltsames auf dem Kopf, verwirrt hob sie das Gesicht in Richtung Himmel. Jetzt landete etwas Kaltes, Feuchtes auf ihrer Stirn. Regnete es? Als Nächstes spürte sie es auf ihren Lippen. Ja, es war eiskalt, aber auch weich ... wolkenähnlich. Es kribbelte wunderschön und es wurde mehr und mehr.

Sie streckte die Zunge heraus und plötzlich sog sie die Luft ein.

„Ist das etwa ... nein, das kann nicht sein ..." Sie riss sich den Schal hinunter. „Du hast mir Schnee geschenkt!", rief sie vollkommen fassungslos. Sie erkannte, dass sie inmitten eines Schneegestöbers stand. Ihre Arme wurden von Hunderten kleinen Schneeflocken übersät und immer und immer wieder rieselte der Schnee auf ihr Gesicht hinab.

Sie jauchzte voller Freude auf und drehte sich im Kreis. Wie ein kleines Kind versuchte sie, die Schneeflocken mit der Zunge aufzufangen.

„Du hast mir Schnee geschenkt“, sagte sie erneut und sprang Dante mit Anlauf in die Arme und schlang ihre Beine um seine Hüften.

„Wie hast du das gemacht?“ Sie reckte das Gesicht wieder in Richtung Himmel und genoss das Gefühl, als die Schneeflocken auf ihrer Haut schmolzen.

Sie kicherte und küsste Dante ausgelassen.

„Du hast den Schnee so sehr vermisst, dass ich ihn dir unbedingt schenken wollte, und wenn ich deine Freude sehe, hat es sich gelohnt.“

Dante hatte eine Schneekanone gemietet, was in North Carolina eine ziemliche Herausforderung darstellte.

„Ich liebe dich“, sagte Alana und küsste ihn noch einmal leidenschaftlich, bevor er sie hinunterließ und sie sich in ihrem edlen Samtkleid zu Boden sinken ließ und ihre Hände im Schnee vergrub.

Chocolate kam zu ihnen und wollte zu Alana laufen, hatte die Pfote aber hastig wieder zurückgezogen, als er das seltsame kalte und nasse Zeug berührte, das er noch nie zuvor gesehen hatte.

Beide lachten aus vollem Halse und ermutigten Chocolate zu ihnen zu kommen. Alana nahm eine Handvoll Schnee, hob sie ans Gesicht und atmete den Geruch ein, dann versuchte sie, daraus einen Schneeball zu formen, und warf damit auf Dante.

Dieser eilte lachend zu ihr, nahm zwei Hände voll Schnee und ließ sie über ihren Kopf auf sie hinabrieseln. Sie stieß ein wundervolles Lachen aus und ihre Wangen waren von der Kälte sanft gerötet.

Sie zog Dante so heftig zu sich hinunter, dass er das Gleichgewicht verlor und auf den Rücken fiel. Sie ließ sich neben ihn fallen und gemeinsam betrachteten sie den hinabrieselnden Schnee.

„Das ist mit Abstand das allerschönste Weihnachtsgeschenk, das ich meinem ganzen Leben bekommen habe."

Dante drehte sich zu ihr und sah sie an. Schneeflocken hatten sich in seinem Haar und seinen Wimpern verfangen. „Das glaube ich nicht."

„Doch wirklich. Du hast etwas Unmögliches wahr gemacht. So etwas hat noch nie jemand für mich getan."

Dante schüttelte den Kopf. „Trotzdem ist es bestimmt nicht das schönste Geschenk. Denn ich denke, dass es dieses sein wird."

Er hatte sich aufgerichtet und kniete vor ihr, während er ihr eine kleine Samtschatulle entgegenstreckte.

Mit einem Ruck richtete sich Alana auf und starrte ihn mit weit aufgerissenen Augen an. Ihr Herz fing an zu rasen und es rauschte plötzlich in ihren Ohren.

Mit zitternden Fingern griff sie nach der kleinen Schatulle und öffnete sie.

Sie stieß einen leisen Überraschungsschrei aus und starrte den Ring an.

Dante nahm ihre Hand in seine. „Alana, du bist die Liebe meines Lebens. Ich hätte es nie für möglich gehalten, dass eine solch starke Liebe in der realen Welt wirklich existiert, doch seit ich dich kenne, wurde ich eines Besseren belehrt. Wenn du nicht bei mir bist, kommt es mir vor, als würde ein Teil von mir fehlen. Wenn ich an meine Zukunft denke, bist du untrennbar damit verbunden. Ich liebe dich so sehr, dass ich es am liebsten in die Welt hinausschreien möchte. Ein Leben ohne dich, wäre für mich kein Leben mehr, deshalb bitte ich dich hier und jetzt: Werde meine Frau und teile all die guten und die schlechten Tage mit mir. Denn alles Schöne wird durch dich noch schöner, und alles Schlimme wird durch dich erträglicher. Dein Gesicht soll das Erste sein, was ich morgens erblicke und das Letzte, bevor ich einschlafe."

Tränen rannen über Alanas Gesicht und sie warf sich in seine Arme.

Zwischen unzähligen Küssen hauchte sie an seinen Lippen: „Ja, ich will deine Frau werden. Ich könnte mir nichts Schöneres auf der Welt vorstellen, als jeden Tag meines restlichen Lebens mit dir zu verbringen."

Epilog

Sie hatten sich etwas Trockenes angezogen, denn ihre Kleidung war vom Schnee komplett durchnässt worden, und saßen jetzt mit einer heißen Schokolade auf dem Sofa.

Alana betrachtete den Ring an ihrem Finger und drehte ihre Hand hin und her, sodass die Steine im Licht der Weihnachtsbaumbeleuchtung funkelten.

„Gefällt er dir?", fragte Dante unsicher. „Ich weiß, er ist ausgefallen, aber ich hatte das Gefühl, dass er perfekt zu dir passt, denn du bist auch etwas Besonderes."

„Ich liebe ihn, es ist der schönste Ring, den ich mir vorstellen kann. Es ist nur ..."

Sie hob die Hand und starrte den Ring an. Es war ein tiefblauer Stein in Form eines Herzens, der von winzigen weißen Diamanten umrahmt war.

Er sah ganz genauso aus, wie der Ring, den ihre Großmutter auf dem Foto getragen hatte, das sie vor Kurzem gefunden hatte.

„... er sieht aus wie das Herz des Ozeans", sagte sie schließlich.

„Das liegt daran, dass der Ring, dieser Kette tatsächlich nachempfunden ist. Mein Großvater hat ihn extra für seine große Liebe anfertigen lassen, denn diese hat den Film Titanic unglaublich geliebt. Sie war auch etwas ganz Besonderes, genau wie du, hat er mir erzählt. Als ich zu ihm zog, und er merkte, dass seine Demenz immer schlimmer wurde, hat er mir diesen Ring überreicht und mir gesagt, dass er ihm seiner wahren großen Liebe geschenkt hat, und wenn ich meine große Liebe jemals treffen sollte, dann sollte ich ihr diesen Ring schenken.“

„Wie heißt dein Großvater mit Vornamen?“, fragte Alana ungläubig.

„*Was?*“ Dante sah sie verwirrt an, wegen des abrupten Themenwechsels.

„Wie ist sein Name?“

Dante runzelte die Stirn. „Lorenzo Santangelo.“

Alana riss die Augen auf und wollte etwas sagen, aber sie könnte nur ein Krächzen hervorbringen.

„Was ist los? Was hast du?“, fragte Dante vollkommen verwirrt.

Aber Alana antwortete nicht. Sie sprang auf und lief zum Wohnzimmerschrank hinüber. Einen Augenblick später kam sie mit einem Fotoalbum zurück und blätterte fieberhaft darin herum. Dann schaltete sie die kleine Lampe neben der Couch ein und hielt Dante das Fotoalbum hin.

Er verstand immer noch nicht, was in Alana gefahren war, folgte aber ihrem Fingerzeig.

Das Bild zeigte eine Frau am Strand, die einen Ring in die Kamera reckte ... seinen Ring ... Alanas Ring.

„Was ... wer ist das?“ Doch Alana hatte schon weitergeblättert und deutete auf ein anderes Foto.

Dieses zeigte die gleiche Frau wie auf dem Bild davor und ... „Mein Großvater!“

„Das da, ist meine Großmutter Abigail, und das neben ihr ist dein Großvater Lorenzo, und dies ist der Ring, den dein Großvater seiner großen Liebe, meiner Großmutter geschenkt hat.“

Dante stieß geräuschvoll die Luft aus. „Das gibt es ja nicht, aber wie ist das möglich?“

Alana hatte alles blitzschnell begriffen. „Du bist erst hierhergezogen, als meine Großmutter schon im Pflegeheim war, und dein Großvater war schon extrem verwirrt, und ich habe deinen Großvater auch niemals richtig zu Gesicht bekommen, sodass ich ihn nicht von den Fotos erkannt habe.“

Dante schwieg und schien immer noch alles zu versuchen zu verstehen.

„Meine Großmutter hat ihre Liebesgeschichte ebenfalls aufgeschrieben, sie hat alles über ihre große Liebe Lorenzo geschrieben, der ganz in ihrer Nähe gewohnt hat, doch ich habe den Zusammenhang einfach nicht hergestellt.“

Es war wie ein Kreis, der sich nun schloss. Genau wie ihre Großmutter hatte sie alles hinter sich gelassen und hatte ein neues Leben in einem fremden Land in einem neuen Haus begonnen, und genau wie ihr, hatte es ihr unendliches Glück und eine große Liebe gebracht, die ganz in ihrer Nähe wohnte.

Sie kuschelte sich an Dante und küsste ihn zärtlich, während sie am Finger den Ring spürte, der sie immer an ihre Großmutter erinnern würde.

Als sie am ersten Weihnachtstag aufwachte, schlief Dante noch tief und fest. Heute wollte sie ihn mit einem Frühstück überraschen, aber noch war es zu früh dafür. Alana zog sich ihren flauschigen Bademantel und dicke Socken an und ging hinunter in die Küche, um sich ihren nötigen Koffeinschub zu machen. Mit dem

Kaffeebecher in der Hand ging sie auf den Dachboden hinauf und in das kleine Kämmerchen.

Sie setzte sich an den Schreibtisch, stellte den Becher ab und griff nach dem Stift und dem Papier, was dort bereitlag.

Lächelnd begann sie zu schreiben.

Mein Name ist Alana Brunswick und ich bin vierunddreißig Jahre alt. Ich bin erst in diesem Jahr hierher nach Hope gezogen, in das Haus meiner Großmutter. Dort fand ich beim Renovieren die wunderbaren Liebesgeschichten meiner Vorgängerinnen ...